2022
中国少数民族
文学之星丛书

隐秘的人间

李俊玲 著

作家出版社

图书在版编目（CIP）数据

隐秘的人间 / 李俊玲著 . -- 北京：作家出版社，2022.11
（中国少数民族文学之星丛书·2022 年卷）
ISBN 978 – 7 – 5212 – 2005 – 6

Ⅰ . ①隐… Ⅱ . ①李… Ⅲ . ①散文集 – 中国 – 当代
Ⅳ . ①I267

中国版本图书馆 CIP 数据核字（2022）第 161913 号

隐秘的人间

作　　者：李俊玲
责任编辑：史佳丽　李亚梓
特约编辑：党然浩
装帧设计：孙惟静
出版发行：作家出版社有限公司
社　　址：北京农展馆南里 10 号　　　　邮　　编：100125
电话传真：86 – 10 – 65067186（发行中心及邮购部）
　　　　　86 – 10 – 65004079（总编室）
E – mail: zuojia@zuojia. net. cn
http: // www. zuojiachubanshe. com
印　　刷：唐山玺诚印务有限公司
成品尺寸：152 × 230
字　　数：186 千
印　　张：15.5
版　　次：2022 年 11 月第 1 版
印　　次：2022 年 11 月第 1 次印刷
ISBN 978 – 7 – 5212 – 2005 – 6
定　　价：48.00 元

编委会名单

主　任：邱华栋

副主任：彭学明　黄国辉

编　委：刘　皓　赵兴红　翟　民　党然浩

以民族的情意，打造文学的星辰

——"中国少数民族文学之星"丛书总序

邱华栋　彭学明

　　"中国少数民族文学之星"丛书是中国作家协会少数民族文学发展工程的一个新项目，于2018年开始实施，由中国作家协会创作联络部具体组织落实。出版"中国少数民族文学之星"丛书的目的，是重点培养少数民族文学中青年作家，打造少数民族文学精品，为那些已经在少数民族文学界和全国文学界成绩斐然、广有影响的少数民族中青年作家再助一力，再送一程，从而把少数民族文学最优秀的中青年作家集结在一起，以最整齐的队伍、最有力的步伐、最亮丽的身影，走向文学的新高地，迈向文学的高峰，让少数民族文学的星空星光灿烂，少数民族文学的长河奔流不息。以文学的初心，繁荣民族的事业；以民族的情意，打造文学的星辰。

　　入选"中国少数民族文学之星"丛书的作家，必须是年龄在50岁以下的、在少数民族文学界和全国文学界广有影响的少数民族作家。不管是否出版过文学书籍，只要其作品经过本人申请申报、各团体会员单位推荐报送、专家评审论证和中国作协书记处审批而入选的，中国作协将在出版前为其召开改稿会，请专家为其作品望闻问切，以修改作品存在的不足，减少作品出版后无法弥补的遗憾。待其作品修改好后，由中国作协统一安排出版，并进行广泛的宣传推广。

中国是一个多民族的大家庭。每一个民族都沐浴着党的民族政策的光辉、感受着党的民族政策的温暖，都在党的民族政策关怀下，蓬勃发展，欣欣向荣。在这个伟大的新时代，我们正创造着中华民族的新辉煌。每一个民族的发展与巨变，每一个民族的气象与品质，都给我们提供了生生不息的创作源泉。我们每一个民族作家，都应该以一种民族自豪感，去拥抱我们的民族；以一种民族责任感，为我们的民族奉献。用崇高的文学理想，去书写民族的幸福与荣光、讴歌民族的伟大与高尚；以文学的民族情怀，去观照民族的人心与人生、传递民族的精神与力量。

我们期待每一位少数民族作家，都能够到火热的生活中去，到广大的人民中去，立心，扎根，有为，为初心千回百转，为文学千锤百炼，写出拿得出、立得住、走得远、留得下的文学精品。不负时代。不负民族。不负使命。

目 录

序

黄　玲

　　李俊玲的散文集《隐秘的人间》入选中国作家协会 2022 年度"中国少数民族文学之星"丛书项目，值得祝贺！这个项目旨在发现、培养少数民族优秀中青年作家，推出少数民族文学精品力作，持续推动少数民族文学事业繁荣发展。这是一项卓有成效的工程，对各民族文学工作者的培养起到了积极作用。

　　李俊玲是布朗族作家，布朗族是人口较少的民族，主要分布于云南保山、临沧、西双版纳等地。布朗族还是跨境民族，其在境外主要分布于缅甸、泰国、老挝。布朗族的文化艺术丰富多彩，民间有丰富的口头文学，流传着许多优美动人的故事诗和抒情叙事诗，题材广泛。布朗族还是世界上最早驯化、栽培和种植茶的民族，有"古老茶农"之美称。但是布朗族的作家文学起步较晚，上世纪 80 年代才开始出现一些 50 后写作者，李俊玲这批 70 后写作者属于布朗族第二代书面文学作家。她毕业于"211"大学，受过系统的专业教育，是新一代布朗族知识分子中的佼佼者。她因为热爱文学而走上创作之路，多年来，她写诗，也写散文，以自己的创作实力很快成长为布朗族作家群的中坚力量。

　　我"认识"李俊玲，是从她的获奖散文《怒江，原来我属于你》开始的，那一年，我应邀担任云南省滇西文学奖的评委，在众多作品中对这一篇留下深刻印象：散文以潞江坝为起点，沿着怒江之水一路向北逆流而上，追溯着这条搅动作者思绪的著名江流的浪花，写出了作者的灵魂和怒江之间密切而深刻的缠绕，文风朴素而又灵动。我后来才知道这位70后的布朗族写作者，2005年就开始发表汉语文学作品，其诗歌、散文已经走出云南，在全国多家报纸杂志上发表过几十万字的作品，出版有诗集《流水飞花》，作品多次获过各种文学奖项。而且她是布朗族为数不多的几名中国作协会员中的一名，鲁迅文学院第37届高研班学员，施甸县作家协会主席。如此成绩，来自她对文学的热爱，对故土的深情。她的散文多以施甸这个小县城的民族风情、风土人文为写作背景。以小见大，开掘出丰富的人文地理内涵，切入时代，对人生世态有深入透视，使她的散文体现出独特的文风。

几年前，我参加施甸举办的一次采风活动，终于在施甸见到李俊玲。站在我面前的是一个皮肤白净的女子，面相端庄，性格温婉，当时第一印象就是她身上有一种属于散文的婉约气质。记得那一次简短的交谈，谈的也是她的散文写作，我建议她多写她的民族和故乡，期望读到更多她的新作。她说她正在写，不久会出版一部散文集。那几年我在研究云南人口较少民族作家文学，对布朗族作家也多有关注。一个人口只有十二万的民族作家要在文学上出成绩，多出作品才是关键。之后听到她先后出版散文集《另一种抵达》和《跳跃的河山》，很是高兴。现在她又出版了《隐秘的人间》，可以让喜欢她散文的读者大饱眼福。

李俊玲的故乡施甸，其实是一座有故事的边地小城，它位于云南省西部边陲、保山市南部、怒江东岸，与缅甸相距二百六十公里。八千多年前，"姚关人"在这里繁衍生息。元初，契丹人南下至此定居。著名的"永镇驿道"穿境而过，滇缅公路从北部过境六十五公里，历史上是

"南方丝绸之路"的必经通道。滇西抗战，这里是重要的交通枢纽，也是与日军对抗的前沿阵地，无数抗战英烈长眠于此。这块土地上的二十四个民族水乳交融，谱写着灿烂的历史文化。

如此悠久的历史，如此厚重的人文地理，理应有优秀的文学作品来记录和展示，这是本土作家身负的重任。好在有李俊玲携她的散文新作《隐秘的人间》向我们走来，正好满足了读者对这块土地的期待心理。

《隐秘的人间》收录李俊玲近三年来所创作的二十五篇散文，书名便透露了作家的文学审美追求，她希望从个人经历与感受出发，书写出滇西小城施甸特有的乡俗民情，体现出具有丰富内涵的人文形态。作家力图通过时代变迁中的个体命运，去反映地域的总体风貌和全景气象。每个作家笔下都有自己不能忘怀的故乡，这是作家生命成长的摇篮，也是散文写作的基点。同时，一个优秀的作家，应该也可以通过对故乡风土人情的描写，实现对精神原乡的追求和建构。让地理意义上的故乡，升华为精神之境的家园，这样的散文才具有审美的价值和意义。

翻开《隐秘的人间》这部散文集，滇西小城丰富的人间万象扑面而来。这是一个地处边境、多民族共居的小城，这就注定了它的人文地理和民风民情的与众不同。在李俊玲笔下，这是一个有温度的小城。因为这里的一切都与她的生命成长有关，"一种风俗以不同的方位烙印在我的喜怒哀乐里"，那些记录着她生命过往的人和事，带着回忆进入文字，犹如干花在温水中一点点复活，缓缓绽放出动人光彩。在《小城人物》中，那些穿过时间迷雾向读者走来的，都是在作者心灵上留下深刻印记的人和事，李俊玲把自己和小城的关系生动地比喻成植物与土地的关系，她说："一个人在一座城待久了，便会成为这个地方的一株植物，知晓着这方土地的温度、湿度、酸碱度，以及风向、水位、日照时长，以自身特有的姿态融入在这些看似恒久却不断变幻的指数中，成为它细微而不易察觉的一部分。"作为一名 70 后作家，李俊玲为我们展现的是 80 年代的成长记忆，一座小城的历史通过她的记忆在文字中复活，鲜活而生动。照相馆的马师傅，老中医赵医生，"叫客的"老朱丸，身带巫性的钳婆，送报纸的老张头……李俊玲以一个成长中女孩的眼光，透视人世间来来去去的人影，写出了一座城的时代面貌，一群人的丰富多姿，笔触真诚，文风朴素，温情而不失对于人生哲理的思考。

自然生态和民俗文化的感受和思考、淳厚的亲情、深刻的生命体验，构成了这部散文集丰富的内容，为读者打开一扇扇独特的窗户。

散文需要哲理的思考，它可以让读者透过事物的表象，抵达作家心灵深处洞见她灵魂的波澜。充满智慧的思辨，可以为散文增加内涵和深度。《有龙在侧》中展示了边地小城丰富多姿的龙文化，也思考着人与自然与生俱有的默契，对民间智慧进行礼赞。《大地之子》写出了边境文化的独特，作家坦陈自己的美学理想，就是希望看到"人充满劳绩，仍诗意地栖居在大地"，"像虫鱼，像草木，始于大地，终究归于大地。我们都是大地的孩子"。《人在深秋》是一篇写意式的散文，看似散漫的思绪，却渗透了作家对人生世事的体悟。从北京到边城，从自己的童年到女儿的成长，作家用水墨画式的笔法勾勒出了一幅广袤的人世秋景图。而生活的琐碎与具体，则冲淡了自古以来秋的萧杀之气，染上了几许尘世的温馨。它让读者真切地感受到作家心灵世界的起伏跌宕。

如何从个人的感受出发，接通一个更为广阔的现实世界，这是近年来散文写作界许多作家正在思考的问题。李俊玲在《隐秘的世界》中，也在进行思考和探索。她的很多篇章中，都是以自己的主体视角切入对世界的观照，对生命存在的思考。布朗族相信万物有灵，民间信仰对李俊玲的写作有潜在的影响。她相信除了红尘人间是看得见摸得到的人间，还有一个看不见的人间存在，比如人的内心世界，因此民间才会有

"举头三尺有神明"的说法。这大约就是她选择其中一篇书写鬼神的文章《隐秘的人间》作为这部散文集标题的理由。她还想通过书写，传达出一个写作者对文学的崇拜。她认为，一个优秀的写作者应该对身处的生存处境永怀好奇之心和敬畏之意，为乡土赋形，为众生代言。这样的写作理念决定了她的散文是有温度的写作，她是怀着对故土和亲人的热爱，去书写这块土地上的芸芸众生的。

李俊玲的散文以细腻、深刻而见长，体现了一位女性作家对于人生世事的温馨情怀。在她的散文中，边地生活的诸多物象携带着某种陌生气息进入读者的视野，既生动、新鲜，又充满阅读的吸引力。从接受美学的角度看，适当的距离可以创造更好的阅读效果。散文中纷繁的物象，还体现了作家与大地的亲密关系。作为边地小城的施甸具有丰富广袤的自然特色，它已经与作家的生命形成不可分割的亲密关系，也是一名写作者可贵的地理和精神意义上的家园。通过诸多边地风情的生动描绘，李俊玲的散文逐步建构起自己的精神原乡，呈现出独特的文学风貌。

我写故我在，这是李俊玲散文所追求的目标。如她在散文中所言："当我的脚再次踩到乡间松软的泥土时，仿若自己也是一株稻米，把生命中每个特别的瞬间都一一呈现给了这个纷繁的人间。"同时，她的散文也丰富了布朗族当代作家文学，为文坛奉献了一束美丽的花朵。祝愿她在散文的道路上一路畅行，佳作连连。

是为序。

（作者为云南省写作学会副会长、云南民族大学教授）

第一辑

故园风脉

小城人物

一

一个人在一座城待久了，便会成为这个地方的一株植物，知晓着这方土地的温度、湿度、酸碱度，以及风向、水位、日照时长，以自身特有的姿态融入在这些看似恒久却不断变幻的指数中，成为它细微而不易察觉的一部分。

说是一座城，勉强得很，城池城墙皆无，那些依附于一座城上该有的冷硬与守护毫无可寻，尊贵、抵御、拒之门外皆坍塌一片，"城"便丧失了历史应有的印证与筋脉。四通八达的包容，毫无戒备的进出，显得质朴而平民化。当然，这个像被弄丢在丛山之中的、面积不过十多平方公里的施甸坝子，本不应是版图之上被锁定的关隘与要道，仅仅是偏远地域人们休养生息的家园而已。远离富庶，自然远离纷争，天赐的便是坦然与随意，这座城的人也与他的附属物一般，与世无争，惯于接纳，善于付出，地域的闭塞使得人性相对简单纯善。

几百年前踏入这里都得需要有被遗弃的勇气，明代时的戍边者大多是不得志的军士与被贬的官员，流放在这些山高皇帝远、无价值可取的地域方能让当朝权贵安心。所以，我所住的地方只能称之为小县而已，这里曾经有一个傣语的称谓——"勐底坝"，意为温暖的地方，因傣族先祖白夷踏足这里的第一感受而得名。这里也因热气和水草丰茂而瘴气肆虐，"如要下坝，尸骨先放"说的就是曾有瘴气密布坝中，使得人们不敢轻易涉足，唯恐尸骨无存，下坝就意味着赴死，让人胆战。大自然总会用它的双手对入侵的人类制造追魂索命的魔障，我无法想象脚下这块生机盎然的土地，曾充斥着魔鬼般的凶险，是祖先们的梦魇之所，远古在我们眼中总是那么鬼魅，神秘，魔性十足。直到后来，植被的砍伐，自然的改变，人迹的踏入与开辟，才使得勐底坝有了人气。炊烟是号角，吹响了这块土地的所属权，最早的人类生存痕迹是八千年前，姚关智人头骨化石的发掘，把怒江边这块蛮荒之地的文明史推高了一个高度。这块土地，因早有人类活动而彰显出它的宜居性。的确，历经了沧海桑田，世事变迁，我依然觉得施甸坝子是如此地四季如春，舒适安逸，冬天没有凛冽之感，夏天也无酷热之苦，以至于来这里工作的北方朋友对季节有种不信任感，怀疑时间是凝固的，感知不到它们该有的更迭。我把自己半生的时光奢侈地抛在了这里，这对于生命个体而言，是多么巨大的消耗，而对于八千年来说，却是瞬息之事。我与这块土地上的那一茬又一茬的庄稼一样，抽穗，拔节，灌浆，随即成熟，低垂，死去……

二

对它的描述，那些留存的遗迹，印刷的史志是冰冷和疏离的，资料在我心中仅仅是图片和数字而已，触及不到该有的质感和温度。我必须凭借着自身的感官，从一个孩童有记忆那天起，搜索与它依赖相处的点滴，掏空我的内心，描摹出它该有的姿态和容颜，这样安静地细细回想，我熟悉它竟胜于熟悉自己，熟知一座城，其实是熟知城里的那些人和事。

这座小县城四十年前仅有一条街，街两边都是重要的店铺和单位，百货公司，公安局，供销社，理发室，商业局，印刷厂，大食堂……街道是这座城的生活命脉，民居如大树延伸出的枝丫般顺着这条命脉四散开来，生发出许多的巷道，马篮巷，米糠巷，菜秧巷，猪羊巷……名字里充溢着生活原汁的味道。我的家就在国营照相馆后面的一个大杂院子里，这个院子属于饮食服务公司的家属区，在街道的中心，地理位置较为显著。80 年代初时，前来拍照的人总能排成长龙般的队伍。每到赶集天，照相馆就挤满了许多山上乡下来的大姑娘、小媳妇，小马师傅成为万众瞩目的偶像。他是国营照相馆的摄影师，那时，摄影师这个词似乎还没有流行，我们都称这些能操持相机的人为师傅。师傅，这个称呼不轻易落在一个人身上，得身怀普通人没有的技艺、富含技术的重量、引领时代滚动潮流的人才可担当。印刷厂、机械厂、制糖厂是师傅们云集的地方，其次便是理发馆、食堂、照相馆，各种与世俗生活紧密联系的场所。马师傅便是照相馆的一张招牌，进入照相馆的大厅，他的那张自拍特写就摆放在最醒目的位置。用手拄着下巴，侧脸以 45 度角朝上作远眺之势。俊朗的眉宇之间透出非凡的自信，虽然是黑白照片，你仍能看得出那皮肤的润泽和衬衫的质地。高端的艺术气息扑面而来，吸引着诸多女人发亮的眼光。他相片下的那块水泥地，总是大厅最干净的地方。

在镜头前，马师傅就是统帅，让你做什么动作，穿什么衣服，拿什么表情，他说了算。你唯一可以做主的就是选取背景图，可他也能按照你的衣服款式和色调告诉你，这个背景不搭，需要重换。我总记得他钻到摄影机的黑布里，调好焦距，又伸出头来，像一个将军，指着对方交代着：头左侧一点点，手自然下垂，对了，微微一笑，不要眨眼！语调霸气侧漏。有时遇到局促不安的顾客，怎么摆都显得动作僵硬，马师傅会走过去，做个示范，或者捏雕塑一般，给他们归置手脚，抬高下巴。腼腆的姑娘们总是推推搡搡，不愿意第一个去照相。这时，马师傅就说：赶快了，第一个站在我镜头前的人，我就好好地拍啊。有时插科打诨：好呢，笑起一点，想着这块表是你对象买的啊，看着镜头，想着你对象正向你走过来！哦，露出羞涩的微笑，对了！咔嚓一声，一道白光闪过，那些镜头下的姑娘们都笑成一片灿烂的山花。一块上海表，被不同的"主人"佩戴着，千篇一律地展现在搭于窗沿的手腕上，在无数的手腕穿梭和取戴下，它是最繁忙的道具。那时候，有多少人梦寐以求的就是能拥有一块手表，哪怕这样的场景是虚拟的，也能满足人们短暂的快乐。马师傅交代，挽起袖管，露出表来，还有微笑。每个人都是春风满面，一脸富足的表情，我不知道这样的场景有多少次在同样的背景下反复地上演、定格。在那个年代里，相同是大众一致的追求，相同的表情和姿势，相同的审美取向，相同的价值观和人生追求，被一一封存在那张张相同的黑白影像中。

马师傅有着一双白皙的手，纤细的手指注定是为艺术而生的。他总会在歇息时，到水管边用肥皂细心地清洗指缝，一洗就是半晌，仿佛手刚刚触碰了不洁之物，洗得血丝全无，苍白脱皮。院里的老奶奶们总说他有心魔，其实就是洁癖。他的房间我只进去过一次，有人等着照相，央我跑去喊他。房间在楼的尽头，门开后，一股雪花膏的香气迎面而来，涂着红色油漆的木地板干净得泛光刺目，让人晕眩。他的床头有一张女人的照片，细瞧，是山口百惠，美得不可方物。我匆匆一瞥，心里暗叹，这哪是男人的房间啊，和电影里那些水袖飞舞的小姐闺阁一样整洁。有一次，我无意中把那张女人的照片告诉隔壁阿婆，她为此担忧了好多天：唉，喜欢一个东洋女人，造孽啊。

马师傅是照相馆的一张招牌，他在，顾客蜂拥而至；他休息，顾客也莫名消失了。他的颜值和手艺让他成为这条街上的人物，只要提到照相，谁都会想起马师傅来。县里有位很严肃的领导，有一天去照相馆，点名要马师傅拍照，马师傅正准备洗手，同事催促，快点，别让领导久等。马师傅依然不紧不慢，按部就班，把他那双苍白的手反复揉搓、冲洗。同事催了三次，马师傅才洗完。照相时，领导的头老是偏朝一边，马师傅上前去，习惯地用手扳正，不想，这一幕让街上的王走嘴看到，一下子，传遍了大街小巷——马师傅真有胆，敢随便摆弄领导的脑袋。这话传的，像马师傅在领导头上拉屎一样。马师傅的"英名"一时激起千重浪，佩服的，戏谑的，打击的，惊讶的，中伤的，人们的情绪被这样的一句流言一时激荡。以至于单位领导找到马师傅特意交代，让他以后给领导照相时，不能动手动脚，以免让领导威信扫地。马师傅傲气一来，从此拒绝给领导拍照，这又掀起一轮风波，人们茶余饭后新增了一项谈资。而单位领导最终还是在他的拍照水平之下妥协了，谁让马师傅有能耐呢。岁月总会淘汰掉许多英雄好汉，随着相机的普及，摄影行业的日益兴起，拍照成为人人皆可为的一种技能。马师傅的手艺自然也被这样的时代大潮所冲淡和淹没。当我再见到他时，是在县城较为偏僻的一条巷道，一间逼仄的小铺面，门楣上那块陈旧的"老马相馆"的牌子被挤在各种广告牌间，落寞而固执。年过半百的他也失去了当年的风华，坐在店铺里低垂着头颅正打盹，瘦弱的脊背佝偻着，像一个无力的问号。

三

我小时候一旦病了，母亲总会背着我去赵医生家看病。赵医生是县里闻名的老中医，听说承袭祖上技艺，弟兄两个都靠着中医起家立业，并将其发扬光大。赵医生是弟弟，我小时候感觉他已是老人家了，而我人到中年时，他依然是从前的模样：长长的眉毛下双眼慈善，嘴角似乎永远挂着微笑。他性格极好，说话温和，仿佛来自云端般轻软。遇到哭闹的孩子，他总是不急不躁地说等等吧，等孩子安抚好了再把脉看病。他从不穿白大褂，总是一身蓝布衣裳，手捧着一个茶罐。我看着他拿出一个小软枕，伸出那双清瘦而修长的手来，用三个指头轻轻按住我的手腕。指尖的温暖传递过来，让人心安。把脉时，他侧耳低垂着眉眼，沉寂如被某种力量钉住一般，似乎在倾听着来自患者体内的声音。把脉结束，他便细细端详着你的脸庞，片刻，让你张开嘴巴，伸舌观察。然后问话：大小便情况，睡眠如何。接着简单地总结病症，内寒外热引起的感冒啊，胃火太重导致的病症啊，气血两虚引发的疾病啊，等等。每次总结之后，他便用征询的口吻轻问："开一小服中药先吃吃看？不好再来。"大多数人一服药以后基本不会再登门了。有些小毛病，他并不抓药，告诉你回去自己找点食材吃吃就行。鸡胗皮焙黄，捣碎后吞水服用治消化不良，甘蔗在炉火里烤熟吃治咳嗽，姜葱煮水喝祛风寒，香蕉烤脆了碾碎吞水治小儿腹泻……他总爱说，食疗胜于药疗，是药三分毒。

看开处方时，我觉得自己不是来看病的，仿佛是来看表演的。准确地说，他不是写字，而是画字。只见他拿着笔，开始了龙飞凤舞的描绘。除了你的名字和年龄可辨析得出，其他的字是无法看懂的。他的笔犹如神器，落笔之后一气呵成，绕来勾去，跌宕起伏，高低错落，峰回路转，一个个字悄然游入纸间，那些字仿佛带着某种神力，让人看了就觉得莫测高深，也深信这样的药方一定会拔除病根。有人戏说，赵医生开方子就是画符，神药两医，病怎么可能不好呢。末了便是签名，他的签名简直就是一直在画圈，一圈，两圈，三圈，无数个圈中间嗖地穿过一条剑一样的直线，开方结束。这个过程很奇幻，让我感觉那是一种孩童才有的绘画方式，带着恣意的随性。没有人可以辨析出这些方子里到底写了哪些味药，字写得密密麻麻，而这些药藏得极深，极隐蔽。只有负责抓药的他的二姑娘看得懂，她接过父亲的单子，一言不发就去药房。一会儿工夫，一包梯形四角尖的纸包已递到眼前。赵医生家抓药一直用传统的粗纸和麻线。就是到了塑料袋横行的当下，也不丢失这个传统。小城里的人们喜欢这样的包装，亲切、古朴，带着老旧的信任。

赵医生的哥哥叫良渚，两兄弟看病各有千秋。他们的诊所紧挨着，在一条街道。要论医术谁最高明，还真不好说。看病也讲究缘法，在赵医生这里一次看好的，到了他哥哥那里也许两次也不行。而在哥哥那里的病人也认准了门道似的，不会轻易过去找赵医生看。大家心照不宣，各入各的门，各看各的病。我少时和良渚医生的外孙女是同学，有一次去她家做作业，楼上就是安放药材的地方，那些木屑和杂草一样的草药大袋小包，堆满了房间。我们两个小姑娘就在木楼上写字，一股股中药的气息弥散在四周，闻着闻着竟然觉得异常舒心，脑袋空前地清新。一道道平时解起来费力的数学题，鬼使神差地被我轻轻松松解答出来。那些药味难道也有通窍之神力？良渚医生笑了：中药就是辅养以通，通则畅，畅无病也，很多中药有提神开窍之能。我懵懂点头，却深深记住了这几句话。看着进进出出看病抓药的人，我坚信那些杂物一样的草药熬煮出的浓汤会像血液一般流入他们的体内，将病痛清扫干净。

县城在几十年的光景里拓展变化，唯一不变的就是这条老街的这两间中药诊所，成为一辈辈人不朽的记忆活物。女儿只要有任何不适，我也会像当年母亲带着我一般，领着她去找赵医生看病。女儿趴在赵医生看诊的桌前，睁大着眼睛，专注地看他开处方，恍惚之间，我仿佛看到了曾经的自己。有时女儿偷偷伏在我耳边说：妈妈，这个医生爷爷在写外星文。我听了哈哈大笑：我小时候也是这样觉得呢，就是这些奇怪的外星文医好了多少人的病啊。每次女儿发烧，只要一服药便痊愈，我们母女俩都与赵医生有着奇妙的医缘。那间小小的诊所就坐落在老旧的街边，却无人知道，它其实一直安放在我生命里那个充满信赖而安全的角落，让我有所依托。女儿大了，外出求学，我去诊所的次数也少了。赵医生已步入耄耋，还在为患者看病。他的动作迟缓了许多，而语调依然那么地轻软。有一次出差归来路过诊所，店门紧闭，才知道赵医生已经作古。他女儿说，去的那天早上，老爷子还给病人看诊，饭后喝了一口茶，靠着椅子就驾鹤西去了，安详得如睡了一般。兄弟俩一前一后相继去世，哥哥享年九十九，弟弟享年九十七。良渚医生的诊所还在，由他的儿子继续坐诊，而赵医生的诊所已关闭。没过多久，铺子变成了"绝味鸭脖"。每次路过，我总会情不自禁地朝铺子多看一眼，老楼仍在，人间流徙，在往来的人群中，有多少人像我一样将目光和思绪在此驻留呢？

四

"来来来！这里有三个位子，远客先坐，寨邻朝后……好喽，人齐上菜！麻利点！烟酒跟上！"这一声近乎爆破的招呼，带着金属的质感，那嗓门一开，就像刚发动的拖拉机一样呼啸倾轧，让人退避。出口之声来自负责叫客的"老朱丸"，不知这名是不是他的绰号。只要有人家办客，他就是主角，张罗宴席，安排座次，迎来送往，全凭一张嘴。酒席办得要热闹，全靠叫客叫得好。叫客是施甸的一种习俗，谁家要办宴席，无论婚丧，首先都得请一个叫客人。他得熟知礼俗，得弄清主人家的三亲六戚，得会察言观色，注重细节，调度有方，最关键的是得有一副好嗓子。这些特质，老朱丸都具备了，他叫客时，肥厚脸颊的肉随着声线上扬而抖动，有时，强大的气门喷涌出骤雨般的唾沫星子，而这些不雅都淹没不了他叫客的才华。他提着酒壶穿梭于席间，目的是不让一个座位有空缺，不让一桌的酒水斟不满。让客人吃好喝好的同时让主人家少浪费，是叫客人的本分，他恪守本分。

　　每到一桌前，他三言两语就会撩起一浪又一浪的笑声。他提着酒壶，对着有些拘谨的男人们开嗓："酒水粮食酿，三年吃味香，今天你不尝，就是怕婆娘！""吃肉不放盐，吃着也不甜，做客不沾酒，白来世上走！"叫客时，他的声调爬坡下坎一般顿挫："来的远客——贵客——稀客——座上客，吃好喝好要好啦——不要怕主人家饭少，谷子堆得有四大山高——不要怕主人家肉不够，肥猪比虼蚤还要多——""见官罢（罢，不要的意思）在前，吃饭罢在后，脸皮厚厚，吃得够够。三步并两步，动作不快，洗碗水招待！"他脱口而出的戏谑，让喜宴的热闹沸腾了好几度。有老朱丸叫客的宴席，才让人欢乐。遇到丧事，他也能将悲痛化解掉那么一两分。"穿破才是衣，到老才是事，世上多少人，活得过百岁。""三更鼓四更锣，人人迟早见阎罗，不要气不要哭，黄泉路上无老少。"在农村，这样的"出口成章"让大家都觉得他像个通晓俗世的知识分子，而事实上，他只小学毕业。

　　做客场上，他是众目追随的至尊宝，而平时却是一个不折不扣的邋遢懒汉。他家的田地四季荒芜，院落杂草横生，他讨生活的方式仅仅是靠养狗卖猫而已，还有叫客时主人家给的几文钱和少量的物资，日子过得滴汤掉水。媳妇早年不堪忍受他的穷困潦倒而离婚了，耍了多年光棍的老朱丸喜欢四处游荡，走东家串西家瞎聊，身后如影随形的是一条脏兮兮的黄狗。小县里的新闻总是第一时间从他的口上揭开，经过他的那么一加工，再加上表情和声调的处理，哪怕不起眼的一件事情都让听者咋舌。他超强的编撰能力加上放肆的渲染，让人在惊诧之余加重了质疑，知晓底细的人都说，老朱丸一开口，牛统统都被吹上天了。瞎混和练嘴，成了他的生活日常，哪里有酒哪里醉，哪里有铺哪里睡，一人吃饱全家不饿的生活，浪荡而恣意，也被周围那些务实而本分的庄稼汉所鄙夷。农忙时，几乎无人家办客事，老朱丸如同被闲置的器具一般，沉寂下来，而他不甘于这样的冷遇，只要有人在村前休闲，他便跻身其中开始神侃。这时通常被那些轻视他的农人戏耍："你那么能说会道，骗个女人焐焐脚嘛！""他脚臭，哪个婆娘敢挨着！""头发可以搭雀窝了吧，老朱丸。""听说你又去隔壁寨子吹死了几头老母牛了？"……在大家的言语漩涡中，他岿然不动，嬉皮笑脸地开始了粗俗的回击："你们这些狗日的，要婆娘搞么？像你们一样受窝囊气啊！老子一个人，快活似神仙！你瞧瞧你，花几块钱都要看婆娘的脸色，老脸都丢尽了。还有你这烂杂种，老鸹不要说猪黑，懊糟堆起一墙厚，还有脸说我。老子吹死牛不算，等哪天去你家，吹死你养的那群老母猪才实在！"话音未落，他扣起脚趾，作出鄙视的姿态。唇枪舌剑下，往往是他一马当先，杀得众人片甲不留，老朱丸沾沾自喜，对大家的故意消遣他全然不在乎，此刻他又成了焦点人物，仿佛自己又置身在热闹的办客场中，是那"战场"上调遣千军的大将。

直到有一天，他酒后摔跤引发脑出血，也跌断了腿，就再也没有出来过。有人说他瘫痪了，说话也不利索了，不知道还能活多久。每到冬腊月，小城里就又迎来了嫁娶的高峰期，客事依然一拨接一拨地举办，叫客的人换了一个又一个，大家觉得宴席上似乎寡味了许多，而谁也说不清究竟少了什么。

五

钳婆家住在县城郊区，走进去需要穿过一个凌乱的村子，一条曲折而难行的田埂路。而许多人都知道这个隐蔽在旮旯的院落，只因为她会算命，还会看病。钳婆有双瘦骨嶙峋的手，终日焚香火的指尖呈黄褐色，指甲尖硬，让人想到了那双递给白雪公主苹果的苍老之手，这样一双手的背后该是长着怎样阴郁的一张脸？而钳婆的脸却是和千万劳动妇女一样，沟壑纵横中盛满了阳光镀过的古铜色，眼眉低垂，似睡非睡，随时一副温吞平静的表情。

我第一次去她家里，是因为不小心岔气了，呼吸牵扯着背脊隐隐地疼，走路、伸胳膊、睡觉时翻身都会疼得控制不住地喊出声来。去医院检查，B超照片皆看不出异样，医生让我服用　点气痛散，吃药也无效。母亲说，去找钳婆吧，让她给你顺顺气。一打听，似乎人人都知道她的家，轻而易举地找到了。钳婆正在院子里剪花椒，听说完来意，让我坐下，手也不洗就搭在我肩上，一股花椒的麻味袭来，让人有种迷幻之感。她的拇指抵住我的肩后，食指扣入锁骨上方，像诊脉一样，片刻说道：你是右边岔气了。精准得让我惊悚，她怎么一探就知道是右边？太不可思议了。接着她吩咐：憋着气，我帮你理顺一下。还没反应过来，她食指鹰嘴一样的指甲一扣，接着传来指令：呼气！我遵照执行，连续三次扣住肋骨之上的穴位，我就在吸气与呼气中配合着她的一扣一放，表皮的疼痛还未散尽，而体内的那股疼已消失殆尽。她拍拍我的肩膀，让我站起来，甩甩手，我立马觉得呼吸顺畅，再无来时的那种闷胀的疼。这就是民间所说的"逐气"，钳婆就是这小城里掌握"逐气"的为数不多的人之一。她的手法娴熟，手到病除的功夫的确让人叹服，我甚至怀疑，她在逐气的同时使了邪术，不然医院都无法治好的病，她怎么一分钟就解决了。她不光会"逐气"，还会关节复位，医治小儿无端哭闹，会看妇科，反正各种疑难杂症到她这里，都会分崩离析，烟消云散。我女儿五个月大时，有一天忽然不喝奶不睡觉，着魔一般哭闹不止，母亲说，可能是"闪"着了，去找钳婆吧。我将女儿抱去钳婆家，她用手一摸孩子就说：这孩子是被"闪"着了，没事的，滚一下就好。于是用布把女儿手脚束起来，像滚筒一样在自己的腿上滚来滚去，几个来回后松开捆绑的布，用手揉揉女儿的后背。刚刚还嗷嗷大哭的女儿，在这番动作后逐渐安静下来，被我抱着，竟慢慢睡着了。不打针，不吃药，凭的是一双手，就可以把人归置得无恙，这是我见过最有能耐的"医生"。

她家堂屋中央的供桌上摆放着一些小木人，黑黢黢的覆盖着岁月的尘烟，她每天都焚香供奉，喃喃自语。大家都在背后传说，就是那些小木人教授她这些本事的。而这些都不是她的看家本领，她擅长的绝活就是"观亡"，到阴间找寻那些故去的人，附体在自己身上，与人对话。"观亡"这种一直流传在民间的"鬼魂附体"，很多人听说过，也见过，谁都不知道钳婆是如何做到的，而这些玄虚得让人恐怖的事情，无人敢去探究。有人说，骗人的伎俩，也有人对此深信不疑，就算素不相识的人找到钳婆，请她"观亡"，她居然也能把这家人的底细说得一清二楚，不得不让人毛骨悚然。一般来找钳婆"观亡"的，都是家里有人死得意外和仓促，来不及交代后事，家人有不解的谜团，于是就拜托钳婆走一趟阴间，问一问死者可有什么事情未了的。钳婆的这项"工作"极具挑战性，她一般不轻易接活路，每次"观亡"后常常大汗淋漓，面如死灰。听旁观者说，这样折腾一次得恢复好几天才能恢复元气。我对此特别好奇，而"观亡"的过程是不能有旁观者的。所以，钳婆的这种异禀在不断的传说中越加神秘诡异。有一次，我从同事口中得知钳婆"观亡"的神奇：同事的老公公忽然去世，老婆婆想问一下公公生前是否留下存款，于是，请来钳婆。在这之前，她家与钳婆素昧平生。钳婆在应允前需要烧一炷香，看看能否找得到那个亡魂。如果可以，便开始"观亡"了。这期间有很多讲究和名堂，细节无法赘述，最让同事汗毛竖立的是，钳婆被附体之后，语气和肢体动作像极了她老公公，尤其是跷着二郎腿抽烟嘴的时候，简直就是一模一样。看着老公公又"重返人间"，全家人伤心地哭作一团，最后竟然忘了问存折之事。

深谙世俗之事的老人们都说，钳婆这是拿阳间的寿元去"观亡"。而事实上，钳婆也如此这般，没有活到寿终正寝。她死时六十四岁，时间恰好在民间的七月半，小城里的人都言传，地府里熟悉她的人太多，专门挑着"鬼节"来接她去了，说得又让人一身鸡皮疙瘩。可惜的是，钳婆无后，她那些治病的手艺也没有传下来，青烟一样消散在人们的传言里。

六

每周四下午四点左右，一声清脆的单车铃声总会准时在照相馆的大门外响起，随之传来干净利落的吆喝：拿报纸杂志喽，《小朋友》!《父母必读》!《大众电影》!接着，自行车的铃声再次拨响，像下课的铃音一样，照相馆大院里的孩子们立马丢下正在做作业的纸笔，撒腿就往外跑，边跑边叫：来咯，来咯!一会儿黑压压地围了一堆。送报纸的是老张头，他不是本地人，操着一口川味极浓的普通话，长相古怪，冬瓜一样的头上永远戴着一顶绿色军帽，下巴上零零星星的几根胡须，如同秋后荒原上被农人丢弃的几棵玉米秆子，萧瑟悲凉，一双眼睛小得让人不知道他是闭着还是睁着，眉毛稀疏得营养不良。这样一副面容，常常会让人想到电影里的那些走狗汉奸。他其实不老，也就四十多岁的样子，因为长得不堪和破败，比他老的人也叫他老张头。我们这些调皮孩子，给他起了一个绰号：小朋友。他每次来送报刊，首先念的就是《小朋友》，而他听到我们这样称呼，居然哈哈大笑，回应：好呢，小朋友来了。只要来大院里送报纸，他那套灰色工作服的大口袋中总会装着几颗水果糖，那些花花绿绿包裹着的糖纸，缤纷中充溢着甜美，在那个灰色的年代中，带着让人畅想的童话般的美好。女孩子吃完，会小心翼翼地把糖纸叠成蝴蝶，放在书页中，或者剪成花朵，贴在笔记本里，糖纸装纳了我们童年对于色彩与气息最梦幻的向往。老张头看着像鸟儿一样围拢来的孩子们，开心地笑了，眼睛越加眯成一条缝："你们想不想看变魔术？"话音未落，一群麻雀般的叽喳声腾空而起："想呢，想呢，快点快点！"他开始从单车后座的口袋中拿出一块蓝色的手帕来，平整地抖抖，左右摇摆，慢慢说道："你们看，这里什么都没有。"接着，他将手帕铺在左掌，右手一指天空，语速突快："看！那朵筋斗云，我让孙大圣送两颗糖果来给你们这些猴儿们解解馋吧！"话语刚落，等我们把视线拉回时，他掌中的手帕神奇地鼓了起来，垄起了一个让人兴奋的弧度，"哇！你们看，孙大圣真听话，把糖送来了！"随即扯下蓝布，一小堆糖果在阳光下闪闪发光，瞬间引来了孩子们炸锅的欢呼。一人一颗，每个小小的手掌攥住这奇妙的礼物时，也攥住了对老张头的喜爱。"还能再和孙大圣要一次吗？""不能了，孙大圣早回到花果山了，等下回，我让他给你们送桃子来！"于是，"孙大圣"总会在老张头的指挥下，源源不断地给我们带来不同的零食，也送来新的杂志读物，在那个资源匮乏的年代，精神与物质的双双赐予，让我们对于置身其中的世界有种幸福的满足。每周四的下午，变成了孩子们最期待的时刻，像过节一样，等着那悦耳的单车铃声从大院的门口拨响，像拨响欢庆的钟声。

老张头除了送报纸就是顺便收集废品，那个年代的所谓废品，似乎最值钱的就是牙膏皮了，两分钱一个。孩子们总会将自己的废书本和牙膏皮偷偷攒好，为的是卖给老张头。而老张头总会在付钱后，还送给我们一些小小的礼物：几颗花生，甚至几个芝麻饼。他像一个圣诞老爷爷一样，永远在送给孩子们礼物，而我们总会适时地过着不知名的节日。每个孩子都会以自己特有的方式对他表示亲近。院子里有个男孩子，为了给老张头牙膏皮，居然把家里新买的牙膏挤光了，挨了父亲一顿打，这事以后，张老头便不再收废品了。而只要他的铃声一响，周围永远有一群麋鹿一样的耳朵与山猫一样的眼睛，他的魔术让孩子们的脸发出日月般的光芒。

直到有那么一天，单车铃声的主人换成了一个年轻的小伙，老张头便再也没有出现过，听说他身体不好，也没有妻儿，提前退休后回老家了。后来有人说起，他年轻时曾经参加过抗美援越战争，一个排的人都牺牲了，剩了他一个，幸存的他头部受了重伤，身体里还有取不出的弹片，那顶绿色军帽下藏着的不仅是可怖的伤疤，还有一段光荣的历史。对于自己征战疆场、九死一生的过往，他从不宣之于口，就在这个小城里当了一名普普通通的送报员。我努力地回忆，想从旧日的往事中，找到老张头与战斗英雄相匹配的点滴，而记忆如深井，打捞上来的全是他带着笑容的丑貌与送报的日常，唯一让我发掘到的他熠熠生辉的身份，是在我们心中至高无上的魔术师和"小朋友"。如今的老张头在何方呢？您可知，只要有脆生生的单车铃声在耳边响起，我的心就如同插上了一对美丽的翅膀。

七

小城在不断地拆除扩建，当年的老街也像历史资料一般，存入档案里。我从家到单位需要穿过大半个县城，骑行耗时才十分钟而已，在这段短短的路程中，不断有高楼拔起，街道新建，店铺招牌频繁更换，日新月异是我对这座城市最直观的感受。时尚，明亮，整齐划一成为披挂在它身上的一件新衣。我上学时那条幽暗的、逼仄而透着老旧腐朽之气的木楼巷，已被挖掘机铲得灰飞烟灭。那种在街上摆摊，炒菜，洗衣服，纳鞋底，做作业，打扑克，晒太阳，聊八卦，进行着世俗生活的日常景象，也随之消亡。老街，像老祖母一样，这个知晓许多事情的来龙去脉与人生底细的人，她的消失也就意味着一方土地之上人生世相的消失，一切变得无趣而轻浮了。

早已看不到儿时每天经过的稻田了，还有路上偶尔惊飞的鹌鸪和野鸽，四处升腾的炊烟，秋季中阳光烤炙谷穗的暖暖的香味。曾经，脚下是祖先们踏出的路、开辟的田垄，我能感知到这些余温所赐予的力量和指向，踏实而安全。如今，大地在改头换面，也在丧失野趣。有那么一瞬间，这个我居住了半生之久的地域竟陌生得像不曾来过。这让我想到了苇岸在《鸟的建筑》里写的："在神造的东西日渐减少、人造的东西日渐增添的今天，在蔑视一切的经济发展的巨大步伐下，鸟巢与土地、植被、大气、水，有着同一莫测的命运。在过去短暂的一二十年间，每个关注自然和熟知乡村的人，都已亲身感受或目睹了它们前所未有的沧海桑田的变迁。"我就是那个用了四十年时间来感受变迁的人。小城的楼越来越密，人越来越多，庞大加剧了疏离，当年的街头巷尾，毫无可寻之迹，那些我熟悉的场景在逐渐消失，消失的还有那些在我生命中极富传奇的人们。

面　相

一

在这个老旧四合院，浮雕木门紧闭着，那些镂空的花窗，透出陈年腐旧的、冷寂的气息，里面关着无数的故事和过往，让人不敢轻易去窥探。青天白日下，看着阳光倾泻在院子的青石板上，竟泛着清冷的白光，恍若梦境一般。这座历经一百五十多年风雨的老屋，繁华劫难皆是一场梦，多少人的命运和生死皆在这里一一呈现，一一凋零。这是一个被搬空了的段家大院，曾经的荣光都保留在这些建筑考究的细节里，檐口精致的木雕，石磉上细琢的生动图案，墙壁上偶有脱落，却色泽清晰的水墨山水。这一切无不被时间摧垮，却依然用固执的姿态告诉每一个前来的人，曾经拥有它们的主人是何等显贵。

我走进院落的时候，国海正将自己摆在冬日的阳光下，他静静地坐着，雕塑一样，那辆被磨蚀了的自制轮椅在他的身下，像一个老态龙钟的坐骑。我看着他清瘦的身体，芦苇般单薄，那二十年来没有自主站立的脚杆，瘦弱干枯中也难掩微微的水肿。见到我来，他开心地笑了，面部的纹路在阳光下荡开。国海是我们县的非遗传承人，面塑是老天赐予他的一门手艺。我想，在这个男人身上，命运之神拿走了太多属于他的东西，也许心生恻隐，又从那些让人窒息的锁闭中撕开缝隙，递过来一点点希望，像那缕透过窗棂射进老屋的冬日阳光。

这座老宅是国海祖上留下的，他的老祖段桐曾经是这方土地上最显赫的生意人。长年累月地驮着马帮走四方，把棉花生意做到了南洋。和所有的中国人一样，富庶则起房盖屋，这是一个人显示身份最直观的方式，房屋决定了他们人生攀越的走向和高度。于是，在段桐手上，这座四合院开始筹建。为了展示自己的财力和手段，他将这个院落的建立也铸成了神话。一百根梁柱，在一夜之间竖起，待第二天拂晓，村寨的人起床睁开惺忪的睡眼才发现，一间巍峨的四合院房架，已赫然屹立在他们的寨子上。人们惊诧于竖房子的神速，莫非有天兵天将来帮忙？段桐一笑，秘而不宣的得意让众人越加添油加醋，话语迷雾一般漫开，鞭炮一样炸裂，经过肆意的加工和渲染，俨然变成了传说——段家大院是天工所建。这让一座房子蒙上了神秘的面纱，也让段桐成为后辈嘴里富有神力之人。于是，从此人们只要比拼谁家有钱有实力有通天的本事，总爱拿这话反诘：他能一夜之间立一百根房梁柱子吗？

二

几个彩色的面团在国海面前一字排开，像一排胖墩墩的、怪异的外星圆球蛋。这些圆蛋将在他的手里，孵化为立在棍子上的花鸟虫鱼和人生百态。我看着他的手在轻巧地搓揉，那是一双清瘦的、光滑的、黄白的手，如果没有二十年前的那场灾难，这双手也许在砌墙、电焊、轧制钢筋，注定在建筑房屋中被磨损得伤痕满布，国海一定比现在壮硕、黝黑和粗糙。而现在的他因常年躲在屋檐下而显得皮肤苍白，身体孱弱。

多年前的他迎着朝阳，骑着单车，追寻着人生的梦想，在田野里劳作，在工地上挑沙灰，抬木料，砌石墙，和所有农村里走出的少年一般，努力打拼。他不可能像自己的老祖一样富庶一方，但至少可以通过健康的躯体、吃苦的精神去获得想要的财富，况且他马上就攒够娶媳妇的钱了。那是他用肩挑出来的，手抬出来的，脚走出来的，血汗换来的。他记得那一年，自己浑身是劲，对未来铺陈了想象中的无限锦簇和艳阳，有奔头的日子总是让人蓄满了力量。在建筑工地上，每天最后离开的那个人总是他，老板说，像这样肯吃苦又卖命的工人实在太少了。国海在勤俭方面秉承了母亲的特质。左阿姨是一个有着丰富生活经验的农村妇女，一双巧手能把平淡无奇的菜蔬做得活色生香。打理家务，抚养老人，照管儿女，人情往来，都操持得稳妥有条。她就是这个家里那盏温暖而明亮的灯，等夜归的人，拢着一大家子的心。国海的婚事马上就举办了，她已做好了迎娶儿媳妇的准备，柴米油盐，被褥衣服，锅碗瓢盆，婚嫁的一切家什都在她手里井然有序地备下。她摸着光滑的缎面，掐指算着儿媳妇过门的日子，畅想着不久的将来，孙辈的出世，孩子们的嬉笑和打闹声会填满这个寂静的院落，幸福的纹路爬满了她的眉梢。

然而，命运的翻云覆雨总会把人打入万劫不复的深渊。那天，和往常一样去工地的国海没有回来，被房顶上垮塌的梁柱砸断了腰椎，送去医院时，医生已不敢接收这个病人。接下来，段家大院阴云密布，突至的灾难，让一家人都陷入了难以自拔的苦痛中。当被不幸的棒槌打蒙的人醒来后，只有接受事实，尽力医治，经过手术后，医生给出了一个让人煎熬的结论，活不了多久了，即使能侥幸活下来，此生也无法站立。婚期在即，万事俱备，国海对着满脸泪水的母亲和未婚妻做出了一个艰难的决定——退婚。未婚妻不同意，而国海心已决，开始下了逐客令。左阿姨知道，儿子是不愿意拖累别人，她回到了家中，又开始忙碌起来，那些她满怀希望一手置办的东西，如今得一件件地物归原主。同样是忙碌，心情却天壤之别，从前有多欢天喜地，现在就有多痛彻心扉。众人都知道她家里发生的劫难，并未为难和拒绝，有的在退回钱财时还不忘宽慰那么几句。在短短的几天时间里，国海和父母从明媚的春光走向了萧瑟的寒冬，他们都不知道，这样侵骨的寒冷还要熬多久。未来像通往无人区的荒漠，你无法预知自己会在哪个时刻被风沙掩埋，被焦渴掩埋，被孤寂掩埋，被疲累掩埋，被绝望淹没。

三

我专注地看着国海的手，那些被各种调料和好并上了色的面听话而顺从，服帖得像他的仆人。一根小棍就是面塑的舞台，揉搓，撵擀，拉丝，掐拢，按压，点缀，粘贴，刻画，每一个动作的完成皆行云流水。一会儿，一张美人的脸已跃然而现，这是一张古代仕女的脸，樱桃小口，柳叶细眉，云鬟高耸，眉眼俏丽，嘴角上翘，这个面若春花般的仙女即将在国海的手上临风而舞。接下来，给她穿戴上多彩霓裳，纱衣丝带，或逶迤拖地，或飘飞身后，那薄烟翠绿的纱裙里，包裹着美人柔软的肢体和赛雪的肌肤。时光在他的指尖飞逝，半个小时不到，一尊手托花篮的仙女便飞到眼前，玉带飘飘，生动传神。这是国海最新捏制的一组人物，名为：天界仙姑。他赋予了这些仙女不同的姿态、衣着、装饰和容貌，同样也赋予了自己对于仙界的理解，这个地方应该没有人间的苦难，每个仙女的面容都那么祥和喜乐。我旁观国海捏面人的过程，专注而忘我，仿佛这个世界的纷扰都不存在了，只有他与那些如约而至、笑意盈盈的天外来客。看着那些呆滞的面团变为一个个活灵活现的人物，一切美好皆在他的指尖徐徐呈现，你会觉得国海向它们施了魔法。

而这些魔法的背后，谁也不知道法术师经过了怎样的浴火重生。

那一年的残阳血一样红，他就躺在床上，看着窗外的寒来暑往。每天需要家人为其擦洗，翻身，喂饭，包括最基本的排泄，也得借助他人之力。似乎就在一瞬间，那个工地上最强的劳动力变成了一摊被砸烂了的泥，命运之手无情而决绝。因虚弱，他无法去拿取放在身边的一杯水，更不要说去完成一个简单的动作，起身坐立那是一种奢求。身体的彻底坍塌让其他病痛也乘虚而入，经常感冒发烧，每天夜里，疼痛像雷电一般常常把他击得无法安睡，他的皮肤在溃烂，身体在消瘦，生命变得不堪一击。老天爷似乎用尽了一切手段对其进行折磨，而国海从未低头妥协过，他以超乎常人的毅力咬牙抗拒着，积极配合医治。当我忐忑地问他，那段时间是否绝望、灰心时，他果断地回：没有，就是想着这辈子死也要站着死！他的眼神坚定自信，有着一束特殊的光芒。我相信，在这样的信念下，与厄运的交锋，国海势必会成为赢家。经过三年的恢复和不懈的抗争，他终于可以坐起来了，支撑身体的手磨出了茧了，腋窝臂膀瘀青难散，为了这个简单得不能再简单的坐姿，竟需要一千零九十五天的恢复、练习和等待。而这三年期间，他的家庭又遭受了纷至沓来的变故——奶奶和父亲相继过世。左阿姨提及那段往事时，努力克制着那些翻江倒海的痛楚，轻声说：如果会气死，我早就死了无数次了。蛇怕蹭着，人怕过着，过着没办法，日子还不是要继续，儿子需要我。一番宿命论的话语里尽是一个母亲的温厚、担当和旷达，看着眼前这个瘦弱的普通农妇，我心潮涌动，有怜悯，有感动，有叹息，更多的是钦佩。在面对种种劫难时，她依然能挺直了身板，坦然承接，逆风而行。她的体内藏着常人无法掂估的能量。

四

那一天多么像重返人间啊，国海第一次靠着轮椅走出家门，并在人来人往的街道邂逅了一段奇缘。从此，他的人生再次被唤醒，被鼓动，被重写。可以坐立的那天，带着破壳而出的希望，国海开始萌发出对人生的展望，而他能做什么呢？连最起码的站立都不能。前途渺茫，如在大雾中跋涉，找不到属于自己的方向。先出去吧，他迫不及待地请家人为其量身定制了一个简易的轮椅，想到外面看看。时隔三年，他第一次"走"出了家门，那些熟悉的道路，招展的庄稼，蓝天流云，和风暖阳，人间的一切似乎也以崭新的姿态迎接着他的到来，世界的美好让国海觉得自己又获得了某种力量。

那天正巧赶集，他便在朋友的陪同下到了施甸街，上苍好像在有意安排着，我们每一个人的相遇，福报和劫难都是冥冥之中的注定。在小学门口，他遇到了一个挑着担子在售卖面塑的江湖艺人。那些被摆在木盒子里的各种小玩意儿吸引了孩子们的目光，也拉住了国海的视线。艺人用饱经风霜的手，在箱盒中快速地捏制，几分钟的时间，就飞出一只鸟，蹦出一只兔子，跑出猪八戒和孙大圣来。孩子们看呆了，国海也忘记了时间的流逝。走南闯北的风霜没有让这个年过半百的艺人潦倒和衰老，反而让他自带着一股迷人的光芒。国海看着，他就那么坐着表演，不同的是，他坐在凳子上，而自己在轮椅上。他有一双健全的手，可自己也有啊。一个想法迅速占领了国海的大脑——拜师学艺，做不了其他事情，至少，他可以通过这门手艺养活自己，不再拖累家人。

这个街头卖艺的王师傅来自河南，多年来的行走江湖让他有着一双识人的慧眼，他看到了国海的境况，也看到了一颗赤忱的心。于是，便将自己谋生的手艺传给了这个萍水相逢的人。因走四方的缘故，他停留在施甸的时间只有三天，这三天，国海必须用尽全力才能掌握面塑的基本原理，至于技巧，只有用接下来的时间慢慢琢磨了。三天授艺，这在现实生活中听着是那么不可思议的事情，三天授艺，这只有在西游记里，菩提祖师与孙悟空的身上才可能发生。神与人怎可相提并论，而国海再次和他的老祖段桐一般，创下了这个神乎其神的佳话。他的确就用了三天的时间，完成了别人三个月，甚至三年才能做到的事情。当一个人全心全意投入到一件事情中去的时候，会迸发出超乎寻常的能量。情节和悟空学艺一般，王师傅闭门授艺于国海。段家大院里，那扇紧闭的门关了三天，谁也想不到，当门哗啦打开的时候，会再次出现一个全新的国海。

三天之后，王师傅整装而别，临行时放下了一句承诺，待三年后定回来看看徒弟手艺进展如何。国海看着师父远去的背影，下了一个决心，三年后一定不会让这位无私授艺的恩师失望。接下来的每一天，都成为他不断挑战自我的一天。配料和手法皆是考验，和面有时掌握不好，就黏糊得让他束手无策，捣乱般成不了形。而每次他都会反复地试错，小心翼翼，总结经验。从最简单的小动物捏起，练习手法是最重要的基础，就这样，他不知耗费了多少袋面粉。日月星辰从大院上空滑过，春夏寒暑从国海的衣角边走过，半年后，当他将千锤百炼的面塑作品忐忑不安地摆上街头时，意外地收获了老百姓的喜爱。在施甸这样一个滇西小城，除了外地艺人偶尔的光临带来面塑工艺品外，本地没人拥有这种手艺，面塑作品自然也就成了稀缺品。国海看到了希望，人们的认可像黑暗中投递来的那束光，照亮了他原本模糊不清的路，也给了他指引和动力。

他开始了探索和尝试，既然能捏，那世间万象皆可成为他手下的作品，于是，他变成了一块海绵，贪婪地汲取着给他带来灵感的点滴泉水。他看图片，看戏曲频道，看动画片，就是院子里的鸡群觅食，他也会留心地观察。师父领进门，修行在个人。他像一个苦行僧般，在这大千世界中踽踽独行，用心修行。他的手上不断涌现出各种面塑新品，就是施甸本土的龙会习俗、布朗族歌舞这些大型场景，都被他通过面塑的形式生动再现。他的作品成为施甸庙会的热销工艺品，也被越来越多的人收藏，甚至远销到全国各地。三年后，当他的师父如约来到施甸时，已不敢相信眼前的面塑作品竟出自自己只教了三天技艺的徒弟之手，赞叹地说了一句：你比师父捏的要好几倍！

五

疼痛依然是常客，不经意间就破门而入，登堂入室，让国海无法安睡，常年的病痛折磨，让他的脚杆看起来像两根纤细的竹筒，他自制了一个铁板支架，绑在腿脚上，才能勉强支撑起他的身体。有时，他正在创作，那种刀割般的疼会无情地袭来，让他不得不放下手中的活路。这一生，国海注定与病魔相伴相抗。只要身体稍微舒适，他就开始面塑的操练，不仅仅是为了养家糊口，也为了心中重现一片田园。面对着这门除他之外，施甸境内无人操持的民间技艺，他想到了传承。他也想通过自己的教授，让越来越多的人喜爱上这指尖的艺术。于是开办了培训班，免费教授孩子们学习面塑技艺，并带着他的面盒子进校园、进社区去展示，他结合着施甸本土民俗文化，为施甸的非遗进行着动态和静态相结合的传承。"轮椅上的艺术家""残疾人自强模范""施甸县德润民心感恩人物""保山市十大杰出人物"……一系列的荣誉像那道雨后的彩虹，加持于国海的头顶，而他依然在埋头做着属于自己的功课。

我也成为国海的徒弟，笨拙地捏揉着一团面，在他的教授下，用尽了一切可能，完成了我的处女作，可以说需要经我的提醒，别人才知道这呆呆的东西是一只鸟。我自嘲地说，这是抽象派捏法。没有经过亲身的体验，就无法知道其中的艰难，折腾了大半天，我连最简单的动物都捏不好，面塑不再是我眼中那样轻松随意便可学到的手艺。我不禁好奇地问国海：你觉得面塑最难的是什么？他脱口而出：人的脸谱，微笑的面相最难。你看，那些嘴角上翘的人，细看他们并不是在微笑。所以，我琢磨了一年多，才找出了如何在人物面部捏出他们笑的感觉的方法。国海的一席话说得平淡，在我听来，却如雷霆过耳，醍醐灌顶。是啊，最难捏的是微笑的面相，而我们所处的这人世间，最难的不就是在脸上、心里保持一张微笑的面相吗？在面对不期而至的风雨时，依然能笑对人生，这大千世界有多少人可以这样呢？还好，国海做到了。

这些面塑技艺来自遥远的中原，却在滇西这座小城，得到了另一种诠释和发扬。国海的手中捏出了属于施甸的万千气象：背柴的布朗妹子，农耕的庄稼大汉，植树的老书记杨善洲，戍边的邓子龙将军，声势浩大的民间龙会，精彩纷呈的布朗打歌……他在用手捏制着这方土地上的多姿多彩和精神脉络，也用另一种视角呈现出与我们生活息息相关的民俗文化。在国海无声的传播中，故土变得熠熠生辉。

佛陀说，世间的每个人都是一朵来自秽土的莲花，有的还未出土就死去，有的还未开花就凋零，有的会冲破一切阻拦，开花结籽，完成人生的圆满。而不管你属于哪朵莲花，我们每个人都应该懂得从秽土中汲取营养，超拔而出，努力绽放出自己该有的色相来。此刻，在国海身边，我嗅到了一股莲花的清香，那是一朵长着黄蕊的白莲，他的莲瓣还带着昨夜残留的水珠，晶莹剔透。

有龙在侧

一

老年一过，明显地感觉到风像弃城的俘虏，丢下了刀剑，缴械投降，呈现出软垮之态。这时它已剔除了刺骨的冷和强劲的蛮力，顺从起来，吹面不寒杨柳风，大地、人间和冬天已在一番鏖战之后得以和解，舒缓和放松。

田野之上，麦苗青透，绿波一层层翻滚，菜花金灿灿地铺开来，不遗余力，自然之神手中的调色板上，从呆滞的灰褐色跳跃为让人赏心悦目的绿与黄，田园在这样的温和色系中透出无限的生机来。在色彩学中，黄色表达着温暖，绿色则透出清新，这种光感饱满的组合，给人的第一感受便是春光乍泄，活力四射，像一阵带着愉悦的春风，扑面而来。这样的颜色可以让人顿生光明、快活、希望之感，显得清爽舒朗。

农村在这个季节也变得格外静谧和美好，蜜蜂飞舞在田间，嘤嘤嗡嗡之声在菜花和阳光中交织穿梭，把丝丝缕缕的香气悄然勾连。河流的水细缓地淌着，沉默的水草缓缓摆动，水里映照着蓝得深不可测的天和偶尔走过的云。这时，几只鸭子顺河而下，引吭高歌，追逐着彼此，揉碎了水里的天空。炊烟在屋瓦之上悠然而升，木柴、松毛被火一点燃便生发出一股股让我安适的气息来，弥散在日常的人间。这样的气息总会让我想到童年、家园和操持家务的母亲，这些带着温暖的记忆原来就纠缠在这一缕缕剪不断的炊烟中。

日头如此温暖，带着明艳的穿透力，把大地上的一切镀得通体发亮，它们的影子在一寸寸地下移。时光在这片土地上的流转，此刻显得缓慢而从容。一年的初始将从这明媚的春天里开启，在这段时间里，老百姓难得显得稍稍清闲一点，他们在村寨旁，三五成群蹲坐一起，扯着漫无边际的白话。眼里和口中，都离不开脚下这块能生发出颜色和果实的泥土。栽种、年成依旧是大家绕来绕去都不会丢弃的话题，除了这个系着他们生活命脉的话题外，还会商讨另一件重要的事情，这个事情其实也与农事紧密相连，这便是一年一度的"龙会"，他们将身体力行去筹谋和祭祀，祈祷来年风调雨顺，五谷丰登。一场浩荡的"会"铺陈于大地之上，在滇西边陲的施甸，这个与农事相关的狂欢将在农历二月里延绵一个月。

"龙会"便是耍龙的集会，耍龙是为了祈求上苍为靠天吃饭的农人们赐予雨水，使其避祸消灾，人畜兴旺。这带着农耕文化的祭祀被永远活态地封存在这两千零九平方公里的土地上，在二月这个特定的时节，每个角落都举办这样的祭祀活动。各个地方都有属于自己的龙会，根据地名或者历史渊源，人们为各自的龙会冠以不同的名字：东山寺龙会，太平羊皮会，银川大龙洞会，沙沟龙会，清平村龙会……每个会皆有自己所属的时间，时间一到，老百姓们便蜂拥如潮地聚拢而来，耍龙，祭龙，吃喝，买卖，会友，恋爱，玩耍，踏春……人间闹腾的世象都在这一天得以彻底展现。一切约定俗成，一切水到渠成，像季节来临、节气来至般，自然而然，龙会仿佛已经植入了天地万物和人心。

选择在农历二月，这是民间所说龙抬头的日子，惊蛰后，大地复苏，万物萌动，人们想象中的龙也和所有的蛰虫般，在春雷的滚动下，从睡梦中醒过来，翻身抬头，抖动鳞片，准备吐水了。大地和万物蓄势待发，正以蠢蠢欲动的方式进行着一年新的谋划，这样的启动带着秘而不宣的期冀和兴奋，这些情绪藏在绽放的花苞里、抽出的春芽里、翻犁的土壤里、欢快的鸟鸣里，也在那些为准备龙会而忙碌的人群里。

二

东山寺龙会也叫三沟头龙会，言说，东山寺附近的十八个寨子的人们都得依靠从东山淌下的水生存，这三条沟渠的水出自深山的龙洞，三条龙水像心脏的三根主动脉分叉开来，随着细血管一样的沟渠延展于错落的寨子。于是，人们有了生命的来源，灌溉，吃喝，洗涮，水输入了源源不断的滋养，进行着涤荡，也让大地和人群有了活力。秧苗、麦子、包谷、烤烟、甘蔗，还有菜蔬和桃李瓜果，所有的一切都将在土壤里、水源下，完成吐芽、抽穗、拔节、灌浆、舒展、开花和结果。它们的一生与水不可分割，就如同这大地之上的人们一样，靠着喂养，一茬一茬地生长，庄稼和人群互为依存，也貌似一体，它们活下去的根本便是因为有了这一股股的清泉。

和生养自己的父母一般，对于源源不断滋养大众的水源，龙会便是人们对其的反哺。靠着龙水滋养的十八个寨子，每个寨子都有一条属于自己的龙，在龙会这天，一起相聚在东山寺进行集体祭拜，去谢恩，去祷告，也去欢闹。黄龙，青龙，白龙，老麻龙，小滚龙，无数的龙子龙孙汇聚成为一个大家庭。龙会前几天，人们便开始忙碌张罗了，晾晒龙皮，擦洗龙节，洗亮龙目，梳理龙须，然后缝补龙皮。这一切仿佛在为一个亲人整理行装，每一个环节都带着民间最质朴的情感。一条龙被大家小心翼翼地连接起来，第二天要举办龙会了，前一晚，大家得请龙头，由主持事务的长者烧香祷告，众人抬着龙头放置在院子里进行叩拜，将猪头等三牲和各类瓜果摆放在龙头前，人们朴素地认为，龙也和自己一样，只有吃饱了才有救赎众生的力量。第二天，鸡还未打鸣，每家每户都带着香火和肉食前来祭拜，这样的祭拜延续至中午。

时辰一到，耍龙开始了，全寨子出动，老的、小的齐上阵。女人力气小，就耍小龙。那三条最大的黄龙、青龙和麻布龙马虎不得，早已定下人选，谁负责敲锣，谁负责抬鼓，哪些人抬龙头，哪些人抬龙身，主事的已安排妥当。耍龙头的一般都是有经验且一身力气的壮汉，他举着龙头，懂得如何进退，也知道压着鼓点进场，龙头的两侧则有四个人牵着龙须以作固定之势，保证龙头的不偏不倚，他们得身手矫捷，随着龙头的摆动随时变换姿势。龙头一动，龙身、龙尾便牵一发动全身，随着摇摆，或左右，或上下，或滚动，当锣鼓声急促时，龙身则移动迅速，这时，举着龙身的人们已无暇顾及身旁的看客，随着龙头游动，他们会边跑边叫：起开起开，龙翻身了！伴随着纷杂的脚步和叫喊，围观的人纷纷躲让，有时避之不及，常常扫倒一片。这时，人们不理会脏乱，甚至顾不上受伤，赶忙连滚带爬地起来，拍拍身上的灰尘，继续尾随着龙进发。簇拥成为一种无言的仰慕，这些来自不同寨子的十八条大大小小的龙一起向他们的目的地东山寺"游"去，而那里早已聚集了等待观望的人们。

赶龙会，除了祭祀，就是赶集。人们趁着这个时节，举办一场浩大的商贸往来。卖豆粉，卖肉食，卖糖果，卖炒货，卖衣物，卖农具，卖篾编制品，卖瓜果蔬菜，卖农药，卖烟酒，卖日常老百姓需要的一切。龙会现场，杂乱得让人眼晕，男人喝酒吹牛，女人烧香叩头，孩子们玩得脚底板朝天。东山寺外人头攒动，人们在绿波涌动的田间走过，草芽和泥土被踏出一种春天特有的气息。这样的气息，清新又腥膻，同时糅杂进了花粉、香火、食物、鞭炮、汗水、柴火、烟酒、尘土的气味。这杂乱无章的气味，热气腾腾，棱角分明，肆意地席卷于每个角落，这是龙会才特有的味道，钻入鼻子的瞬间，让人兴奋却又心安。

三

从小就在这方土地上长大的我，至今依然对于龙会有种特别的期待，从有记忆那天开始，龙会便以它特有的方式存在于我的生命里，从未改变，这样的陪伴会让人觉得，一生中，原来有些东西是可以始终如一的。儿时，对于我而言，龙会是一种恩赐，这一天，可以拿着大人给的零花钱肆意吃喝，可以买上最喜欢的塑料花插在发间，可以不用写作业，不用干活，只负责玩乐。可以跟着那些男孩子疯跑，尾随着他们找棵观看龙会视角最好的大树，避开拥挤的人群，爬到树权上，只为看到那一条条龙从脚底逶迤而过。此刻，锣鼓声，鞭炮声，喧哗声，簇拥着龙穿梭于寨子中、龙井边、田畴里，再一起汇集到东山寺戏台前的广场上，各色的龙、大小的龙挤在一起，在人潮中起伏。大树像个检阅台，我觉得自己俯瞰的已不是一场龙会，而是一个沸腾的人间。

摆摊的人们兜售着各色物品，有的也兜售着自己的手艺，捏面人，做糖画，捏小花糖，这些民间艺人是魔术师，他们的手系着孩子们亮晶晶的目光。猪八戒，孙悟空，七仙女，十二生肖，只要你想要的，都能在他们灵活的手指尖徐徐变幻而出。面塑和糖画最好售卖的就是龙了，面塑的小棍上，攀爬着一条条昂首欲飞的龙，它们是这个时节的主角。糖画的师傅面前摆设着一个圆盘，圆周边画满了花鸟虫鱼各种图案，付钱就可以转动圆盘内的指针，指针停到哪里，便是你即将得到的糖画。而这时，大家最想让指针定格在龙的图案上。指针转动的瞬间，总会伴随孩子们迫切的呼喊："龙！龙！龙！"仿佛这样的叫喊能指挥那根纤细的指针，而幸运的人总是很少，想指定要龙，得出双倍的价钱才能得偿所愿。艺人将煮好的流质糖水舀上一勺，轻快地在铁板上倾泻而下，粗细不一的糖水，随着手腕的点挑拉绕，线条在飞速辗转，勾勒成为大家期待的样子，"快看！龙的胡须，龙的眼睛，龙的角……"随着孩子们的欢呼，一条糖龙的身影逐渐升腾在铁板上，糖水随冷却而凝固，一根小棍粘着飞舞的龙身，跃然而出。我记得小时候有一次幸运地得到了一条糖龙，舍不得吃。宝贝一般拿回家去，支棱在杯子里，小心地放在堂屋中的八仙桌上，没过几天，杯子上徒留小棍，糖龙不翼而飞。我急得差点流泪，母亲说，许是夜里被飞来的蝙蝠吃了，等明年龙会时再买一个吧。我握着小棍，无限悲伤，舌尖还没来得及舔舐过糖龙的滋味，它便飞走了，只得空欢喜一场。想着那条消失的龙，我好几夜都不得安眠，心里开始期待着来年的龙会来。

龙会是孩子们的乐园，也是大人们所盼之事，商贸往来，祷告许愿，耍龙看戏，在他们眼里，龙会赋予物质和精神层面的双重给予。东山寺那个明代就建立的戏台至今依在，雕梁画栋历经了几百年风雨，沧桑满布却韵味犹存。千百大众视它为精神教堂，在特定的时节不招自来。十八条龙聚集时，总会在戏台前请年长的乡绅依次为其挂红和贺彩，这是人们在新年里对龙美好寄寓的表现形式，一朵红花挂在龙头上，彩霞般吉祥。贺词早已在乡绅们的心中，只待那一刻的到来——"麻龙耍得喜洋洋，贺了一场又一场，摇头摆尾进庙堂，来把各位乡亲贺一番，龙头抬起祥瑞生，龙身一动保平安，龙尾摇摆出人才，家家户户六畜兴旺人安康！"每说一句，龙头点动，民众欢呼，在这场人与龙的互动中，浩荡的喜气奔涌而来。这时，鞭炮齐鸣，锣鼓震天，人们因龙的到来和焕然一新而欢腾。

一切仪式结束，戏台之上的表演又开始了，那些平日里拿着锄头的手，跷起了兰花指；被日照晒黑的脸，擦上了厚厚的粉和胭脂；吆喝耕牛和鸡鸭的嗓喉，唱起了莺燕流啭的戏曲。粗糙和滑稽的外形，沙哑而走调的唱腔并不影响他们所饰演的角色，《秦香莲》《战洪州》《白蛇传》《二龙山》……临时演员们全情投入。水袖飞舞，须髯飘动，丝竹不绝，紧锣密鼓间，你方唱罢我登场。这些来自泥土的人们用自己的方式演绎着属于他们的天上人间，台下人流穿梭，嬉笑喝彩，报之以喧闹。

四

阿大是母亲的姐姐，和她去赶龙会是一件快乐的事情。她总把我丢到人群里，自己带着香钱纸火，到寺院里许愿看戏，一去就是半晌，而我乐得逍遥，野风般乱跑。阿大是专门去拜谒东山寺里的那条麻布龙的，不只是阿大，四邻五寨的人都去向它祈求。众人都说，东山寺的那条麻龙特别神奇，只要人们有所诉求，总会得以兑现。而这些所求，多半都是家庭琐事，这些琐事却又关乎着各家各户的幸福指数。身患顽疾，不孕不育，牲畜不旺，家宅不安，口舌纷争……如此一看，琐事还真是关乎人们命脉的大事。

对于麻龙的神通，来源于一个传说，和我说这事的便是东山寺主持龙会的司仪段开朝。他已年过七旬，谈及麻龙时，肃穆布满了沧桑的脸庞。"事情很久远了，都经过好几代人了。"这是他的开头语，听起来，不像是讲一个故事，倒是一桩无可置疑的真事。说是有一年，天大旱，秧田都爆裂开了，一道道的像惨烈的刀痕，树木焦黄，仿佛一阵热风吹过就能将其点燃。河水断流，井水枯竭，眼看老百姓活不下去了，于是大家商议，耍龙祈雨。人们在东山寺里，连夜扎制一条大龙，所有的一切都弄好了，唯独龙的腮帮总是翻不起，正当大家一筹莫展时，来了一个身着麻衣、一脸麻子的道人，他走进来准备要一口水喝，大家热情地倒茶接待了他。临走时，道人随手一弄便将龙头的腮帮扎好了，还未等众人回过神来，麻衣道人便消失不见了，这时，天空划过一道闪电，适才还晴空万里的天居然下起了雨，久旱的大地苏醒过来。于是大家惊呼这定是神龙化身道人来帮忙，便用麻布来做龙皮以此为纪念。

麻布龙从此横空出世，大家都亲切地叫它"老麻龙"，就像叫自己的邻居般自然。"我去给老麻龙上炷香，说点事""给老麻龙带点吃食，刚做好的糯米圆子，还热乎着""昨晚上，我梦见老麻龙了，就盘在我们院子上空"。老百姓的话语里，老麻龙有着仙气，也带着乡音。身体有疾的人祭拜麻龙后总会康复，不会生育的前来求子也得偿所愿，麻龙成了众人公认的神龙，因其解忧的人们都给自己冠以龙的姓氏——龙彩，龙珠，龙有，龙常，龙艳……这是一种荣耀，他们都曾受到过神龙的恩赐，他们因龙成为一家人。素不相识的人只要听到对方的名字，便会心一笑，马上熟络起来。

在百姓的心中，老麻龙有温度，可亲近，能信任，哪怕有任何一点事情，它都是最好的倾吐对象。"老麻龙，家里的母猪要添崽了，保佑顺顺畅畅地下崽""老麻龙，我家孩子今年多病，保佑他平平安安，泡长泡大（快速而不费劲的意思）""老麻龙，我家兄弟外出打工，保佑他遇事逢凶化吉，挣钱回来""老麻龙，我家婆娘和老妈总爱吵架，互相冲犯，请求化解一下"……人们絮絮叨叨地向老麻龙诉求，它在大众的心中，不再是那个张牙舞爪、呼风唤雨的神龙，而是自家的亲人。它是神仙、判官，也是朋友、长者。它有神力，却懂得众生的悲苦。在它面前，人们毫不避讳，和盘托出，一切的疑难杂症都统统交付给它，人们深信老麻龙听到了，定会排忧解难，那些话语随着升腾的青烟，弥散在麻龙的头顶，像一团祥云，总能赐予人们力量和希望。在阿大身上，我感受到了什么是受尽生活所虐，依然报之以歌的宽容和隐忍，这片土地之上的众生皆如此，他们有龙在侧。

五

　　对于龙会的名称，全县各地大同小异，唯独太平的龙会独树一帜，叫"羊皮会"，这个名字似乎与龙扯不上关系，而它的背后却有着一段特殊的历史。太平是施甸的一个乡镇，它被锁在层叠的山峦间，山下便是奔腾不息的怒江。当年滇西抗战时，远征军就在太平境内与日寇对峙，炮火轰鸣中，这个地方并未像它的名字一样太平，而是伤痕累累。太平人民修筑滇缅路，搬运抗战物资，抬运伤员，持枪上前线，为保住家园做出了巨大的牺牲。家园，的确是任何民族都丢舍不了的根与魂。

　　太平陡峭的坡地决定了人们求生的艰难，在山地上繁衍生息，最重要的依然是水源，然而大山宽厚，总会慈母一般，敞开衣襟，淌出乳汁一样的水源让众生续命。太平有许多龙洞、龙井，冒出清洌的珠泉，大龙，二龙，三龙，四龙，五龙，人们称为五龙治水，这更像是五个兄弟在联手治理。每一条龙水都是一方土地的命脉，每一个"兄弟"的后面皆有万千民众的生息。

　　从龙洞山头到怒江谷底，太平的先民顺势而凿，依山而开，利用坡地，将山体一层层改为梯田，这层层叠叠的水田映照着农耕文明的智能。人们将这个春时绿波起、秋来涌金浪的梯田称为月亮田，名字诗意而美好。而月亮田的确因为有水的注入而自带光芒。坡头的一块圆形的田放入水后，镜子一样映照着蓝天、白云、星辰和季节。它像大地上的圆月，让人浮想联翩，月亮田在春天里总会涌动着人们对自然的欢爱。

梯田的水都出自龙洞，龙洞是大龙出水所在地，水沿着龙洞倾泻而下直奔月亮田，途中，人们靠着跌宕的地势，建立了大大小小的水碓磨坊，至今依然保存完好。利用水的力量来完成舂碓和拉磨，这是山地人民的生活方式。水碓声有节奏地回响在山坳中，咚咚地敲击成岁月该有的模样，它的木头碓嘴随着水轮转动而起起落落，染着白色的米粉，红色的辣椒粉，青色的花椒粉，染着各家各户的酸甜苦辣。水恒久地流着，流着年华，也流着日复一日的生活。水磨磨出了面，也磨出了一辈又一辈人的年轮。水磨坊像一个老祖母，熟知人间世象，接纳着南来北往的人事，默默地承受和付出，也喋喋不休地向后人说着过去的生活。那些按部就班的哗哗声，咚咚声，唰唰声，响在每个清明的晨昏，成为太平人特有的乡愁记忆。

这样偏远的山坳，明朝时，迎来了从北方流放而来的一批契丹人，他们带着草原般自由的性情在这里安家落户。山地束缚不了奔放的灵魂，于是，沿袭祖先逐水而居的风俗，他们每年都在水草丰茂的地带举办赛马和抢羊的活动，谁抢到羊，谁就是勇士，也是最幸运的人。抢到的羊被剥去皮，祭祀恩赐人们水源的龙王爷。这样的习俗融合了南北文化，在这个边陲之地，没有更多的文字可以记载历史，而羊皮会做到了，它的名字活态地呈现出这片土地上的变迁和相融共生。直到现在，羊皮会依然是太平最为隆重的民间盛会。虽然抢羊这项活动已消失，而那个名叫"抢羊塘"的地方被人们口耳相传下来。和我熟悉的东山寺龙会一般，人们总会在这一日，与自然和自己来一次彻底的碰撞。

龙会，是农耕文化最直接的表现方式，在莫测的自然面前，在山野大地之上，求生从来都是人类的命题，而除了低头劳作，人们还需要仰望星空，需要更坚实有力的精神生活。这时，龙会便带给人连接温饱民生与精神表达的双重诉求，他们用自己布满了老茧的手，绘制出另一番带着诗意和美好的天地来。在这里，千百大众可以得到慰藉、欢乐和释放，以此补偿自己多舛的命运，消解现实所叠加的苦难，使得原本悲苦的生活，生发出那么一些滋味来。这就是民间的生存智慧，老百姓们永远都与大自然保持着与生俱来的默契。看着脚下这块土地，你会觉得它带给人的除了生命和希望，还有无限的创造力。

六

在太平，有很多扎制龙的民间艺人。我见过他们的手，黝黑粗糙，伤痕满布，指尖时常穿梭在锋利的篾竹间，割划都是常事。除了年节扎龙，余下的时间都是为丧葬和祭祀做纸扎，以此来谋生。龙会传承人张玉开的家就在龙洞旁的一个小寨子里，开车前往，道路曲折难行，百转千回才到达，这里有种被丢弃的感觉。

张玉开今年六十多岁了，这几天农闲，他正在扎龙绘画龙皮。土地板的小院老旧而残疾，黑乎乎的板壁包浆着岁月和烟火，石阶缺损，门板伤痕累累，记刻着几辈人的生活。屋外，三张桌子依序排开，铺陈着一张正在涂画的黄灿灿的龙皮，暗沉的老屋顿时生动起来。这条三十六节的龙将在明年太平羊皮会上进行祭奠和舞耍。龙皮旁放置着一节节的竹筒，有些已破开，分割为两毫米左右纤薄的篾皮，还有一团雪白的被搓成线的绵纸条，这都是扎龙的主要材料。一条半成品的龙头侧立在院中，透着清淡的竹香。这个寨子旁皆有绿波泛开的竹林，竹子用来建房，筑篱笆，搭菜架，编农具，也用来扎龙，大地似乎也默默地为龙会做着心照不宣的供给。

　　张玉开赤脚坐在龙皮上，手持画笔，仿佛在驾驭一条准备腾空而起的神兽。龙皮的中轴线以桃形叶瓣为图案勾连，每一节龙身的分割处都有一朵硕大的花为界线，十二片花瓣与一年的月份不谋而合。花里有流云，有水纹，也有八卦图，天地阴阳都在这一朵绽放的花朵里，依次打开他们的自然密码。龙鳞外壳以黑线勾勒边缘，白线叠加在黑线上，内里是黄色的鳞片。张师傅拿着画笔，蘸了涂料均匀地描绘，每一笔匀速而认真。龙皮的绘画不需要太多的技巧，只需要虔诚，这已经足够了。看着他一笔笔地落下，我觉得这张色彩逐显的皮下藏着一个灵兽的精魂，它臣服于画师的笔下，只待被唤醒的那一刻。这样的工序需要半年之久，这段时间，张师傅除了到地里干活，就是与龙为伴。龙皮画好后就折叠放置在房屋高处，只等龙会到来的那天了。龙头扎好，绘画好了，龙眼需要在龙会前才能点画。画龙点睛，这是所有步骤完成之后的最后升华。点睛，是注入灵魂的事情，需要仪式，香火纸钱和一只点血鸡准备就绪。龙头高高昂起，仰望苍穹，那里将是它施展本领的神域。张师傅将鸡血涂于龙眼，意为开光，只有这样，龙才真正"活"起来。"小小一只笔，点亮龙眼睛，八方风来贺，四面雨来朝，口含夜明珠，脚踩五色云，保佑老百姓，年年好收成。"张师傅喃喃念道，像一个招魂人，他的手上，龙正满血复活，他的口中，大地锦绣延绵。

　　羊皮会如期而至，在这一天，群龙舞动人间，太平镇的山水映照在龙眼的一闪一盼中，光彩熠熠，一切都醒了过来。

祭忆贴

勋姐，今夜的月光有些惨烈，天冷得像冰刀出鞘，骨缝隐隐地疼，我从未感觉到冬夜的月，能这样把人剃得无处安放，此刻我想到了你。我在北京，鲁迅文学院，一个培养作家的地方。你不知道作家是干什么的，也不懂什么是文学，你甚至连汉字都不大认识，虽然你是我们寨子里第一个读过小学的女人。我想起父亲让你记药方时，你那歪斜着的缺点少横的字，残缺得像一群过冬的虫子，匍匐而行。而你却是布朗山上为数不多的知识分子。那时，我还刚上小学，固执地从不叫你表姐，觉得那一个表字，会疏淡、拉远我们的关系，一直叫你勋姐。

我的第一句"本话"是你教会的，回到老家，我不懂布朗语，看着你们叽里呱啦地聊天，仿佛是与你隔着玻璃交流，急得冒火。于是，开始学习母语。我这个在汉族地区长大的孩子，天生就没有过母语的滋养，回到族人中忽然变得营养不良，发育迟缓。而你总会显出让我惭愧的耐心，一遍遍，不厌其烦地教我：吃饭——纳开——纳开。我反复地说着，傻子一样，说得你发笑。你笑起来露出洁白的牙齿，那些牙齿整齐密集，透着盐的质感，我总以为那是你用盐来漱口的缘故。学着你用食指蘸水，再蘸盐，入口放在牙齿间左右搓动。结果舌头被咸苦席卷，满嘴发胀，赶紧吐出来，口水哩啦，眉头紧皱，狼狈的面部表情又引得你大笑。你总是那么爱笑，别人一句话、一个动作都能让你咧嘴而笑，你的笑是从体内荡出的，让我想到了散发茶香的火塘，阳光下的那片包谷地，还有山箐里流下的清水，温暖，实在，纯净。每次回老家，我总要黏着你，和你一起洗衣服，一起放牛，一起择菜，一起睡。你喜欢赤脚，那双厚厚的脚板似乎能踩去路上所有的坑洼不平，你挑着担子爬山爬坡，一股尘烟噗嗤于身后，我空手徒步竟追赶不上你，你像一头浑身蓄满力气的牛，把群山踩得结结实实，抛于脑后。我想你的脚板天生就是用来丈量山路的，那些盘曲的、陡峭的路都在你粗厚的脚掌下俯首称臣。

洗衣服时，你也用脚，龙井边，你把衣服浸湿，放在青石板上，撒上洗衣粉，左脚踩住一角，右脚挽起衣服，挤压到左脚，再摊开，来回搓揉，灵活如手。水花四溅，嚓嚓地伴随着你的搓动，源源不断从脚底发出欢快的声响。阳光洒下来，树荫的斑驳织满了你一身，你的大辫子在背后有韵律地甩动着，汗水透着珠玉一样的光亮，时隐时现，你的脚力让整个山谷都回响着洗衣的声音，脆生生的，湿漉漉的，像一首歌，而你是随歌而动的舞者。我是唯一的观众。

我一直想，你住的那间竹楼是有魔力的，我甚至能忍受楼下的羊粪牛粪的气息一股股往上冒，忍受夜晚老鼠从我们的床下哧溜钻过，忍受着半夜呼呼的山风透过竹笆缝隙将我吹醒。这些都阻挡不了我一到天黑就跑去竹楼的步伐，你坐在那盏昏暗的灯下边绣鞋垫，边给我讲故事，楼下的牛羊有的在咀嚼食物，有的已入睡，偶尔发出一两声轻轻的叫唤，月光穿堂入室，漫进竹楼一地的银光，我就趴在你身边，像一只小羊。那些鬼魅的故事是有翅膀和手的，有时撩我发笑，有时带我飞翔，有时也拍得我一头冷汗。多年后，我还记得，隔壁村寨的阿桥走夜路遇枇杷鬼，魂被勾去，成了一个不会言语的呆子，最终被一只公鸡找回了魂魄才恢复正常；我们寨子的三公赶集路上遇人熊，被人熊抓住双手，幸亏早有所备，手臂套着竹筒，三公乘人熊仰天大笑之机抽手而逃，捡回一条命；家门二叔去野地干活，发现一窝野猪崽，带回家饲养，从此每晚上都有人敲门，起来一看是一头壮硕的野猪用獠牙拱门，二叔只有放走野猪崽才得以平息；我们家以前养了一条黄狗，一天夜里狂吠不已，似有搏斗之声，阿公燃起火把，发现一只豹子潜入羊圈，阿黄为了保护羊，与豹子搏斗，豹子逃了，阿黄伤势严重，最终死亡……只要我愿意听，你的故事总会如那眼泉水一样淙淙而出，你讲的每一个故事似乎都发生在我们的生活中，与身边每一个人相关，你的语气和表情也让人不容置疑，真实得让我战栗。这些神奇而怪诞的事情都埋伏在大山的每个角落里，埋伏在每个普普通通的人身上，等你用那低沉而缓慢的语调——搜罗牵引出来，牵引得满满一竹楼，竹楼里灯光昏沉如夜，而我的眼睛却在烁烁发光。

最喜春天和你放牛，你总会约我一起打白鹭花，让我系上布朗族的围腰，站在树下，两手捏住围腰摆角，撑开做成兜状。你猴子一样，爬上树杈，挥动竹竿，或者牛鞭。白鹭花便纷纷扬扬落下，落入我围腰里，落在我肩上，头顶，脚边。你挥舞着手，"唰"的一声，白鹭花如雨，清香之气，扑面而来，你挥手之间犹如魔法，让整棵树抖落出漫天的飞雪。我呆立树下，举目看着你，你在花的起点，我在花的终点，我们之间隔着白鹭花树的一生。不一会儿，白花落满一地，你滑下树，把围腰里的抖进竹箩，也一朵不落地捡净地上的白花。我们就这样，一棵挨着一棵，直到打得背箩满满当当。回到家，开始大锅下水煮花，一屋子雾气腾腾都是白鹭花的香气。煮好浸入水中，你便捞起，一个个捏成球状，放在芭蕉叶垫好的竹篓里，步行到十公里外的集市上去卖。回来，总不忘记给我带一包水果糖，我吃得有滋有味，你抹着还在流淌的汗，看着我又笑了。

第一次穿布朗族衣服，是你帮我戴的包头。戴，你们都称为"打"，像是匠人要做一件特别精细的活路。打包头，也不是那么轻易的事情，一丈多长的黑布，你一圈圈地围拢来，小心而认真，你说包头不能戴歪，戴歪了，人也歪了。我木桩一样地坐着，任由你侍弄，半天工夫，一座沉甸甸的"山"终于耸立在我的头顶，你满意地赞叹：我家小妹这样穿才像我们本族人。我立马跑去找镜子，左照右照，怎么觉得不像你戴的那样好看，嫌弃地说，打得不好，顺手就扯开了。你的心血付之东流，惋惜地说，多好看啊，我还没有给你戴珠子呢。准备给我再盘上，我不想受制约，撒腿就跑出去玩了，留下你怅然一人。

还记得那晚上的打歌吗？我平生第一次在你背上，围着火塘和族人们踏跳。我不会打歌，羞于在人前慌乱地踏错，不肯去。你不由分说，硬背我到了打歌场。我伏在你肩上，脚拖到你的小腿垂搭着，火光映照着一张张微笑着的脸，从我眼前不断晃过。你就这样背着我，跟着芦笙三弦的节奏踏跳，你的汗水浸出来了，濡湿了脊背和我的脸颊，我闻到了你身上散发出的体味，带着草木和尘烟的味道，让我想到了夏雨之后大地之上的蓬勃。你的每一次抬脚、跺脚，我都感受到一种原始得让人血脉偾张的力量，还没跳一圈，我已跃跃欲试，赶忙央求下来自己跳。你牵着我的手，放开了幅度，一股股尘烟随脚板踏落暗中腾起，鼻翼间充斥着尘土和烟火的气息、米酒和腊肉的气息，这样的气息强大如巫师的召唤，让人不知疲倦，踏跳不息。那晚，我学会了打歌，那晚，我知道了"一晚稀饭两块肉（土语发音为 ru），打歌打到太阳出"真不是虚无的传唱，祖先们就靠着这样的围火踏跳，度过一段段人间最为艰难的岁月。

放牛的时光也是难忘的，在山坡上，在河谷里，时间总会被无聊拉得很长，日头一寸寸悠悠地走，牛羊埋头吃草，白云席卷而来，舒展而过。幸而有大山埋伏的各种野趣，才使得无聊得以消解，我无法闲着，找野果，掏鸟蛋，拾菌子，像个土行孙到处钻。你要么找柴，要么割草，从不闲着。唯一闲时，是和对面山坡劳作的人们对山歌。你的嗓音像云雀，飞得很远很远，山峦跌宕起伏，那些带着泥土气息的山歌一声高一声低，也起起伏伏，来自云端的调子总是悠远快活。一声声"欧怀怀"咏叹一样在大山深处回响，"小小蜜蜂乖又乖，出门看见红花开，不见花开不扇翅，不见小妹口不开"，"一天望妹望不着，一直望到太阳落，吃饭如同吃沙子，吃茶如同吃苦药"。我不知道对面那个唱歌的男子是什么模样，而对他吃饭和吃茶的痛苦却记忆深刻。日子就这样在对歌中悄然溜走，对歌时，你的脸庞晕着红光。你说，山歌有脚，会自己走来，山歌有眼，会自己对上，对上了就石头挡不住，河水隔不断了。不知何时，你总会在那个固定的石崖上，和一个熟悉的男子对歌，你绣的鞋垫不再是花草虫鱼，而是成对云雀、成双燕子，懵懂的我也发觉你变得美了起来。

那些在老家的时光如白云一样走远了，我的童年也随之而去，回到县城读书。偶尔你也会来看看我，你每次来时，会带来才摘的白鹭花、菌子、橄榄和黄果儿。大山里的这些吃货总能勾起我对那片野地的无尽向往。慢慢地，你来的次数少了，父亲说你准备嫁人了。我期待着自己可以快点放假，能回去为你送亲，想着唢呐声声的场面，想着你身着新娘嫁衣的情景，心里就荡漾着快乐。直到有一天，我回家看到父亲阴郁的脸，他说，你走了。我不明白走是什么，父亲说，你离家出走了。你为何出走，家里人没有说明白，恍惚听说你不同意自己的婚约，不能嫁给与自己对歌的那个男子。你像一匹倔强的马，没有和任何人说一声就赌气走了。人们用"跑了"这个词在你身上，带着鄙夷和不堪，而我从来不认为你出走是见不得人的事情，我想你一定是有原因和苦衷的。我以为你会来找我，至少和我告别，每天放学后，我总是第一个跑回家，我希望你会和以前那样在家门外蹲着等我，见我飞跑回来，你会咧嘴而笑。而这样的景象只存在于我的脑海，期望在一天天的失意中被削为平地，变为黑洞。一天，一月，一年，我彻底失望了。你杳无音信，父亲说，不知你还活不活着。我听着这话，心刀割一般，不敢想下去。

你走之后，我很少回老家了，害怕每次回去，总会想到和你在一起的点滴往事，一个人在黑夜里悄悄地流泪。你走之后，姑妈也学会了抽烟、喝酒，有一次酒后居然一个人在火塘边号啕大哭。看着她一天天佝偻的背和白雪掩盖的头顶，我从心里开始埋怨你了，为何一走了之，下落不明，让家人陷入痛苦的泥沼。我的思念开始发酵变味，开始在岁月的叠加中逐渐稀薄。而内心深处，我又那么渴盼着你能早点回来，告诉我们，你过得挺好。十多年过去了，时间真是一服良药，可以让人的伤痛在一天天中减轻，释放。人间别久不成悲，我外出读书，工作，恋爱，成家，开始了自己忙碌的生活，我似乎忘记了你。

忽然有一天，从老家传来消息，你寄来一封信，说嫁到安徽去了，已经有了孩子，准备回来家里一趟。我惊喜交加的同时也对你心存抱怨，为何不早早联系家人，让人担心了这么多年。去车站接你时，你抱着我忘情地哭出了声，而我居然没有流泪，我抱了抱你，你瘦了许多，辫子剪成齐耳短发，我看着你的脚，穿着一双崭新的黑皮鞋，那双我熟悉而有力的大脚，如今已不会走山路了吧。你的儿子已读小学，在你身后怯怯地看着我，你爱人憨厚而木讷，看着我笑笑，在你的介绍下叫了一声"表妹"。我忽然想起自己小时候从来没有叫过你表姐。我牵着你的手回家，像牵着一个失足少年。我知道你的生活没有和信里说的那样如意，你的手粗糙得硌人。

你到家半月后便回安徽了，我只陪了你一天的时间，在县城四处走走，我没有问你为何出走，为何现在才和家人联系，我害怕知道答案，害怕答案将我重击得猝不及防。我们似乎在刻意避开那段历史，说的都是现在的生活，现在发生的事情，我们都已为人母，内心的一丝丝波澜都是与孩子有关的。十二年杳无音信，你的心何忍自己的母亲朝思暮想，郁郁寡欢。那个在我年少时亲密的勋姐仿佛走远了。直到后来父亲和母亲去了一趟安徽，回来告诉了我实情，你实则是被骗了，当年赌气出走，和熟人到了安徽，被介绍到婆家，丈夫是一个憨厚的人，熟人从中也得到了一笔介绍费。你举目无亲，看到婆家人还算实诚，于是答应结婚，为了领证还被迫装作哑巴，受尽了委屈。婚后，凭着你的勤劳和节俭，一家人慢慢过上了好日子，这时，好强的你才决定回家，而一直没有把这些年的苦涩告知家人，你想让自己稍微体面地回到故乡。我听着父亲的叙说，心里又翻滚了波澜，善良而倔强的你啊，为自己当年的赌气而付出了多少屈辱的代价。命运就是这样，把你的梦想撕裂，让人万劫不复，又在不远处给一点光亮。勋姐，你就是那个举着火把踽踽独行的人。我无法想象，那些假装哑巴的日子，对爱笑和爱歌唱的你是怎样的一种折辱，那些流云般的山歌被永远封存在了远方的故乡，你只剩遥想。

我开始理解你，理解你的无奈和不甘，也怨恨你的顺从和不抵抗。你与老家隔着千山万水，也隔着无尽的爱恨愁怨。你偶尔回来，我们偶尔见面，你很难露出笑容了，更不会像从前那样自然而然地开怀大笑。笑容从你脸上销声匿迹，极少时，会浮云一般短暂地停留，而我能敏锐地看到那张笑脸背后的艰涩与苦味。我们彼此保持着成年人应该有的克制和距离，在电话上也是寥寥几句。我想那个我童年的勋姐已在人生的拐角处消逝了。而每次听到你的声音，又把我拉到了过去的时光里，人就是这样，一生总逃脱不出情感的迷障与纠缠。

人生过半，回忆弥漫，我时常想到过去，想到那些有趣的过往，有时会执拗地想和你再回一次老家，在火塘边，在山坡上，在龙井旁，找寻我们曾经在一起的无忧无虑的时光。我在心里策划，等你下一次回来，我们就一起回老家。而最终等来的消息是你患病了，乳腺癌，手术后正在调养。我总从最好的方面去想，坚毅的你一定会好起来的，你那有力的脚板，无穷的力量，你那倔强的性格，死神终会对你放手的。你不是说，想在老家通公路时回来看看。那些当年赶集时，让你受尽苦役的羊肠小路，如今都变为光亮的大道，我开着车可以直接到阿公栽的大青树下。电话里你听着我们说家乡的变化，一味地回应：哦，哦，等好了回去看看。我知道这简单的回答背后，是无尽的向往和渴盼。一个在心里有期许的人，精神总会战胜疾病，我相信有奇迹，等你康复回家。

我终究被自己的臆想狠狠挫伤，你病危，时日不多，等见到千里奔赴而来的弟弟时，痛哭了一场，当晚便撒手人寰了，这是你临终唯一见到的老家的亲人。这忽如其来的噩耗让我有那么一瞬间是蒙的，我还活在自己的想象里，无法自拔，悄悄躲进了房间，一个人泪如雨下。命运就是一件冷兵器，在你不备时，毫不留情地一剑封喉，你余生的大把光阴，和那些等待期许都被无情地掐死在了他乡，故土和亲人成为定格的眺望。你诀别人世的那一顿恸哭我能听到，绝望、无奈、悔恨、哀痛倾轧而来，你可以痛痛快快地将身体的那口气付给最后的恣意。"今夜扁舟来诀汝，死生从此各西东"，你以泪来诀别人世，诀别过往，带着不舍和遗憾，而这个世界何曾给过我们圆满。我的牵念自此彻底落入尘埃里，我想，它会适时开出那么几朵零星的野花来，摇曳出我们曾经在大山里银铃般的存在。

人间炊米

一

曾把自己稚气的时光抛在了那片山野，也把最美好的记忆锁在了那方土地。那里，家家户户都有火塘，每天，人们在炊烟四起的山坳中，过着和日月一般升腾起落、自然而然的日子，咸淡相宜。我身处其间，觉得世界仿若一个小小的蛋壳，洁白、温暖和安适。从小就迷恋炊烟的气息，由那一间间茅屋、篱笆蹿出的，一股股或浓或淡的柴木焚烧的烟火，绳索一般，牵引出热腾腾的人间来。我知道，这些烟气的背后一定有填饱肚子的食物，也有操持家务的母亲。

木柴成堆地垒在厨房边的空地上，整齐，厚实，高大，像一堵守卫家园的墙。就是靠着这些柴火，人们的日子得以延续。木柴一块块，壮士般视死如归，前赴后继地扑倒到火塘里，灶洞中，烹煮出那个缺衣少食的年代里不可多得的幸福。砍柴是山里人的生存必需，一把刀、一根绳索就是出入山林、杀伐决断的武器。厨房的篱笆墙上曾挂满了阿公的刀具，长短不一，形状各异，而刀刃统统闪着森森的白光，让它们看起来决绝而冷硬，像是正在服役的铠甲勇士，随时等候调遣。当我把一块柴塞进灶洞时，火苗开始了噼里啪啦的欢迎节奏，火舌舔过来，魅惑般抱住柴木，火烟骤起，短暂地飘出，随后光亮逐增，热度漫开，灶洞呈现出热烈的橘红色，这暖暖的色调让暗沉的厨房充满了祥和的光芒。火烧旺，锅里的水就开始噗嗤噗嗤翻滚起来，米下锅，清香之气在米粒滚入的那刻便魔法般散开来，热气里的米香缓缓地游走着，伸出一双温暖的手，拂得人疲累消散。米香是那么地诱人，带着阳光、泥土、谷花、清泉糅杂的味道，这样的味道是大地母亲的乳香。一粒谷米在季节的流转中，承接着风雨和阳光，经过浸泡，发芽，栽种，拔节，抽穗，灌浆，结实，收割，掼谷，去壳，这一系列的仪式之后，呈现出洁白透亮的米粒来，这素净的光芒是自然之手为其加冕，自持稳重。

　　每到立夏之际，田间都是拔苗和插秧的农人。他们把翠绿的秧苗一根根拔起，一捆捆绑好，丢到水田中，分行开始插植。水田这面镜子，倒映着蓝天、白云，和一张张挂满汗珠的脸，随着拇指和食指夹带着秧苗插进泥土的瞬间，画面层层皱褶起来。一会儿工夫，秧苗列队整齐地站在水田中，镜子荡开了一层生动的绿波。"手把青秧插满田，低头便见水中天，六根清净方为道，退步原来是向前。"人生的哲理此刻蕴藏在这汗水肆意的农事里，民间的大智慧有时也埋在那些山村野夫貌不惊人的体内。

　　谷花扬穗时，村庄就染上了一层甜美之气，四处都飘荡着蒸腾的香气，谷花的，泥土的，野草的，雨水的，阳光的，炊烟的，连孩子们的嬉闹也是香香的。稻田里的谷花鱼肥硕起来，吐着泡泡，咕嘟咕嘟地在水田出没，这些每天吸吮着谷花的家伙，伴随谷穗一起成长，浅褐的鳞片中耀出一层金黄，通体都透着让人垂涎的色泽。此鱼肉质鲜嫩香甜，人们的餐桌上，又多了一道美食。谷花鱼吃尽，谷米便透黄了，一穗穗子实饱满地垂在田里，稻秆弯沉得在屈指比着"OK"。收割的时间悄然而至，一个四方的木笕被安置在田边，人们挥动镰刀，一束束稻谷应声倒地，接着被一小捆小捆地抬到笕边，木笕就是一个打谷机，两个人站在两侧，高举稻谷，狠狠摔到倾斜的笕面，你一下，我一下，随着噼啪噼啪的声响，撞击到木板的谷粒飞溅四散，在空中画一个飞翔的弧线，乖乖落入笕里，谷米的香气在摔打中喷发而出，染满收割人一衣一袖，也染满一山一坝。不一会儿，笕里就积满了饱满的谷粒。这种靠着人力完成的收割方式还一直在山乡延续，这错落有致的掼谷节奏像一曲乡村民谣，始终回荡在大地的深处。从拔苗、插秧、割稻到掼谷粒，这一系列的躬耕动作，让与土地连为一体的人们成为天然的设计师、画家、诗人、哲人、音乐家和舞者。在一粒米的身上，人间劳作除了负重的辛苦，还将诗意和美好以别样的方式呈现，我看到了这些浑身汗味的艺术家，在不同的季节将自身默默地扎根在了朴实的大地之上。

二

米粒天生带着母性的养护之效，为了防止鸡蛋过早地老化，母亲总是找个瓷盆，把米铺上，将鸡蛋一枚枚地放置其间，再撒一层米，依序放入。埋在米中的鸡蛋，露出呆萌的小小脑袋，像一个个被束裹着的小婴孩，它们的确就是有着生命特质的婴孩，在米中安静地睡着。母亲说，这样可以让蛋保鲜得持久些。米养蛋，这是民间最常见的生活小技巧，米也养人。隔壁二叔家的孩子出生后，母亲没有了奶水，他就靠着这一碗碗米汤喂活。每天，太婆把米汤舀在碗中，撒上点白糖，搅拌一下就成了孩子的一日三餐。在那个没有奶粉的年月，这是最好的营养品。米汤催人，这个没有沾过一滴奶水的小子，居然比其他奶养的孩子壮实和高大。太婆说，老天照看，这大米就是孩子的娘啊。米汤天然自带母乳的色泽，清亮，乳白，醇厚，放置久了，就会浮有一层薄薄的黏状汤皮，人们称为米油。在物质匮乏的年代，家人总会打捞起这层所谓的"油皮"给病人和孩子喝，以此作为特殊的滋养照顾。老家有个故事，讲的是一个孝子，家境贫寒，靠着苦荞包谷度日，为了让年迈的母亲在有生之年吃上白米，他历经艰辛到山脚的河边开垦了一块水田，精心耕作，好不容易收割到一筐谷米。背回家，每顿煮给母亲一碗雪白的米饭，自己舍不得吃，就喝米汤。一天，孝子在山中劳作，被雷公劈倒，他委屈不已，一生与人为善，敬老爱幼，为何遭此天谴。雷公坦言，说你每顿饭把最好的米油喝了，却给你八旬老母吃米渣，天地良心何在。儿时，阿奶给我讲这个故事时，我直为孝子叫屈，谁都知道，那软糯香甜的米饭是多么好吃的粮食，怎么在雷公嘴里竟然是毫无营养的"渣"呢？这雷公也太不讲理了，不分好坏啊。阿奶沉吟好久，才为雷公辩出一句话：这个人也有错。他要是把米汤泡饭给老娘吃，雷公不是不打他了吗？我皱着眉头，对这个解释耿耿于怀，认为阿奶是在有意袒护雷公。如今想来，人间的是非，皆没有一定的论断，你言蜜糖，他说砒霜，连神也无法做到明辨是非，何况是人呢？细品，这个故事其实特别有意思，延伸一下，它也道出了人在处世时的一些哲理，有时你自以为是的付出，也许对他人而言并非心中所愿想；每个人对于幸福的定义都是不一样的；世间没有绝对的对与错；神，有时也会武断地犯错，何况是人。这些民间故事里，有着人们看待事物的客观辨证，有着人自省的可贵，也有着对权威质疑和反叛的精神。人对于世象的判断与解读此刻在一粒小小的米中得以无限地扩展。

　　老家村寨人们的主食在十多年前一直都是包谷面，因山地陡峭，缺水之故。人们就靠着这些旮旯里随便一扔，就能生根发芽的包谷来果腹，山里人的命只有系在生命力顽强的物种上才得以延续，这多像他们自己。稻米这需要天时地利所关照才可以获得的粮食,自然成为稀缺的奢侈品,只有年节之时,供奉祖先,阿奶才会舍得将白米煮上两碗。其余时间,饭盆上都是黄灿灿的包谷面果儿。这饭热气腾腾时吃还温软,一旦冷却,就硬得让人难以下咽,那种艰涩的粗糙滑下喉咙时足以让人眉头一皱。小时候每次回家,阿奶怕我吃不惯包谷饭,就特意煮上一碗白米,掺和在其间,以缓解面果儿饭带来的不适。那满天星一样的白米在一蒸笼金黄中,煞是好看。这是我见过混杂得最有美感的食物,星光一样的白米洒满了阿奶的一片爱意。我知道,这些额外的添加,是对这个从县城回来的孙女特殊的优待。表妹曾在我身边不止一次地说起对我的欢迎:你回来真好,家里就像过年一样。我在她满心欢喜的语气中听出几许酸涩和哀伤。其实,阿奶是不必为我特意加上那碗白米的,儿时的我像一头回归山野的小牛,身体蓄满了力气,眼里都闪烁着对周遭的新奇和探究。每天总爱跟着那些胆大的孩子往林里钻,在野地里疯,甚至攀岩爬树,抓虫套鸟,脚底板朝天地瞎跑,让我体能得到巨大的消耗,每到饭点,总会狼吞虎咽扒两三碗饭,吃什么都喷香。阿奶看着我的吃相,纵横的笑纹里全都是满意。多年后,当老家道路修通了,水电架设好了,我再次回去时,亲人们都吃上了软香的白米,而阿奶已永远沉寂于这片山地。那扇被她的手捏出包浆、用来打筛包谷面果儿的簸箕,挂在木楼的角落里,堆满了蛛网和尘埃。我端起碗来,总会想到那一碗点缀着白米的包谷饭,后面是阿奶那温暖的笑脸。

三

米仓满,人不慌。每个月工资一发,母亲第一件事就是把家里的米缸填满,似乎只有这样做,才能让她操持起生活来有底气和保障。母亲是最善于精打细算的主妇，每一块钱都被恰到好处地贴补到生活漏雨的屋面上，承接那些不期而至的冷雨。她像一个技艺高超的匠人，填补和修护着我们四处漏风的小家。小时候，我最喜欢吃米酒糟，那是一种相对廉价的零食，而母亲总是嫌市场上卖的米酒糟贵，会自酿一点给我们解馋。将糯米蒸熟，拌上酒曲和清水，放进透着质朴光芒的瓷罐里，用纱布封好，存于板柜中。需要漫长的一星期，糯米在酒曲的浸泡下，将蜕变成香甜美味的米酒糟。母亲交代，不能随意打开柜子，漏气就不好了。这叮嘱反而勾起了我的好奇，等待的时日也显得那么地漫长。第四天，趁母亲上班，我小偷一样地潜入厨房，掀开了柜门，一股混杂着酒药的米香闯了出来，与我的鼻子迎面相撞。这被锁住了太久的气味，像是闷坏了的困兽，顿时撒野似的蹿满了整个房间。我揭开纱布，糯米在发酵中已经变得有些许的肿胀，透出一股淡淡的酒香。应该可以吃了吧，我咽着口水却不敢下手，悻悻地盖上纱布，锁上柜门。在心里谋划着如何提醒母亲，酒糟该吃了这件事。终于等到母亲下班，我还未开口，她竟主动提及：老二，去打开板柜，看看酒糟有没有熟透了。如此地正中下怀，让我喜出望外。迫不及待舀了一碗，满嘴都是甜得醉人的米酒香，让我的垂涎得以彻底释放。其实，母亲在进门的那一刻就闻到了酒糟味，她已知道我偷偷查看过，没有戳穿而已。对于我们的懒，她总会呵斥挥棒，而对于孩子的馋，她从来不会责怪，总是尽所能地满足。这就是脾气暴躁的她，对于子女不可多得的慈爱。很奇怪，这一生尝过无数的甜，唯一能勾动我回忆之潮的甜，就是那一碗如晃动着白月光般的米酒糟。

　　小时候住的大杂院里，有一户河南人家，子女较多，每顿开饭时，女主人总会敲击饭盆召集家人。那铛铛声，搅得一个院子在晃动，威武而霸气，仿佛她家开着食堂。随着盆响，孩子们循声从各个角落钻出，哗啦一下子围满了桌子。待饭饱四散后，男主人刘大爷总会把桌子上撒泼的米粒，一颗颗地用手指捡起，迅速喂到嘴里，边吃边愤恨地责骂：这些挨千刀的小杂种，吃饭就像在播种，一点不晓得心疼粮食。刘大爷节俭惯了，他的老家经常因为水灾闹饥荒。有一次，他还收留了一个流落到滇西耍猴的河南老乡来家里吃饭，说到家里遭洪水淹，说到乡亲们的困苦时，两人居然在院子里不管不顾地抱头哭了起来。那是我儿时第一次见到大男人流泪，场面犹如目睹金戈铁马。老乡走时，他的米袋里除了刘大爷给的几碗米，还有一张皱得不像样子的五元钱，那可是他们家半个月的菜钱。

如今，这些事情已像历史一样，在纸页里才可能发生了。积谷屯粮之事，也烟消云散。因有袁隆平院士这些科学家们的辛苦付出，中国的粮仓丰盈充足。想来，自古至今，对于人而言，天地的运转有时也真是起始于仓廪，仓廪实而知礼节，衣食足而知荣辱。这是一个人活动于社会的根本，也是一家人殷实的标志，更是一个国家富足的基础。人们为了粮草开疆拓土，为了谷米征战四方，只有仓廪实，才有底气，才可以安定民心，谷米坚实地堆积在马斯洛需求层次的最底层，无可撼动。谷米甚至成为财力的代表，古代，贵族服饰上的图文，除了那些寄寓吉祥富足的动植物外，人们还在华服上绣上米状绣纹。这些微小而不起眼的纹路，出自绣娘的纤纤玉手，穿戴在有地位有身份的贵族身上，而没有人会根究，这些所谓的尊贵之象，最初是来自低贱的泥土，来自粗糙而疾苦的民间。

在我生活的滇西施甸，这个四面环山、像猪槽一样狭长的坝子，盛满了四季和炊烟，也盛满了稻谷良种。那并不广袤的田坝上，每年都培育着一千八百亩的两系杂交水稻母本。这些种子播撒到天南海北，将是怎样地蔚为大观，为多少城市的人口供给粮食保障。农艺师徐光给出了答案，他说，我们这个小县城培育的两系亲本种子可以满足湖南等内地48 万亩杂交水稻制种的亲本种子需求，也就可以为全国提供约 7200 万公斤的两系杂交水稻种子，这个数量估计占全国用量的 80% 左右。我惊叹了，看着自己脚下这块平凡的土地，竟然有如此巨大的稻谷良种承载能力，一种源自本土的自豪和富足升腾心田。也因如此，袁隆平老先生才会在 2017 年时，为这个偏远的小县写下了这样一句话：云南施甸，中国杂交水稻最佳繁育基地。这里不算膏腴之地，却创造着滇西粮仓的神话，这里的泥土和水源在时光的河流里，与农耕文明默契地交融在了一起，成为培植稻谷良种的最佳熟地。眼前这片绿涛涌动的田野，还将不断衍生出勃勃的希望来。

当我的脚再次踩到乡间松软的泥土时，仿若自己也是一株稻米，把生命中每个特别的瞬间都一一呈现给了这个纷繁的人间。

第二辑

眼中世象

大地之子

一

飞翔是一种背离了大地的发明，而这样的背离却让人更直观与清晰地观摩大地。我坐在前往缅甸的机舱内，透过舷窗，俯瞰着眼前的河山，从那些划过的云层、流转的云堆中，我能感受到风的强劲，阳光似乎离你更近了，为大地之上的一切进行着神圣的加冕，使得万物通体发亮，这样的光芒让人想到了恒久与温暖。大地是恒久的，这些沟壑与纵横，起伏与延绵，以一种波浪的姿态驻守于地球的表体，千年不变。阳光是温暖的，每天一个轮回的降临，用一种休养生息的模式，对大地进行着定时的调理。眼前的景象让我生出略带豪迈的感动，生命原来就是在这样的不断更迭中延续，天地之间，我们都是自然世界里那个得以受到呵护的小小生灵。这是一次前往曼德勒的飞行，我在无数次的飞行中，没有像此刻这样如此细致而认真地俯瞰过大地。那个在我心里既模糊又清晰的国度正濒临脚下。

第一次认识缅甸这个地方是遥远的儿时，表哥外出打工，过年回家，买了一堆零食，红黄蓝绿的纸质包装，写着像蝌蚪一样的文字。表哥说，回来一趟，买点老缅的东西给你们尝尝。只知道表哥去的地方很远，要过江过河，需要两天行程才可抵达。从遥远的异域带回的东西总让人充满了无尽的期待感，忘记了当初我吃了些什么，只记得满口都是甜甜的，那种肆无忌惮的甜在那个物质匮乏的年代，对于舌尖无疑是一种奢靡的恩赐，以至今日，我仍可以回想起它留在我记忆中的那股强大的味蕾冲击。表哥说，那地方就是热，太热，火炉一样热。甜与热，这两种味觉与知觉叠加的感受，成为我对于缅甸最初的认识。

高中毕业以后，在昆明读书，同宿舍的傣族姑娘玉过和我交好，她家就住在靠近缅甸边境的德宏。夏季，她总会在脸上涂一层泥巴一样的黄粉，看着没有丝毫美感，却带着些许突兀的滑稽。她说，这是缅甸的水粉，有护肤防晒的作用，她家大部分亲戚都在缅甸，姐夫是缅族，一个民间吉他手，听说还组建了一个乐队，纯属自娱自乐。有时她也会哀叹，她姐真是嫁错郎了，姐夫不会苦钱，穷困潦倒，只是弹起吉他的时候会浑身发光。在她的口中，那个地方大部分人都穷，却很欢乐，不知道他们乐些什么。那时，中国正是改革开放初见起色之时，对于穷欢乐，人们的眼神从来不缺鄙视。

第一次踏足缅甸是参加工作后的事情了，我们单位组织着去采风，那时的我还不知道采风为何物，同事告诉我，就是去收集素材的意思，其实借由逛逛。我们一行几个人兜兜转转到了瑞丽，听说过了瑞丽就可以到达缅甸的木姐，似乎没有办理任何的手续，凭着单位领导手上的一张介绍信，大家便堂而皇之地出国了。介绍信上的红章是无限权威的代表，让人绝对地信任。带着发动机的小船就这样把我们"突突突"地运到了木姐，我就这样随随便便地抵达了缅甸。木姐是缅甸掸邦北部的一个边境镇区，本意为"繁华热闹的城镇"。才下船，便有人拥来，在你的脖颈上不由分说地挂上一串花，香气钻鼻，每人得付二百元缅币。没有在镇里转悠，只记得吃了一顿饭，饭桌前是一个临时搭建的舞台，一群浓妆艳抹的女人在扭动腰肢，向人群抛着媚眼，导游说他们是人妖。才吃完饭出门，几个人便拿着画册兜售给我们，一个搞美术的老同志好奇地当众打开，竟是描绘男欢女爱的画面，赤裸放肆，吓我一跳，老同志赶紧合上，像烫手一样丢还给小贩，尴尬地连说：不要不要。先前凑近的我也赶忙走开了。只是还有两个上了年纪的女同事，笑得合不拢嘴，再次打开来看，这些图片毕竟在国内是没有渠道能看到的，更不能公然兜售。性的事情，一旦拿到阳光之下，便涉及到伦理道德，乃至法律的层面了。在木姐停留半天就离开了，短暂的接触在脑海里留下的尽是香艳的影像。

二

空姐播报，还有半小时抵达曼德勒，舷窗外，厚厚的云层遮蔽着大地，那应该是无尽土地的风尘与伊洛瓦底江的水汽糅合蒸腾云集而起的雾。穿过云层，大地以它的勃勃姿态呈现于前，茂密的绿树簇拥着，密密匝匝，绿之外便是收获之后的黑土，平整，开阔，让我想到了膏腴、肥腻之类的词。这真是一块可以流油的大平原，与它的名字"曼德勒"契合得完美，曼德勒，巴利语名称为"罗陀那崩尼插都"，"多宝之城"的意思，的确，只要有厚实的土壤，充沛的水源，天赐的热度，大地之上何缺宝藏。机场光亮整洁，只是在进入国际安检口时，忽然灯光骤然熄灭，大厅一片黯淡。检查员表情木然，比了一下手势，示意我等一下，大家司空见惯了，原地等待。一分钟后，灯光唰地亮起，我们得以过关。

出机场，没有见到熙熙攘攘的车流和人来人往的繁忙，零零散散的几辆车以各种姿态停在路边。看到我们四顾观望的神情，几个打着笼基、面色灰黑的男人走来，用英语问我们去哪里，告诉地址后，为首的男人信心满满地说 OK，还未等我们反应过来，拎起我们的行李箱就跑，我们也随后追着跑，一路小跑到了一辆车前，才开始谈价格，杀了一轮价后成交。司机懒洋洋地过来了，似乎还没有睡醒，那几个生龙活虎搬运行李的人开始向我们要小费，再次以十五元人民币成交。这时，我才感觉到一股股热气从脚底往上冒。所谓的机场大道就是两排笔直的柏油路，路中间是荒草丛生的隔离带，路两旁便是田野和灌木丛，树木葱茏，牛怡然自得地在路边啃草。远处，一股尘烟扬起，那是人赶着羊群肆无忌惮地从路上穿过，高速路没有像常见的那样有金属管的隔离带，有无数的花架，被草木与张灯结彩点缀得绝对地尊严和不可侵犯。在这里，路仅仅是为了车能通过而已。有的司机累了，开到路边的草地便酣然大睡，不必担心交警与摄像头。挨近城镇的地方，有人在路边的树下搭建了草棚作为住所，牛羊鸡鸭就散养在旁边，晾晒的衣服高高飘扬，像他们领地的国旗，霸气与自由。城管，这个行业在这个地域真正丧失了生命，这幅场景，让我想到在影片里看过的中世纪美国乡村，在广阔无尽的土地之上，有着和土地一样广阔的散漫与逍遥。

语言无法沟通，司机像一个专门开车的工具，他木雕一样的脸沟壑纵横。进城，没有高耸的建筑，都是低矮的民居，木楼和水泥楼房交错而建，彼此都是居家的式样，实用平庸。在这里，可以在自家的阳台上观望日出月升，低矮，那是一种扎根地面的建筑，与大地保持着不离不弃的磁场关系。车子慢下来转弯，我们以为到了，却发现进入了一个嘈杂的世界，一大块坑坑洼洼的地面停放着许多大客车，三轮摩托穿梭其间，运货的，上货的，卖小吃的，背孩子的，牵着家畜的，尼姑，和尚，民夫，商人，你来我往，杂乱无章。拖鞋与车轮泛起一股股尘烟，这里原来是客运站，正纳闷，司机这时才转向我们比划了一下，大意是要停一下，他有货拿给别人。一个头顶着一面大簸箕的女人来到车前，簸箕上是她要出售的食品，大袋小袋，颜色各异，不知道是什么东西，她的脸涂着厚厚的水粉，背脊挺得笔直，顶着自己的摊子，穿梭于车间。没有叫卖，只需巡视一样地走动，要的人取下便付钱，女人又扬起头颅走向别处，那么自信和淡然，她的生活来源组建在高高的头颅之上，她就是这里的女王。似乎没有看到这个车站的售票窗口，更没有安检、乘警、清洁员，人们带着那些生活的所需走向各自的客车，没有时刻表，人满便出发，看似混乱，却各走其道，散漫，脏乱，芜杂，熙攘，到处都充斥着强大的无序感，而正是这种无序感使得人们自在与悠然，也正是这种无序感让信任升华。

宾馆是现代建筑，六层，大厅的文字标识有缅文与英文，服务生恭谦有礼，阳光般微笑，举手投足间都烙着英国绅士般的风度。半个多世纪的殖民与掠夺，在缅甸这块土地上留下伤痕，也根植着文明。有些植入是带着血腥的，有些植入是润物细无声的。宾馆房间除了茶几上供应的标识缅文的奶茶外与中国无异，窗外就是一大片沼泽，居然有戏水的野鸭，飞落几只翩翩白鹭，瞬间觉得这个宾馆生动起来。

三

第一站拜访的是云南会馆，这是华人的大本营，也像精神教堂。来缅甸谋生的华人都得依附于云南会馆，我很奇怪，为何不称之为中国会馆。云南，在缅甸究竟意味着怎样的属性？这个名字带着无限的纵深感牵引着我的思绪。当我的脚踏入这个会馆时，这座带着中国古典建筑风格的院落已历经了一百四十三年的风雨之旅。它的前身叫"迤西会馆"，云集着云南大小商贾。"迤西"这个明清之时对于云南西部地区的统称，烙有明显的地域性。而当年，《徐霞客游记》中对于腾冲的描述，称腾冲的风物与繁华"此城迤西所无"，赞誉之词让这座边城荣耀至今。会馆的名称来源于腾冲商人之手——尹蓉——这个胸有文墨的腾冲和顺商人，注定是要把自己一腔热血洒在这块土地上，也注入到会馆里。他便是云南会馆的首任会长，从迤西会馆到云南会馆，包含着十一代会长的苦心经营。他们的祖先也曾从滇西从腾越出发，到缅甸讨生活，将自己的脚步织在了这条不息的商道上。他们的亲戚朋友分布于德宏、瑞丽与缅甸一带。云南的德昂、阿昌，傈僳族等十六个民族跨境而居，彼此语言相通，地域的不同并未隔阻他们的交流与往来，这庞大的民族之根须延伸，散布，牢牢紧抓于南亚这块大地上，成为不可割舍的文脉地图。这让云南与缅甸保持着一种自然的连体关系。而这样的关系最为直接和频繁的表现便是文化与商贸往来。从迤西到云南，这个称呼牵引出的是历史背后的血脉相连，云南会馆，代表着人们情感上的接纳与尊重，也代表着南亚民族的相融相生。

对于毗邻缅甸的云南而言，丝绸古道是人们通往外界的一根绳索，俗称"走夷方"，真正地用马帮与脚力完成一次次的商贸往来。"小云南一年两季荒，穷走夷方急走厂。"这是流传在滇西的一句话，尤其是古代永昌一带，"走夷方"成为一种传统，它是对一个男人胆识、力量与智慧的最好锻打。腾冲，因特殊的地理位置，成为与缅甸商贸往来最为密切的地方，很多有名的侨商都出自腾冲，而腾冲的和顺乡又是西南丝绸古道的重镇，在和顺，一个没有走过夷方的男人很难获取女人的青睐，走夷方像是一个男人成熟与有担当的通关卡，有了这张卡，才有养家的本领，才可以让女人信服。和顺，古称阳温墩，这个名字很特别，墩，厚实的土堆，木材、石头与植物，一个具备生活所需的场所，阳光温和地洒向这些人们赖以生存的物件，有种天长地久的安全感。人们把祖先口头流传下来的语句整理成了《阳温墩小引》，其中就谈到了为何走夷方："吾腾冲，田地小，而且薄瘦，不得已，家为贫，不得不走。"走，成为和顺人的一种生活状态，带着豪迈与勇毅，开辟了一条伟大的商贾之道。但凡伟大之举，背后都有血泪相伴，"男走夷方，女多居孀。生还发疫，死弃道旁，只有奶奶坟没有老爹冢"。太多的故事发生在这片土地之上，成为一个家族、一个地域史册中最为心酸的部分。与缅甸的商贸往来，和顺人是这样记录的："我中华，开缅甸，汉夷授受，办棉花，买珠宝，回头销售，此乃是，吾腾冲，衣食计谋。"文化交融最初的起点就是物品交融，各取所需，你来我往，观念、态度、风俗也会随之互相影响，腾冲人，气质上就带着一种长期经商造就的谨慎与精明，也大多笃信佛教，懂得回报感恩。

在云南会馆，接待我们的就是十一届会长尚兴玺先生，他也是和顺人，面带温和的笑容，像一尊佛陀。来缅甸四十余年，从最底层的买卖做起，具有担当与家国情怀的人，总会自带光芒，他接过了云南会馆会长的接力棒，创办了云华师范学院，除了赚钱，他还想让中华文化在曼德勒薪火相传。他说，钱财是人身上的污垢，搓搓又有了，而文化是一个民族的根与魂，需要我们用心栽培，尤其是在异国他乡。

第一批华人抵达曼德勒时是在金多堰，金多堰位于伊洛瓦底江东岸之滨，汉代时，云南可走水路便是沿伊洛瓦底江顺流而下，出孟加拉湾航行到印度，与印度洋航道连接起来。《魏略·西戎传》记载，大秦国水道通益州永昌郡，当由缅甸海岸登陆而达永昌。英国历史学家哈威在《缅甸史》中说，公元前 2 世纪以来，中国以缅甸为商业通道，"循伊洛瓦底江为一道、循萨尔温江为一道，尚有一道循弥诺江（今亲敦江）经曼尼普尔乘马需三月乃至阿富汗。商人在其地以中国丝绸等名产，换取缅甸的宝石、翡翠、木棉，印度的犀角、象牙和欧洲的黄金等珍品"。伊洛瓦底江，这条发源于中国西藏的江流，经云南的恩梅开江和迈立开江等多条支流汇总，浩浩荡荡集结奔来，使曼德勒被冲积成一个大平原，继而成为人类繁衍生息的家园。河流就是大地母亲的乳汁，对万物日夜滋养。河流也是最初人们探知外部世界的路，牵引着远方。

有幸在侨领李祖才夫人的带领下，我们参观了金多堰，曾经被描叙为破旧的土主庙已被建造为金碧辉煌的佛殿和花草簇拥的修行场所。一群身着统一红色 T 恤的女子正在和着舒缓悠扬的音乐跳舞，歌词大意是感恩与奉献之类的，她们面带微笑，像和煦阳光下的花儿。听说，这是在为某处慈善捐赠会排演。金多堰如今已是曼德勒城区最大的慈善机构，所有华侨都会将赚到的钱由金多堰布施到各地。而侨领李祖才先生个人对于社会捐资已累计高达 2000 多万。我曾在一则消息上看到，英国慈善援助基金会发布的 2015 年报告称，在国民回报社会方面，缅甸超过美国，跃居世界第一。这个国家 90% 以上的人曾经向慈善机构捐款，半数人做过义工。看似贫穷和落后的缅甸实则是世界上最慷慨和富足的国家。

我不知第一批顺江而下的华人是在何时抵达金多堰的。那时的曼德勒还是人烟稀少、密树苍天的蛮荒之地，或者也是在我身处的这样一个黄昏？水面泛着橘红的光芒？大地安详自在，土主庙被夕阳镀得发亮，像伟大佛陀普照的光轮。这些历经艰辛的华人就此停船靠岸，投宿歇息，如一粒粒种子般落地，生根，发芽，开枝散叶，继而荫庇后人，造福一方。金多堰如今也成了一个小码头，江岸旁是公路，公路边一棵棵大青树枝繁叶茂，树下，人们三五成群地休憩，躺着，坐着，蹲着，睡着，孩子们有的在路上玩耍，有的沿着坝堤冲到江里洗澡，路边是三三两两搭建的木棚，看似长期居住，摆着满满当当的家什，贫寒，老旧，带着生活累积的油烟污垢。路边，人们用简陋的竹耙排成杂货铺，卖蔬菜、水果和烟酒。江岸成了人们的生活场，摆摊，睡觉，嬉闹，聊天，喝酒，发呆，玩游戏，自得其乐。在一个木棚边，一个老妇人躺在靠椅上嗑着瓜子，她衣着寻常，梳理得整齐光亮的发鬈边，别着一小簇细碎的奶白色的花，脸上涂着淡淡的水粉，对着江水，一脸悠然。我冒昧地给她拍照，她看了我一眼，淡淡一笑，继续嗑着瓜子。这木棚就是老妇的家，贫寒并未让她丢弃生活该有的精致和悠闲，这种状态下的安详与平静让我动容。

　　顺着斜坡便可以下到江边，江水是浑浊的，几只船停靠着，有人钓鱼，有人沐浴，有人在船上聊天。沿着江走，可以看到江沙上人们用鲜花、草叶、香料、烛火、水果摆放在一起，组合成各种的祭祀图案，这些神秘的符号，是人对于神灵的供奉和祷告。没有人敢破坏，绕道而走，任江水冲毁，这让我想到了老家的龙井边也时常摆设着香火、纸钱与红布，那是对于龙王爷的祈祷，希望他赐予靠天吃饭的山民们风调雨顺，五谷归仓。似乎一切与生命之源有关的水域，都是神灵的所在，水，这种无形的、带着动感与声像的物体，让大地活泛起来，一切因之诞生，水，涌动着生命的波浪，被升华与神化。伊洛瓦底江，此刻，在我眼里已不仅仅是一条奔涌的江流，它就是人们顶礼膜拜的诸神之域，一座恒久的神殿。几个女人围着笼基沐浴，夕阳柔和地抚摸着她们的背脊，头发水草一样散开，从水中出来时，裸露着的黝黑的皮肤闪着古铜色的光亮，那层隔离着的薄薄的布把身体勾勒得越加清晰，丰硕而健美。她们不断地用江水洗刷，我不知这样清洗的意义何在，因为江水的确是浑浊的，也许，这样的洗浴带着对于神的供奉，当你投入到水中，你便被神时刻承载与赐福，在神的居所，祭拜与洗浴都是裸裎，都是涤荡。斜坡的江边就是一个天然的大晒场，布、衣服、垫子、帘子、鞋子、香料、干鱼……错落地铺陈开来，一股股江风吹过，温热，带着生活的腥膻。一艘停靠的平板船上，一个缅甸男人正在垂钓，他牵着渔线的手像抚琴一样停滞在空中，不时地往回牵引一下，似乎在牵引着一条江神秘的未知，两个小僧侣在不远处观望，此刻，霞光漫天，最后一抹夕阳拂过江面，拂过他们的脸庞，伊洛瓦底江重塑金身……

四

佛教由印度传入缅甸已有两千五百多年，在这漫长的历史中，盛行不衰，像骨血一样根植在万物之中，一脉相承。在曼德勒，色彩最丰富、建筑最雄伟、人群最密集的便是佛塔和寺院，在蒲甘佛教的全盛时期，上缅甸共有 1.3 万座塔与僧院。念经，祷告，布施，传播佛法，从善如流，这是人们生活的日常。男孩子必须得上佛学院，去寺庙当和尚，这是一生的修行，街上，随处可见身着红色僧袍的小和尚，他们赤脚行走，赤脚，这是与大地保持着最亲密的肉体关系，葆有着最原始的慈悲。

看佛塔，必须去蒲甘，天未亮我们就从曼德勒驱车前往，司机是一位很温和的男人，虽然我们语言不能交流，却能从他的眼睛和笑容里得到信任与安全。当车子穿行在曼德勒省的大平原中，天际才微微透出青白的晨光，不一会儿，一轮橘红的太阳逐渐从地平线升起，晕染得东方一片霞光，壮美而惊艳。我们急呼，让司机停下，取出相机不停地对着那轮红日拍照，曼德勒的日出像一轮红色的满月，那种温暖的柔和，逐渐的浸润，使得人像得到了神的照拂一样，莫名地感动与快乐。通往蒲甘的路是较为狭窄的柏油道，刚好可以容纳两辆交错的车，路边的树亭亭如盖，路边就是草木灌木交杂而生的广袤平原，让我想到了非洲草原以及奔跑的角马和鹿群。一些村落散布其间，为了买食品，我们来到了一个村庄的集市，卖熟食的热气蒸腾四起，男人，女人，孩子，坐着的，蹲着的，盘腿的，站着的，人们以各种姿态在自己的摊前，水果、蔬菜、鱼虾、羊肉、猪肉、鲜花、佐料……堆积和延展的是浓郁而丰富的色彩。木盆、篾箩、塑料筐、竹耙、铁盘子、芭蕉叶，这些都是盛货品的物件，货品堆得涌出来，把集市的街道挤得狭小逼仄，人们流水一样你出我进。卖货的大部分是女人，有的蓄着一身的力气，一只手居然抬起一串大得惊人的香蕉，麻利地用刀砍下一串给顾客，一个卖鱼的大嫂，拿着刀，表演一样地把一条条鱼砍成均匀的一段段，动作富有节奏感，卖花的女子涂着水粉，唇上一抹艳丽。腥味、花香、各种食物散发的气味，糅杂成了最强大的集市气息，让我想到了80年代时的滇西农村集市，也是这样热火朝天，熙熙攘攘，杂乱无章，混沌一片，各取所需，那是沸腾着质朴滋味的生活源头。

　　蒲甘到了，世界仿佛安静下来，公元846年，缅甸的第一个统治者披因比亚在此建立起了自己的王国，这座万塔之城用一种亘古的方式，将佛法矗立在这片茫茫大地之上。说是万塔，经历史的浪淘沙后，也只余两千多座，它们散落在草木丰茂的蒲甘各处，道路蜿蜒，塔林安然。那些塔大都是石头堆砌而成的，那些红褐的石头、青白的石头被时光剥蚀得老旧，沉甸甸地静穆着。佛塔建筑千姿百态，各具特色，洁白素雅的，红赤发亮的，金光耀眼的，小的，大的，高耸的，低矮的，圆的，方的，四面有棱角的，似乎每一种几何图案都被赋予在佛的万象之中。我们来到了达玛央吉佛塔——蒲甘最大的一座佛塔前，有人在卖莲花，白色的，粉色的，黄色的，礼佛之用，进去得脱鞋，免冠，穿短裙的女人必须围上笼基，一切的仪式感让人立马肃穆和收敛起来。这座佛塔的建盖很特殊：当时的统治者拿勒胡为争夺王位，谋杀了自己的父亲和哥哥，忏悔与罪恶使得他心灵难安，为了弥补自己的罪过，他建成了这座蒲甘最大的寺庙。这座佛塔是砖塔建筑的杰出代表，从蒲甘的各个方位都能看到这座红砖墙的寺庙。虽然外墙被时光剥去了色彩，却非常地坚固，据说建塔的时候两块砖中间如果能插进针，那么砌砖的工匠就要被杀头，也许正是因为拿勒胡的残酷要求，才使得佛塔历经数次地震而纹丝不动。但是拿勒胡最终没有等到这座壮观的佛塔完工，在佛塔建成之前，他也惨遭谋杀的厄运。这座具有"蒲甘的金字塔"之称的佛塔，拱门环环相扣，造型独特，回廊里的窗户设计是为了让阳光透入，照亮佛塔内部。人们跪拜在佛前，额头伏在红砖之上，已很少有人追究这一块块砖之下的罪恶，这座塔带着的与佛相悖的残忍与血腥都被岁月吞没。塔内，低垂着眼帘的佛，俯瞰着众生，尔虞我诈、你死我活、恩怨情仇、贪嗔痴疑都止于至善，佛魔之间，很多时候只隔一步。

到阿南达寺时，我的眼睛瞬间被点亮了：不愧为蒲甘最优美的建筑，一座印度风格的正方形大佛窟，东南西北面各有一门，门内有一尊高约十米的释迦立佛。在塔座之上屹立着七十多米高的塔身，非常高大宏伟。乳白色的塔身在蓝天的映衬之下洁净高雅，塔的外壁上有数千尊大小佛像和彩陶浮雕，在主塔四周又环绕着众多的小塔、佛像及各种动物和怪兽雕塑。整座佛塔错落有致，圆形，方形，菱形，流水一样的线性图案，流苏般垂下的石条，山峦一样的梯阶，外窗上火焰般燃烧状的石雕，建筑者似乎想尽一切办法，把这世上所有的几何图形都囊括其中，这座集建筑、雕刻、美学、宗教、数学、绘画为一体的集大成者，每个细节都值得揣摩与审视。那些梯状排列的怪兽和石阶下大小不一的雕花，建筑者想表达的是驻守与供奉吗？绕着佛塔走了一圈，阳光将整座佛塔镀得熠熠生辉，佛塔外是一块开阔的广场，树荫之下，几只鸽子在安静地踱步，像得道高僧一般。当我举着相机拍下佛塔的一角时，捕捉到了雕刻于佛塔脚下的独角怪兽竟是眉眼上扬，开口大笑的。赤脚在蒲甘行走，每一寸土壤都是温热的，这块被佛塔布满了的平原，有着某种神秘的伟大的力量，我一直相信磁场，在蒲甘，我觉得自己仿佛被点化了一样，步履轻盈，心目淡然。在这里，修行已渗透到人们生活的方方面面，修来生，慎此世，这是对于佛的绝对遵从。佛教是最具升华感的宗教，诵经，打坐，供奉，捐赠，吾日三省吾身，心存敬畏，心有奉守，这样的生活方式使得人自信，安宁，柔软，慈悲。我一直认为一个有信仰的民族是最具幸福感和安全感的，他们不会为了一己私欲去破坏社会规则，不会焦躁不安，忘乎所以，而被物欲压垮，被利欲熏心，丧失最起码的良知。看着那些潜心参拜的善男信女，让我想到了国内的一些寺院，宗教似乎已沦为变相敛财的工具，那些一掷千金，被养得油光水滑的和尚，那些为了谋求自身荣耀而动辄一万元烧一次高香的所谓"信徒"，那些被商人承包了的庙宇大殿，玷污一词已不足以表达出这个时代之下，佛教被利用的悲哀了。在蒲甘，人们有钱大多捐赠于修建佛塔或者寺院，为佛贴金箔，供奉珠宝玉器，有些人家甚至把一年的大多数收入都投入到这样的捐赠中，在实用主义的我的眼里，捐赠寺院、开办佛学未尝不可，而如果把这些用于购买珠宝金箔的大量资产投入到社会基础建设与大众福利改造中，岂不是一件于国于民都有益的美事？人们该如何把握住信仰的尺度呢？信仰本无度可言，佛塔无语，蒲甘静谧。

　　此刻阳光和煦，坐在树下，让我想到了佛陀，当年历经了那么多的树，最终在一棵菩提下顿悟，这许许多多的树都是佛陀毕生所要历经的慧根与缘起。树，大地之上给予人们的不竭资源，原来不仅仅包括物质的，也有精神的。

五

在缅甸，有太多的树了，它是世界上森林分布最广的国家。丰沛的雨水，肥硕的土壤，大地之上都是油淋淋的葱绿。柚木，这是缅甸最多的树种，这种喜光的大乔木分布在缅甸的各个角落。我曾采访过一位老木匠，他说，这世间的木头，最易钝刀的便是柚木，它的坚韧、抗腐蚀、耐水耐火性极强，其他木材无法相比。柚木在我印象中便成了一种堪比钢材的木头。而柚木的建筑却很少看见，直到邂逅了乌本桥，这座矗立在东塔漫湖的桥，已跨越了一百多年时光，当年雨季河水泛滥，这一带便成了一片泽国，敏东王为了方便百姓往来，便用柚木架设了此桥。整座桥的构造简单，直接，朴实，古老，就是一根根粗大的柚木，插入大地，靠斗榫连接桥身，一块块木板铺开，没有任何的技术含量，有的是依附于大地和柚木的信任，果然，经百年的风雨剥蚀，这座桥依旧安然矗立。

我决定赤脚而行，这些被阳光抚摸过的木头透着温热的体温，每走一步，我似乎都能感受到桥身的微微颤动。柚木已失去本色，变得灰白，被时光一寸寸啃噬的裂痕与纹路，都显示出桥身的衰老。这些被无数的脚板打磨过的木板，透着暗哑的、老旧的色泽，桥柱的选材并不规整，长的，短的，粗的，细的，残缺的，完好的，高低错落，有种随心所欲的美感。桥上，路人各色：僧侣，尼姑，商人，游客，乞丐，军人，农民，推着自行车的小孩，拄着拐杖的老人……这座当年敏东王每天走过的桥，更多的承载是黎民百姓，高贵与低贱在你来我往中都归为平等。柚木，这样珍贵的树种，被这样粗放地用于建桥，归于一位王者的爱民之心。乌本桥，这个名字很特别，让我想到了某种厚重的可靠性，它还有一个名字，叫情人桥。桥，似乎在全人类心中，都会被赋予与爱有关的情愫。廊桥遗梦，魂断蓝桥，断桥相会，鹊桥传情……桥，这种特殊的路承载着人们对于情爱的无数畅想，在迎面相对中走来的男女，一个眼神便会情愫暗生，一次擦肩，便会抱憾一生。桥是爱情的开始，似乎也喻含着错过的悲情。它起到了搭建与勾连的作用，而爱情正是在这样的基础之上得以萌芽，而在它的来来往往中，似乎在暗示着被世俗庸常淹没了的激情，于是人们都会让故事演变得残缺和凄美。乌本桥也如此，传说是天上的仙女到人间，与曼德勒王子一见钟情，于是便约定在乌本桥相会，结局终不会完美，如同白娘子与许仙一般。而爱情之所以刻骨铭心，不正是由于它的缺憾吗？乌本桥于是带着这样的期许，成为当地人心里的情人桥，传说，两情相悦的男女牵手走过此桥，便会白首不相离，很多游客也会为此言传，纷纷共赴乌本桥，达成心中所愿。我选择相信这个传说，因为，在桥上走过时，我的内心是美好而安宁的。乌本桥像一个慈祥的老人，用一生沉淀的情感告诉人们，爱情的最终归属还是质朴的生活，是不远处升腾起来的炊烟，是那些焕发勃勃生机的田畴，以及湖上捕鱼的人群。

桥下的湖水其实不深，人们划着小船在撒网打鱼，水是浑浊的，这个季节的东塔漫湖似乎显得懒洋洋的。一群年轻的小伙子正在收网，他们把树枝投入湖中，等鱼汇聚在树枝下乘凉时，便用网围拢起来，几个人钻入网中，把树枝依次清除，再收网抓鱼。这貌似一种古老的抓鱼法，树枝一根根清理开的同时，鱼开始跳跃。这些小伙看来是惯用此法，他们泥鳅一样地钻来钻去，淤泥涂在赤裸的身体上，黝黑得发亮，湖泊不仅仅是生活来源的场所，还是广阔天地的给予，在水中，他们似乎比鱼还自在快乐。我就坐在乌本桥上，没有围栏，脚悬空挂在桥板外，看着这些男孩在捕鱼。天蓝得没有任何瑕疵，湖面蒸腾起些许的热气，桥上走过的人闲庭信步，时间慢了下来，一切在日光与水色中得以安然，似乎在这块土地之上，劳作与嬉戏于生命而言同等的重要。我离开时，湖面波光潋滟，乌本桥人来人往，船只摇曳，炊烟四起，一天的生活开始沸腾开来。

除了乌本桥，金色宫殿也是一座柚木建成的寺庙，这座方顶重檐结构的建筑看着比一般的重檐建筑更繁复与重叠，内外门窗和墙壁上有很多精细木雕，整个庙宇全都坐落在数百个粗大的柚木支柱上，外围也有柚木支柱卫护。最初这座宫殿位于皇宫之中，是敏东王的寝宫，也是敏东王驾崩之地。他的继任者锡袍王为避讳，将整座建筑搬到了现在这个地方，使其变成一座僧院。虽同是柚木建造，乌本桥原始简单，葆有着大地之上最本真的风貌，而金色宫殿却极尽奢华，精雕细琢，似乎每一块木头都被赋予了生命。花草舒展枝叶，肥厚交错，人物形态各异，翘角上都布满了精细的雕刻，飞翔的神鸟，蹲守的神兽，排列的神像，各种造型的人物，坐的、蹲的、站的、舞蹈的、脚踏莲花的，杂技一般托举的，密密麻麻，却又各居其所，微笑的、严肃的、怒目的、沉静的、呆滞的，尽显人间万象。在繁缛中，精细的华贵一层层荡漾开来。我穿梭其间，用手小心而仔细地抚摸着这些雕刻，有些已残缺，而有的依然丰腻，可以看到雕刻之人的独具匠心。我不知道其中的那些雕像所蕴含的象征，只是在想，一百多年前，是一位怎样的工匠来承接这项浩大的工程的，他一定是洞察世事的智者、潜心礼佛的信徒，也是一位敢于创造的勇者，让这座历经一个多世纪的宫殿，还依然散发着神性与艺术的光辉，让人膜拜与赞叹。

六

感觉缅甸的日出日落似乎比任何地方都要冗长，没有稍纵即逝，只有漫长而安静的等待。在晨光里，一天的初始，布施的人便走上了街头，为那些行走的僧人进行供奉，赤脚的僧人们举着钵，鱼贯而行，供奉的人低垂着头，将食物高高举起，土路之上，阳光一缕缕地透过树梢散落在他们的脸庞、身上、发梢，祥和美好，红色的僧袍熠熠生辉。"世界，人们总是在太阳初升的时候，做某些重要的事，祭祀，写作，下地，开工……这是一个亘古的、从未约定过的仪轨"（于坚语）。人们总是用一些神圣的举动，让一天以虔诚的方式开始，生活让大地多彩起来，物质与精神是延伸的根系，扎入大地，生根发芽。人们在绿荫之下，得以休憩。我喜欢这样漫不经心的生活，扎根大地的生活。曼德勒其实并未真正地城市化，路边就有野花野草，田畴、野地的存在让这个地域葆有乡土的气息，也葆有无限的活力。当我登上曼德勒山俯瞰时，才发现这个平原是如此宽广，它承载着王宫、寺院、佛塔、民居、浩荡的伊洛瓦底江、纵横交错的路、密密麻麻的树、人群、牛羊、日出、月升、无数人的一生……"人充满劳绩，仍诗意地栖居在大地"，这便是此时浮生于脑海的文字。我们都是大地的一分子，像虫鱼，像草木，始于大地，终究归于大地。我们都是大地的孩子。

人在深秋

我是被窗台上骤然而落的雨滴声惊醒的，此时北京的天已发白，时间才五点多，拉开窗帘，远处还有几盏逐渐衰微的灯光零散而固执地亮着，天色灰蒙蒙的，雨和着风唰唰地扫来，带着一股股蛮力。我开启了窗子，才一小缝，冷空气便扑钻而来，我的皮肤在接触到冷风的那一霎，传递到大脑的一个声音是：冬天来了。打开手机，日历为 10 月 24 日，霜降。"九月中，气肃而凝，露结为霜矣。"这个节令恰好是秋天结束与冬天开始的交接。大地像领到了秋天的辞呈信，开始收拾行装，快马加鞭，绝尘而去。一树树的叶子转黄，变红，继而旋转，纷纷离开它们待了一生的枝头，这样的情景在滇西是很少感受到的，在那里，秋天到冬天似乎没有任何枝叶末节的过渡，四季也是，季节的流转，在我们没有太多感知中就平淡无奇地过去了。而在北京，秋天就是这样实在而隆重的，你可以在一天天中看到叶子在日渐变冷的风中，丝丝缕缕地转黄，路面上从三五片的零落到一层层的堆积，秋天就这样节节败退，冬天就这样步步为营。让我想到了郁达夫不远千里，只为饱尝故都的秋，那些儿时读到的文字，此刻又潮水般注入脑海。

银杏的叶子是从展开的扇面外层开始变黄的，它的黄沿着外圈逐渐蔓延到叶根部，像一只画笔将浓稠的色调一层层叠加在叶面上，一丝不苟，如果界定这支画笔握在谁的手上，我想应该是一个初学丹青的小学生，认真得严丝合缝。银杏叶的绿在不断收缩，黄在蔓延扩展，直到那些灿烂的黄占领到叶柄的最后一丝位置时，一树银杏便穿戴了金子一样的铠甲，飒爽英姿地立于大地之上。这样的黄色纯净而耀眼，带着不可侵犯的贵气。而梧桐的叶却是零零散散地变黄，没有银杏那么有仪式感，你都没有细看，那些叶子已像被黄色的墨水浸过一样，浮出叶面来，黄绿斑驳，混杂的色调中是衰退的迹象，还没有黄透便纷落而下。踩在脚下，嚓嚓的声音，带着某种不可言说的痛感，怅然若失通过脚下的这声响浮出来，漫开来，我总能在这样的场景中，想到人生的离合悲欢，也想到了那些猝不及防的离开。我曾一度认为自己是那个最先嗅出这些离索的人。对于任何一个季节，如果让我蒙住眼睛去感知的话，我只能准确地判断出秋天，通过我的身体发肤。许是自己就在这个季节出生，我的肌体与母亲温暖的子宫脱离时，最先感知到的就是这熟悉的秋意。虽然，那时我对于世界是无知的，但我想应该有一种记忆存在于我的肌肤与鼻腔里。我可以准确无误地判定自己与这个时节最亲密的关系，像感知母亲的气息。

那是一种特殊的气息，我总能从这些丝丝缕缕的气息中明晰地知道，大地将要进入怎样的休养生息的状态。那是路边草垛中的露水被太阳炙烤后，蒸腾出的暖暖的气息，那是水田被割去稻穗后，散发出的淡淡的膻腥的味道，那是树木之间被鸟雀啄得残缺的果子中透出的浅浅的甜味，那是流水中趋于平缓的声音，那是暮色下归鸟的轻鸣。而我的身体也会在这些诸多气息与声响中，被黄昏里逐渐升腾的暮气，那种孤独的静冷逐渐包裹起来，一层又一层，知觉告诉我，天地逐渐冷却下来，清白下来，空旷下来，继而沉寂下来。

秋水无痕，这句话是有意味的。只要沉寂下来，再大的风吹过，水也会有一股下沉的力量使得马上趋于平静。天地遵循着这样的规律，让那些曾经的骚动与茁壮都归顺于不可更改的时令里，这是万物之神的力量，没有谁可以抗衡。我们的祖先是智慧的，能在这样周而复始的光阴进程中，以这样准确而有序的方式，为自然找到恰当的归属与出口。萌芽，新生，茁壮，丰硕，成熟，凋敝，蛰伏，天地在不断的交媾与死亡中生生不息。而节令就是那个准点的闹钟，时间一到，雨水、阳光、雷电、土地、风、水，都以它们该有的方式呈现，分毫不差，人们遵循着时令，开垦，播种，施肥，收割，晾晒，入仓，按部就班。这是一个伟大而神圣的仪轨，气候更迭中，色彩在悄然变换，红是一点点、一丛丛、一片片、一堆堆铺展开的，黄是一树树、一层层、一块块、一山山蔓延来的，红与黄占据着这个季节的主色板，让绿退居其次，浓郁而稠密的热闹铺天盖地而来，而这样的繁华过后便是终结，便是萧条，秋天似乎暗喻喜庆之后的凋落，悲剧的序幕，多像《红楼梦》中的喧哗与排场，高潮之后转入暗淡与破败。我曾想，没有任何一个季节，像秋这样富有哲学意义的凄美了。大美之后的大悲，丰硕之后的冷寂，而这样的一种跌落，又意味着将在不远处萌动出再次的兴盛。此时的霜降，让我看到这块土地上源源不断的可能性。

除了色彩，我喜欢秋天的收敛与沉静，喜欢那些为过冬准备粮食的小动物：虫蚁、鸟雀、松鼠，还有离我们很遥远的熊。它们忙忙碌碌地收集着过冬的粮食，显得那么地勤恳与奋力，劳动者的奔波总会让他们显得可爱可敬。它们也有自己对世界的感知吗？它们不知道节令，却也能准确地判断自己身在怎样的时节，该进入怎样的状态，遵循着自然规律，这也太神奇了。这些小动物们，身体里也有一个密码，开启了和我们一样对这个世界准确的感知。它们对于自然万物的感知应该比人类更敏锐与直接吧，因为它们一生的时间都与大地紧密相连，它们的生命已深深融于自然天地里，而我们已离大地渐行渐远了。

在秋天的旷野中散步，看着那些村舍旁一树树红得喜庆的果子，看着升腾而起的袅袅炊烟，看着干干净净的大地，你会觉得我们为此付出的劳作是那么地值得，粮食归仓，一年又濒临结束，我们对于土地的感恩，就是这烟火的升腾而已，火红的辣椒，金黄的玉米，屋檐上一层层铺展开来的晾晒，让人间自带光芒，这是多么温暖的一幅图画，透着油画一般低沉而质感的美。儿时曾经在草垛中躲猫猫，晒场上，那一堆堆的草垛透着熟香的气息，我们翻滚和扑腾着，尽情撒野，直到炊烟升腾，暮色合拢而来，随着大人远远的呼唤，才离开。每个孩子的身上都裹挟着田野里、深秋中，那些谷草与泥土的气味，那些气味萦绕了我的一生，在每个秋天来临，这些气息又翻滚而至。所以，我曾想，人的嗅觉记忆是最为强大和固执的，它已通过你的鼻腔进入了你的肺叶，血脉、基因，成为一组神经。只要季节来临，这些神经就自然会拉你进入时光隧道，完成一遍遍的场景重现。

女儿小时候，老家有一棵柿子树，每年这个时节总会毫不吝啬地将一树的金黄奉献出来。我们全家也开始了承接它的馈赠——制作柿饼。婆婆先洗好三五个簸箕，只待有大好的太阳。早早地，公公爬上树，摘下柿子。我们就围拢而来，拿着刀子将柿子削皮，柿子的外皮就这样一圈圈在我们的手中旋转着跌落，而后一个个安置在簸箕里。女儿捡起柿子皮，当成绳子，绕着小院自顾快乐地跑。阳光倾洒得小院熠熠生辉，甜甜的香气弥散开来，家在这样的弥散中静美而温暖。一堆堆柿子皮不久就堆成了小山，小山的背后便是一簸箕被脱去外衣的柿子。全家合力把沉甸甸的簸箕抬到屋檐上，白天被阳光这个天然的调味师蒸制，夜晚，白露又将其通体浸润。柿子就这样在昼夜交替的时光中软塌下来，婆婆每天的工作就是一个个地将其按捏，翻面。直到柿子从一个个圆球变为一块块饼状。色泽从金黄到褐黄，最后表面浮起灰白的糖霜。那是时光调制下的色泽与滋味，入口甜糯而有嚼劲，除了食物本身的滋味，还有太阳与露水的滋味、家与亲人的滋味。这样的滋味一直留在我的体内，无法剔除。

在这样的时节，制作美食也是生活的必需，人们也为过冬准备着诸多的食物，红薯干、浸梨、南瓜饼，还有便是储备杀猪后要用到用的作料。辣椒、花椒、茴香籽、草果、胡椒……只待阳光把这些作料晒得干脆，然后舂成粉状，装入瓶里。等年猪杀好后，便是腌制各种腌腊的最忙时节，所有准备的作料一倾而空，骨头鲊、萝卜干鲊、香肠、卤肉、火腿……来年的吃食都被安排妥帖。主妇们总会将食物制作恰如其分地安置在时令的变化中，生活点滴丝丝入扣地镶入规划里，忙中有序，什么时间栽种什么物品，腌制什么食物，做什么活路，大家皆遵循光阴的安排。一辈辈人就是在这样的安排中过着自己安稳的小日子，将一生也有条不紊地纳入时序里。

秋，禾谷熟也，祖先造字真是一门智慧的艺术，总能从字面就直观而准确地了解到其意思，带着温度、情感和指向。不像其他文字，冰冷而呆木，仅符号而已。所以，秋对于中国人而言总会有诸多特殊的含义。古诗词里关于这个季节的诗文似乎格外地多，离别愁绪、肃杀之气弥散在这个时节里，一季的收获带着喜悦与满足，而秋字添心，即是愁。悲苦中来，是否源于冬天之始。悲秋为愁，只有这个季节能同时调动起人的悲喜来，这复杂而两面的情绪。得与失，这最大的人生命题就蕴含在这空旷的野地里，这肃杀的秋风中。耳边传来了那首歌"秋意浓，离人心上秋意浓，一杯酒，情绪万种"，旋律低沉而缓慢，若失的怅然中有独处的静美，如这个已结束的秋天。这是我在北京鲁院所历经的秋天，带着迷醉的畅想，带着不期的收获，带着不断的散失，也带着某种蛰伏与蜕变。

地球上最纯净的一滴水

想用一滴水的声响

唤醒这个世界

彼岸花开

遇见便是超度

一生的悲喜

揉碎了

就是这浩渺波光

　　　　　　——题泸沽湖

一

看过一则古希腊的传说，上天的神仙们曾为地球上的男子流泪，泪水落入凡间，便成为纯净的白水晶。这样的泪带着心疼的爱意，于是白水晶与爱情便有了不可割舍的牵连。纯净，这个词似乎是对爱情最好的褒奖，没有一丝一毫的功利与算计，有的是透着光芒，毫无瑕疵的美好。对于纯净，人类对其的喜好都是无条件地高度一致，我们喜欢纯净的空气、水、食粮、人际、情感……喜欢不被侵犯与干扰，喜欢这世间逐渐稀少的静谧与纯真。于是，那些但凡与纯净有关的地域都成了众生向往的伊甸园，泸沽湖便是如此。

初识泸沽湖，缘于很多年前的一张画报里的图片，一个身穿盛装的摩梭姑娘坐在一只木船上，船浮于一面碧绿清透的水中。整个画面是静止的，我至今还记得那姑娘的笑颜投影到湖水里，纯洁美丽。湖水像一面魔镜，把蓝天、白云、青山、绿树、船只，还有摇曳生姿的姑娘统统摄入了它的怀里。水面似乎是两个相同世界的分割线，一面向上，直指天空，一面朝下，延伸湖底。如此纯净的倒影，让人产生一种迷醉的虚幻，仿佛这不是人间。就这样，泸沽湖便像施了魔咒一般，烙入我心。心向往的地方永远注满了让人无限的遐想，于是朋友一邀约，便不管不顾地奔赴了。

二

通往美景的路途总不是坦途，摄人魂魄的风景总藏在大地的深处，从十八弯的山路下金沙江，再沿着金沙江进入宁蒗县的腹地，路边的落石，让我的心总是悬挂着。大山层层叠叠，道路是缠绕在山梁的绳索，总用迂回和柔软的方式去征服这些粗劣的伟岸者。朋友说如今的路已修葺得很好了，十年前来，颠簸曲折，更危险费劲。进入的外省车辆都不敢通行，纷纷找代驾，他们大多没有勇气在云南的崇山峻岭间开车。看着眼前标识着诸多急弯的路，两旁势欲倾轧下来的大山，路侧深渊般的悬崖，感觉云南的司机大有斯巴达克斯出征的豪迈和胆量。山越来越青，空气是那种略带水分的清新，我猜想泸沽湖快到了。果然，翻过一个梁脊，便可看到远处的蓝丝绒一般的湖水。我像看到了心仪已久的人儿，莫名激动起来。

迫不及待来到了水边，眼前是一汪沉璧，浮动着朵朵白色的海菜花，海菜的根茎一条条交错垂曳在水中，清晰可见。我第一次细致地端详海菜花，它竟如此动人，纯白的三瓣似心形的花瓣展开，边沿略带卷曲，花瓣由花心延伸出细微的放射形皱褶来，恰似金黄的花蕊发散的光缕，一朵朵贴着水面，随波浮动，由近而远一直漫开，像湖水的眸子，也似镶嵌湖面的星星。海菜花只有在优质的水中才可生存，这些花分明就是湖上雀跃的小精灵，懂得择优而栖。远处有各色木船，更远处是几座小岛。泸沽湖就这样安然地置身在这偏远之地，处子一般。它的周遭是诸多的高山围拢而来，不像洱海与滇池、抚仙湖这样的高原湖泊，它们都置于开阔的地域，你可以寻觅到那些注入的支流和源头，旁边有世代耕作的人群，有广袤的田地，千百年来的水乳交融，透着世俗浓烈的烟火气息，而泸沽湖让我感觉更像是被神仙藏匿在群山中的一块碧玉，带着些许的神秘和灵性。最早发现这块胜地的是摩梭人，他们带着马帮，迁居到这里，开启了神居的日子。

三

看了史料，据文字记载，泸沽湖沿边的摩梭人早在一千五百年前就来此居住了。多么遥远的时光，那时的云南还是"百濮之国"，十万大山是天然的屏障，封锁着一个天然、自由而纯净的王国。我不知道，第一个发现泸沽湖的人，会是怎样的表情，但我敢肯定的是，他的眼睛一定放射出异样的光芒，这个水草丰美、被神不小心遗弃的地方，将是他的后辈子孙繁衍生息的福地。没有比这里更适合人居住的了，环围的大山，如镜的湖水，都是人类生存所必备的丰厚资源，这样的封闭是自在的，安全的，也是远离纷扰的。就地取材，木楞房开始在湖边建盖起来，炊烟开始随着湖面的水汽升腾而起，动情的歌声开始在水中荡漾开来，人们放牧，打猎，栽种，捕鱼，点燃篝火，谈情说爱，日出而作，日落而息，一千年的时光也只是朝夕。

在万物中，如果说大地是母体，那水便像乳汁一样，具有滋养的功效，涤荡的力量。水是多情的，包容的，静谧的，也是欢快的。她有着母性的特质，所以，泸沽湖也有"女儿国"之称，这样的称谓自然天成地与其地域有着自成一脉的契合。这里仍保留着母系社会古老的走婚制度，这种独特的婚姻方式在一定程度上将女性的尊崇提升到了王者的高度。走婚，这个词很形象，在摩梭语中叫"色色"，意为"走来走去"，这样夜合晨离的婚姻关系，法律与规矩都是退居其次的，两情相悦是最重要的保障，自由是前提。爱情的火花一旦点燃，夜色下，木楼的门会"吱呀"一声开启，随即开启的是一段缠绵的时光，一种崭新的人生。如果彼此相处久后发现性格不合，或情感破裂，这样的关系便可自行切断，女方不再为男方开门，婚姻便宣告结束。这样的婚恋是如此地人性化，它像大地之上的种子那样，遵循着"人心"这个自然法则生长，没有憋屈，家暴，隐忍，抑郁，哭诉无门。至高无上的婚恋权杖则掌握在弱者一方，我不得不说，在那个隔离文明的偏远地域，在蛮荒时代，男性势力无穷扩展的生活中，摩梭人的祖先是智慧的。他们懂得如何使婚姻葆有一种制约的平衡，使得肩负生育与劳作双重压力的女性有更广阔和自由的空间。这些约定俗成的规矩带着柔软的悲悯，像泸沽湖的水那样纯澈。

四

绕湖也就四十多公里的路程，这不远的距离，竟然跨越了两个省的疆域，一半是四川境地，一部分则属于云南。在格姆女神山下，一群摩梭汉子正在湖边休憩，他们以为游客骑马和划船提供服务为营生。看到我们来，并不招揽，依然喝茶的喝茶，打牌的打牌，抽烟的抽烟，唱歌的唱歌，睡觉的睡觉。似乎对于他们而言，赚钱仅仅只是生活的一小部分而已，随性地活着才是人生的第一要义。他们在湖边搭起的帐篷旁烧水做饭，篝火上的锣锅发出嗞嗞的声响，一股股米香飘出。一个摩梭小伙肩挎一块羊皮走来，我以为是披风，没想到，他到了帐篷边，丢下羊皮便顺势躺下休息，原来，羊皮是一块天然床垫。另一个摩梭小伙则在船上洗锅具，边洗便哼唱着我听不懂的民歌，旋律轻快悠扬。为了去除油腻，他们也使用洗洁精，这些工业洗涤剂浓稠的泡沫在不断搓擦后溢满了铁锅，我在一旁静静观望，担心他会顺手把这污水倒入湖里。幸好，小伙子洗完，便提着污水下船，倒入了一个装垃圾的桶里。我的担忧是多余的，这湖水是他们赖以生存的命根，这道理，他们比我懂。炊烟、马粪、泥土、青草、木头的气息充溢在四周，我想这就是人类最原始的生活气息。在这里，我仿佛看到了上古时代，摩梭人驱马而来，驻扎宿营的场景。时光流转，生活依旧，没有一丝一毫的改变，"独与天地精神往来"，这样的日子注定是安适长久的。

我们来的时候，转山节刚刚过去，那是摩梭人朝拜格姆女神山的日子。他们认为，是神山的云雾带来了水汽，滋养了庄稼，这是他们农耕得以保障的福祉，于是，在每年秋收之际都得对神灵进行祭拜。我无缘看到这一场景，却从满山摇曳的"风马旗"布条中，依稀看到祭祀的盛况，那是人们对神虔诚祈祷的留存。这样的节日是对世俗生活和大地的颂歌，摩梭人知道作为这浩瀚世界的物种，人也和鸟兽虫鱼一般，微如尘埃，只有心存感恩，才能感受永恒。能意识到自己与天地、季节、自然的关系，带着谦卑的心去生活，这便是一种可贵的文明。"转山转水转风情"，这是泸沽湖的宣传词，这风情，在我眼里更多的该是扎根于人心的风土之气息，寄于山水的志趣与情爱吧。

把车停在路边，我们循着歌声准备去打歌场，没走多远，朋友忽然想起没有锁车门，他准备掉头回去时，一旁的一个摩梭汉子忽然搭言：放心，没人会拿你们车里的东西，我们民族地方不兴偷盗！我以笑回报。这让我想起了老家，夜不闭户是常事，那个小小的布朗族山寨，90 年代后才知道什么是锁，那一把把铁制的锁其实是对于人心与道德的最后防范，冰冷，坚硬，不容置疑。而一个遵循着举头三尺有神明的地方，一个将信奉根植于血液的民族，这样的防范其实是多余的。

打歌对于我而言是再熟悉不过的民俗，我们从小就围着火堆，随着三弦、芦笙的奏响而踏跳，那些生生不息的舞步是一个民族跨越艰苦岁月的精神食粮。摩梭人也是如此，他们用食指勾着手，围拢来，舞步或铿锵或柔美，动作简单却带着洒脱与豪放。姑娘们洁白的百褶裙随着旋律泛起一层层"波澜"，恍若泸沽湖的水，一圈圈荡漾开来。摩梭人女孩子头饰与腰间垂下的长长流苏舞出柔美的曲线，走路时，富有动感的裙子，这些服饰设计的灵感离不开与之朝夕相伴的水。我想，一个民族的服饰、饮食、习俗都会深深烙着这个地方自然风貌的影子，布朗族大山形状的包头，摩梭人湖水一般的裙子，都是他们生存环境的另一种投射。如果想了解一个民族，你必先走进他们世代生息的大地，那里有着他们精神与物质世界的根须。

五

烟雨一会儿袭来，远处一片灰蒙，不过半个时辰，便又顷刻散去，阳光再次洒下，镀得满湖光色激潋，一切都透着水淋淋的愉悦。在一块名为情人滩的湖边，我与湖水有了第一次的肌肤相亲，赤脚在湖边闲走，虽已是深秋，湖水没有我想象的冰冷，而是凉爽。细碎的石子上，那一条条顽皮的小鱼，蹿来蹿去，如果不是禁泳，我真的想跳入水里，畅快游进湖中，与这些鱼儿为伴。这样的水，会让人有种想拥她入怀的冲动。不能如愿，那就让她近距离地伴我入眠吧，在临近湖边选取了一家宾馆，落地玻璃窗外就是那青蓝的湖水，我想听着她的细浪微涛入睡。夜色下的湖水是安静的，偶尔有风吹过，晃动了岸边停靠的木船，木船撞在树干上，发出笨拙的嘭嘭声。天空舒朗，散布微小的星光，远处，沿湖的灯火光环一样绕着泸沽湖，像为她加冕的皇冠。星光，灯火，虫鸣，木船的声响，一切都在跳跃，只有湖是沉稳的。鼻翼间流动着一种特殊的气息，湿气中氤氲些许清淡的木香和草叶的气息，似乎还有若隐若现的烟火味。在这样的夜晚独坐，你的心会变得柔软而恬淡，这大地之上有多少可以涤荡人心的风景呢？而此刻又有多少人会像我这样，在岸边对着沉入黑暗的湖水发呆呢？

泸沽湖就这样静静地陪了我一夜。清晨的第一缕光是灰暗的，天空阴郁，飘着细雨，远山被浓厚的云遮掩了一半，在层叠的云堆下，湖面泛着青色的白光。我来到木船上，对着那试图穿透云层的曙光，对着一湖清透的水，对着远方丝丝缕缕纱一样的水雾，想大声地呼喊，又怕惊动了在云里或湖里的神灵，止住了。看着湖边那些正在建盖的房屋，有些隐隐的担心，随着旅游的不断升温，泸沽湖成为很多人心向往之的地方。对于纷至沓来的游客，接待便是头等大事，宾馆林立在某种程度上其实是对于一个景区的扼杀。我曾在 90 年代的时候到过双廊，那时的双廊还是一个平静的小渔村，洱海的水透彻得手掬可饮，两米之下，水草和石头清晰可见。而时隔二十年，当我再次踏上双廊的土地时，那里已变为一个热闹而繁杂的旅游景点，随之改变的还有临近的水质，竟然有绿藻浮于水面，这让我的心骤然疼痛起来。那个曾在青山绿水旁，炊烟升腾的小渔村已不复存在了。开发在很多时候便是一把双刃剑，而如何最大限度地保护我们所拥有的天赐资源，这是一个值得很多人为之思考的命题。

通往泸沽湖的机场已建成，这将让更多人更快捷地抵达，这样的抵达让我对这个世外桃源一般的"女儿国"的未来有种杞人忧天的恐慌。我不想当我时隔多年后来到这里，也会有同样的心痛与叹息。所以，当你走进泸沽湖时，请带着虔诚的心抵达，以礼待之，而不是恣意消费、践踏。毕竟，泸沽湖给予我们的也不仅仅是无限风光，还有母性的柔情，这世间逐渐稀少的纯净，与天地大美不言的沉静与力量。

院落的世界

入住这个小院落至今刚好十五年，十五，这个极为单薄的数字，在人生计数中却承载着浩大的 5475 天，132400 小时。这样说来，如果划分人生时光的话，我人生的不少光阴就消遣在这小小的院落，这不过二十多步就走完的天地里。悄无声息的时光是多么容易让人沉溺于一隅啊。

我开始细致地打量起这个已融入我生命的地域来，每天我都从那间靠南端的房间走出来，来到院子东北角的卫生间洗漱。初秋的早晨，微凉的空气薄得像一层绵纸，透出淡淡的清明，鸟雀在院东的树枝上雀跃，虽然那棵树上的柿子还在青绿中努力转黄，这些鸟儿的叫声已是那么迫不及待，它们每天都来，像准备赴一场豪华的盛宴。我轻步沿着屋檐走去，听着鸟鸣，嗅着桂子的清香，感觉自己的每个毛孔都在不自觉地舒展，吸纳这清丽的晨光。我的一天便是在这样秘而不宣的美好中开始的。我喜欢这些鸟鸣，它们的到来让我感觉小院生动起来，同时也安静起来，"蝉噪林愈静，鸟鸣山更幽"。有时，静是需要声音来沉溺的，比如旷野的蝉叫，山谷的鸟鸣，夜幕下蟋蟀声声，也比如远处迂回的琴音，和滴滴答答不住脚的雨声，这样的声音构织起来的静，有时与内心的独处是那么地合拍。我时常立在院里某处，木雕一样，闭眼听这些鸟的喧叫，那急促的喋喋不休，不容彼此停顿的鸣叫，似乎是在争吵着什么，或者是在激烈地讨论，要么是为这个时节即将到来的丰收而欢呼。那高一声、低一声，婉转而有弧度的鸣叫应该是在诉说，诗人一般地诉说爱意或者惆怅。那跳跃的，轻快的有节奏的，一定是在表达着快乐，也许刚刚吃了一条肥美的虫子，也许找到了自己的玩伴……我闭着眼，将臆想注入这些高低错落的鸟鸣中，如果此时让我制作一部关于鸟儿的动画，我会赋予它们怎样的表情，乃至着装与身份。我虽然无法破译这些鸟语，可在闭眼聆听的那一刻，我觉得自己是最懂它们的人。想到儿时曾看过一个童话，有个能懂鸟语的男孩，他在放牧时因听到鸟儿们说洪水就要到来，于是奋力跑回村子，告知乡亲们，从而挽救了大家的生命。这个故事着实让我着迷，在很长一段时间里，我都痴想自己也能有此特异功能，能探知到那些有着天使一般翅膀的鸟儿们在交流什么，它们的世界里有没有爱恨情仇，它们如何看待这些在大地上笨拙行走的人类，当然，我也期望能听到它们对于世界的未卜先知。为此，这些想入非非只有在梦里或清晰或模糊地缠绕，醒来难免哀叹和怅然。那些瑰丽的美梦就这样萦绕了我整个年少的时光。

每个秋季，我总会留几个果子在枝头，给这些带给我欢愉的鸟雀们，它们有时像客人，更多的时候像主人。知道什么时候院里有哪些吃食，纷纷飞落而来，啄食簸箕里的小米粒，屋檐下晾晒的包谷面，还有散落在地上的那些细碎的吃食。当我在屋里时，这些鸟儿就邀约着聚拢下来，吱吱喳喳地登堂入室，跳上飞下，出出进进，熟悉的程度不亚于我。通过窗帘的缝隙，看看这些小东西，我立马让自己安静下来，生怕不慎出声而惊动了它们，让它们扑棱一下全散了。它们细小的爪子，轻盈的翅膀，尖尖的嘴巴，机灵的眼睛，分明就是一个个小小的精灵，就让它们待久一会儿，陪着我，这方天地对它们而言，如我一般，也是栖居之所。

　　麻雀一般是成群结队而来的，像一伙喜欢凑热闹的"吃瓜"群众，叫声也特别细碎和聒噪，它们胆小也谨慎，飞落院中时，先让两三只老练的探路，这两三只麻雀一蹦一跳，左顾右盼，窥探四周是否安全，确定没危险了，便发出一串短短的叫声。接着，树上墙头立马纷纷箭一样地射下一群来。叽叽喳喳，你追我赶，一场浩大的狂欢开始在院中举行。它们的觅食速度很快，哪里有东西，立马呼朋引伴，一阵叽喳声便腾空而起。小时候，在老家晾晒谷米，大人总会拿一个竹竿，让我们闲时敲一下地板，吓走那些贪吃的灰麻雀。表哥总会在院中的谷米上用一根小棍支起一面簸箕，小棍的下方用麻线拴住，麻线延伸至屋中，我们捏在手上，就在屋内静候。麻雀成群结队而来，看四处无人，便大军直入。看到麻雀进入我们的陷阱，我轻声地数着：一，二，三，又来一只。表哥眼疾手快，估摸差不多时，迅速拉下绳子，这一拉，惊天动地，随着"噼啪"一声，四周的麻雀像发射的散弹一般，哧溜四散而尽，只有簸箕下，那几只俘虏在拼命挣扎。我们马上飞奔出去，按住簸箕。此时拿麻雀是一件很需要技巧的事情，不然会前功尽弃。我轻压着簸箕，表哥慢慢抬起一角，手臂贴着地面顺着那翘起的空隙进入簸箕内，快速抓拿，一般四五只，能捉住两三只已非常不错，其他的借掀起簸箕的那角缝隙，扑棱钻出逃命去了。捉住的麻雀，表哥就把它们用线拴住，等凑得差不多了，一起宰杀了下锅油炸。那个年代，吃一顿这样的雀肉对于舌头和胃是多么奢侈的犒劳。如今想来，心多有不忍，儿时的饥渴，曾让多少麻雀妻离子散，家破雀亡。

　　喜鹊不像麻雀那样串门般跳进院子里来，它要么落在屋顶高高的翘角，要么选一枝树杈栖息，与人类保持着一定的距离。它们的叫声婉转，我却听不出喜气来，只是觉得比起麻雀来说，声音跳跃而节奏均匀而已。在老家，有喜鹊进入院子，长辈们都会让我们不许胡闹，报喜的鸟儿入家门，马上就会有好事到。有一次，表哥用弹弓吓走了一只喜鹊，被大爹骂了一顿，还没收了弹弓，让表哥沮丧了好几天。不知是何人让喜鹊从一只普通的鸟升格为吉祥的使者，这是中国民间的一种特殊习俗，擅长用暗喻来为自然万物赋予各种各样的精神神力，譬如乌鸦、乌龟、蝙蝠、仙鹤，也比如松柏、莲花、竹子……一不留神，人类却变为了最后知后觉的笨拙之物了。

喜鹊在枝头发出"喳喳喳"的叫声，每次叫完，就会略略张开尾巴的毛羽，富有节奏，它从不多留，一会儿便飞走了，那长长的尾翼划过天空，像一位有风度的使者。黄鹂偶尔也来，如喜鹊一般，高高在上，不进院落，在枝头跳跃，黄鹂的鸣叫要比喜鹊清脆得多，高低错落，婉转悦耳，有那么几分歌唱家的气韵在里面。如果没有虫子或者果子，待一会儿，咻溜一下，那个黄色的身影就随着叫声瞬息消逝了。那棵柿子树和桃树就是这些鸟儿们的庭院，迎来送往，花枝乱颤。我喜欢找个僻静处，端着茶杯，看这些飞鸟翩然而至，嬉戏打闹，它们的世界无需太大，一棵挂果的树而已，它们的世界必须广大，天高云阔，舒展羽翼。我呆滞一隅，举目看着这些鸟儿扑扇着翅羽，嗖地飞走时，竟觉得自己像一只被圈禁的鸟。

蚁虫是无法飞翔的，它们也像我一样，被圈围在这四方的院里，在小院的各个角落都有它们的身影，或者有序地像步行军一样搬家，或者三三五五寻觅，或者一只踽踽独行，它们微小的躯体看似是这世界忽略不计的存在，却让我深深叹服。我曾目睹过一只工蜂与一群蚂蚁的厮杀。工蜂貌似是不小心受伤，在地板上休息，几只蚂蚁嗅到了食物的气息，闻讯而到。具有勇士气魄的两只先上前试探，马上被工蜂用前肢攻击，两只蚂蚁败退，接下来，它们碰交触角，交流如何制服这强大的

"食物"。于是，两只折返而去，急急匆匆，看似搬救兵去了。剩下的围着工蜂进行了长时间的进攻和撕咬，每次被甩出老远，每次仓皇滚落，每次又都抖擞精神继续战斗，轮番而上，工蜂的气息貌似被一点点地耗损。这些蚂蚁弱小的体内暗藏着多大的能量和毅力啊，这带着触角的小脑袋也充满了智慧。

不一会儿，一群蚂蚁浩浩荡荡扑来，它们互相交接触须，商议着，忙碌着，在一场无言的部署中开始了大围攻。它们分头行动，从工蜂尾翼爬上头部进行啃咬的，控制肢节的，咬住翅羽的，工蜂开始挣扎，努力地甩开这些密密麻麻的小不点。而蚂蚁似乎越战越勇，团团围住，咬住不松口，时间在僵持与较量中不断流逝，我蹲着看这场战役，蹲得脚麻，期待工蜂还有翻盘的可能，蚁群此刻在我眼里成了杀戮的强者。工蜂在这样锲而不舍的进攻下丧失了气息。它们太坚韧了，每一个都全力以赴，每一个都不遗余力，没有人类所谓的偷奸耍滑和观望之态，也不会懂得"使假气"。它们都不知，在这场搏斗中，有另一个庞然大物在暗中观望，并对它们心存敬意。这些不起眼的小黑点通过近一个小时的厮杀，把工蜂折腾得奄奄一息了。搬运工作开始了，我不知它们是怎么使用暗号的，至少人类可以语言交流，可以部署，可以喊号子，而这些蚂蚁却能在貌似混乱中，有序地搬运，前面拖拉的，后面推举的，中间扯咬的，缓缓挪着向它们的洞穴进发。所谓洞穴，就是石阶裂开的一个小缝隙而已，我想，里面肯定会有一块蚂蚁的大天地。工蜂的身体看上去是一只蚂蚁的数十倍之多，而这些团结的小东西，竟将这个庞然大物收入囊中，并"翻山越岭"运回洞穴。这不得不让我咋舌。

蚂蚁的能量是那么地超乎人的想象，它们能抬动比自己重许多倍的东西，这是上苍赐予它们的异禀。它们不会言语，小脑袋上的触须就是信号的传递器，电流一般，搭接一下，就知道彼此的心意，且不会质疑。它们的搬运是那么地有条不紊，按部就班。没有指挥，只有躬行，这是多么让人赞叹的觅食啊，可以用群体的力量战胜强悍的物种。这一幕，让我想到了野牛，它们面对狮子捕猎时，也会群起而攻之，让那所谓的动物王者落荒而逃。所以，弱者只有团结起来，才会有反败为胜的空间。

我常常看到这些小蚂蚁出来觅食，一只蚂蚁背一颗米粒，拖很长的路，说是背，细看其实是咬，没有强大的口器是无法咬合这些大东西的，蚂蚁的三对胸足也特别发达，上天总会适时赋予这些弱小者以奇巧和能力，才使得天地以一种神秘的力量保持均衡。曾经我认为蚂蚁处在自然界最底层的食物链末端，其实不然，它们依然可以将那些大块头弄为盘中餐，它们可以团结起来成为一个地域的王者。我曾经试图用一汪水阻隔一只蚂蚁的去路，在它面前制造出屏障，就像人眼前忽然出现一条河流一样，而蚂蚁并不惊慌，它耐心地绕道而行，直到能涉过我设计的"河流"，我设想我的院落就是蚂蚁的国度，它们每天都会在这国度跋涉与行走，一丛草就是它们的森林，一个小坑就是它们的深谷，一块石头就是它们的山峰，而这些小小的身躯总能不懈地穿梭其间，翻越与征服，它们才是大地上真正的行者。秋叶飘落，入秋之时，正是蚂蚁储备粮食的季节，这些小东西常常布满每一个角落，它们是忙碌的，勤劳的，也是强有力的，作为人类，有谁能翻山越岭去找寻一点点让自己果腹的粮食呢？比起蚂蚁，我们的韧性与力量都显得那么地不值一提。

当我俯下身来，仔细观察院落的周遭时，才发现，在我自以为一个人的世界里，还有很多的生物与我共享这片天地：那被雨水浇出来的蚯蚓，那在枝叶里不断啃噬树叶的毛毛虫，那穿梭于花枝的蝴蝶与蜜蜂，那循着气息而来的苍蝇，还有草丛里不时鸣叫的蛐蛐……院中的柿子树、桂花树、竹子、青树、芭蕉树给予它们庇佑，它们的尸体也成为那些花树的腐殖质。花开与叶落之间，有多少来来往往的小生命在奋力地求生和繁衍。悄然无声，千姿百态而生生不息。寒来暑往中，我的世界便是它们的世界，世界里还有我留意不到的世界，彼此侵入和接纳，彼此依赖和接济，还有那个我看不见的世界呢。

我从居住的南端卧室到东北角的卫生间，完成了二十五步的行走，时光似乎没有任何的改变，一切都是静止的，而院落的世界已在我的视界之外发生着悄然的流传。猎杀，恩爱，相守，分离，耕耘，孕育，死亡……无数的众生皆在世界的世界上演着它们的一生。

隐秘的人间

一、"招生"水库

在县城的东山脚下，有一个水库，60 年代建成的。老一辈的人都叫它"响水凹水库"。水发源于数十里外的老黑龙潭，进入水库时，恰好经过一个陡峭的山洼，常年发出低沉的轰鸣。跌宕的水流以咆哮的方式作为进入水库的最后姿态，不甘从此归于沉寂。这个看似平镜一般的水面，却时常氤氲着诡异的事情，每年都会有人在水库溺水，而溺亡前总会有某种征兆。水库边的寨子，只要有人半夜听到凄厉的鬼鸟鸣叫，或者水库上空有呜咽之声，没过几天必定会淹死人。这样的传言本身就让人发悚，而更恐怖的是每次都会如实应验，这就让风光还算旖旎的水库成了鬼影幢幢之地。

80 年代时，水库旁还是荒凉一片的山野，每当有死刑犯执行枪决时，都会押送到水库坝基的山脚。那时，我们还是天真的孩子，眼里的这个世界像一朵盛放的花。而这件极其残忍和可怕的事像一把刀，割裂了我们对于周遭美好的认知，它总会阴魂不散地游荡在我的记忆空间里，成为人之初天空里飘过的阴霾。我想到了那个时候，是怎样尾随着大人们到广场上，看审判现场的。被押送而来的死刑犯佝偻着身躯，胸前的一块白色名牌上被无情地画上了一个红色的大×，这个×是那么地决绝和强硬，在我们的课本里，它否定的是一道错误的题目，而在这里却是否定着人仅有一次的生命。大人告诉我们，那些名字已经被画上×的人，就是死刑犯，今天就得带到水库去枪决。而那些没有画×的人得继续关押。忽然觉得能继续关押也是多么幸运的事情啊，比起死去，活着是那么地宝贵和幸福。我看着那些被画×的人，他们大多低垂着眉眼，面无表情，死亡对于他们而言，似乎是一顿即将到来的早饭。在审判现场，显得那么地顺从与卑微，不知道当初是什么缘由导致他们走向犯罪的。全场只有审判长的声音凌驾上空，全场安静得让我听到了自己的心跳。当念到一个杀人犯的名字和犯罪过程时，那个皮肤黝黑的男人居然抬头看了一下会场，我注意到他的表情，嘴角竟藏着一丝微笑。他的目光毫无惧意，甚至有些慵懒。他扫一眼人群，不知是找寻亲人，还是记下即将踏入黄泉路上，这些送别的面孔，他那一瞥让人不寒而栗。我赶紧低下头，害怕与这样的目光不期而遇。接着，押解的东风大卡车呼啸开来，全场顿时一片骚动。死刑犯被带到车上，我留意到那个戴着脚镣的男人被拖上了车。群众潮水一般地推送着车子往行刑的水库走去。一路上，尘土飞扬，将天空弥漫成了呛人的橘黄色，这股气味让人想到了赴死的悲凉和仓皇。水库的坝基站满了人，有的来自几公里外的村寨，青天白日下枪决犯人会引来这么多人的围观，比赶集还拥挤。我想到屠宰的现场，让人心悸。

　　大人们是不让我们看的，就算踮脚也无法看到，执行点方圆数十米已围上了警戒线，大家只能远远地看到影影绰绰的场景，接下来的记忆就是那两声清脆的枪响了，似乎有一种魔力，让天地怔住，枪决结束，人潮四散时，感觉四周静得像黑夜，喧闹之后的沉寂冷气森森。我知道，刚才还扫视全场、被押上囚车的男人，已随着枪响成为一具死尸。刚才七嘴八舌看热闹的兴奋众生，也随之散尽，回归各自的生活轨迹。一切都已结束，一切似乎又刚刚开始，我懵懂地看着眼前的世界，有些说不清的恐慌。那天晚上，母亲说，我彻夜胡语，许是被吓到了，从此不让我再看这样的场面。而水库，也成为我梦魇中的一部分。

熟人怕鬼，生人怕水。这句俗语道破了世间某种神秘的心理暗示和规则。水库，自然而然成为诸多人望而生畏之地，不管是鬼，还是水，它的存在从双重意义上说，本身就能让人莫名地害怕。鬼魂的阴影，缠绕着无法探知其存在与否的人类，所以让大家津津乐道的除了凡尘烟火中，那些家长里短、鸡零狗碎的事情，还有让人脊背发冷的鬼故事。在熟知的环境，听说了太多发生的闹鬼之事，心里总会有所忌惮。儿时住在商业局的大院，说到上厕所，一个人是断然不敢去的。有个男的急着去方便，看到一个女人走进了男厕所，他以为是外来人，分不清男女，想进去告知她，结果进去一看，空空如也。那个男的吓得憋住屎尿，一溜烟跑回家里还直哆嗦。不知是他眼花看错了，还是吓唬人，说出来自然有人不信。而这样的事情居然又发生了，接二连三的人都证实了厕所闹鬼的事情。一传十，十传百，沸沸扬扬，搞得人心惶惶，无心上班，这事居然惊动了公安。肯定是有人搞鬼，故意吓人，为了安抚民心，公安蹲点了几天，无异样发生。于是，目击者也受到了批评。而事情并未像大家预料的是以讹传讹的瞎话。后来，连孩子也看到了那个女人的背影，孩子是不会撒谎的。描述得真真切切，不同的人在相同的地点里，看到的都是那个进去之后就消失的、穿着白色衣服的女人背影。大家都对此深信不疑了，而怎样消除上厕所的恐惧呢？只有三五成群，像过景阳冈一般互相壮胆。这件事，空气一样在小小的县城迅速传播开来，引起了领导的重视，领导们都是无神论者，于是在大会上提及不要乱传，否则以造谣来处置。官方的解释和压制始终没能使厕所里的鬼影消遁，这鬼影已植入民心，成为一块无法抹去的阴影。人们开始窃窃私语，私相传授，烧香挂符辟邪，以民间的方式应对这件诡异之事。我们孩子自不必说，连玩耍都远离那块"是非之地"。直到有一次电视上播放了揭秘故宫的鬼影，研究人员说是磁场引发的原始录像，导致旧日景象重现。这一说法，点亮了众人的思想，不知是谁提出，拆除厕所外的那堵围墙试试。果真，墙被拆除后，那个女人的背影从此消失在厕所门口，再没有人看到鬼影出现了。

这件发生在我儿时院子的事情，时隔多年，还被人们频频提及。父亲以此事教育我们，这世界根本没有鬼，一切都可以根据科学得以解释。父亲参加过越战，从死人堆里爬出来，死亡在他看来就是一个生命终止而已，他常常说，鬼祟是人心的呈现，唯物让他充满了力量。而水库"招生"的事情却是任何人也解释不了的，对于像父亲一样的人来说，唯一对此事的合理解释就是巧合。老百姓把每年淹死人这样的事情称为"招生"，仿佛那里有个阴间的学校。上世纪 80 年代初期的某年，商业局分配到了一个大学生，轰动了整个小县城。他姓张，因为是第一个来到这里工作的大学生，高学历的稀缺与金贵，让大家对他羡慕而侧目，都纷纷叫他张大学，这名字掷地有声。我记得他瘦瘦的，戴着眼镜，一脸温和，到哪里都会被大众敬佩的眼神烙得发亮。也就是因为他的出现，大院的父母们开始鼓励孩子好好学习，以后能考上大学，成为一个单位的顶梁柱，多么光宗耀祖。张大学不光学历高，还浑身充满了运动细胞，打篮球、排球、乒乓球，游泳样样精通，只要有运动会，任何场地都有他矫健的身影。孩子们也喜欢追随他，像追随一束光。

水库的鬼鸟又叫了，叫声让立夏的夜空不再安宁。像阎王爷点名的信号，大家开始惶恐地议论纷纷。四周的老百姓都告诫自己的孩子不要再下水游泳了，孩子们也收敛了自己的玩性。而这一切对于在城里的人们来说，置若罔闻。那天，一个炎热的午后，张大学去水库游泳，便再也没有回来。这个消息像原子弹一样播平了整个县城，第一个分配到商业局的大学生，被水库"招生"了！阎王爷也红眼了，看来，阴间也需要一个高级知识分子。我记得那天的晚霞红得可怕，像殷红的血，我甚至觉得空气中弥散着血液的腥膻。商业局大院里挤满了人，都唉声叹气，愁云满布，自上而下弥漫着挥之不去的忧伤。大伙都不能理解，谙熟水性的张大学怎么就会被淹死了，这事也太玄乎和蹊跷了，听说，公安也介入调查，排除了他杀。只有负责打捞的老百姓像福尔摩斯一样，揭开谜底：鬼鸟已连续叫了一个星期了，还敢下水，原来是"招生"这样一个人物！惋惜中带着探究之后的总结。"招生"这个词让众人震颤，就如同恐怖电影里的镜头一样，冤魂只要轻轻招手，人便不自控地随之而去，牵引着往水里走。谁也不敢想象，下一个被"招"去的人会是谁。这样一思量，不寒而栗。

水库"招生"的传闻像瘴气一般，不可掌控地笼来，让小城的人一度色变。那些相关的事情也被彼此加工提炼，情节足以和《聊斋》抗衡。以至于传播之后，人们不再去辨析真假，一致性地肯定了它的存在，这就让鬼故事充分得以在水库上发酵和衍生。接下来的这个事情，应该是大家口耳相传的作品。听说，有一天晚上，有个做买卖的人很晚了才回家，经过水库，听到远处有人在聊天。他本身就胆大，很好奇这么晚了怎么会有人在这里闲聊，于是走了过去，却看不清人在何处。有个稚嫩的声音问："眼看今年又快过完了，没人敢来这里玩耍戏水，怕招不了生了，我们怎么交代？"一个苍老的声音回："不急，不急，明天会有一个戴铁帽子的人来这里洗东西，今年就是他了！"商人听了，一肚子狐疑，不明白这话的意思，于是急着赶路回家了。第二天，正是赶集日，中午时分，一群人背着货物返程路过水库，其中一人买了一口大铁锅，因阳光炙热，便将锅顶在头上，而这越发加重了闷热。走到水边，看到碧波荡漾，于是放下铁锅，准备洗去身上的汗水。等同伴回头叫他赶快跟上时，已不见人影，水边空余一口铁锅。原来这就是那个要被"招生"的戴铁帽的人，原来那个走夜路的商人听到的对话也是鬼魂在交流，它们早已知道生死簿里的名单。大家一传十十传百，对这片水域产生了深深的恐惧。以至于，每年到夏天，大人们都不敢让孩子出门去游泳。如今，水库旁已被改造为一个公园，葱绿的树木下是茂盛的繁花，曲水流觞，亭台楼阁，健身步道，越来越多的人来此散步休闲，热闹让这里一改旧日模样，而那些关于水库的鬼故事，依然在某个黄昏被人讲起，仿佛就发生在昨天一样。

二、收脚印的"人"

我最初听到收脚印的故事是在那间老旧的城隍庙，当时，县文管所的旧址所在地。因筹建邓子龙纪念馆，我被抽调去文管所协助编辑展板资料。所长是乐琪老师，一个在文化战线工作了大半生的学者。他最擅长讲故事，恍若法师，三言两语就能把你带到情景中去，且一个人分饰几个角色，绘声绘色，看着他讲故事，简直就是看说书表演，实在过瘾。那天，秋雨潇潇，我们在埋头画格子，乐老师研磨书写，案牍之累让大家都有些疲惫，逐渐冷涩乏味。乐老师忽然想起了什么，定住了神，片刻，如自语般吐出一句话：给你们讲个故事解解乏吧。这句话像一针强心剂让我们立马生龙活虎起来。

"说是故事，其实不是，这是真事，故事可以编造，而这个事就发生在我身上，我亲耳听到，亲眼看到的，而且十多年过去了，依然历历在目。"这是乐老师讲故事前的一段话。听到这样的话,我觉得此时一丝一毫的质疑都是对他巨大的亵渎。事情发生在他母亲去世的那年,那间陈旧的四合大院里,乐老太太病了几天就撒手人寰了。我们这里都有守夜的习俗,亲人去世后,停放三天的日子,棺木前的香火是不能断的,必须时时燃上,孝子们大多拿个席子垫在棺木旁休息,方便不时地燃香进献。棺木下放置着卷成筒状的篾编稍耙,据说,这样可以防止那些猫狗从底下钻过从而引发诈尸。这是一件听起来极其瘆人的事情,有没有发生过诈尸,谁也不知,而这样的习俗却一直被大家严格恪守,孝子们哪怕困倦不堪,也得守住停放的那三天。时辰一到,乐老太太下葬安埋了,诸事料理妥当,前来帮忙的所有的亲戚都各回各家。母亲走后的第一个夜晚,乐老师就靠在母亲生前睡过的床上,思念和悲痛一阵阵袭来,他久久无法入睡。正当他迷迷糊糊之际,忽然听到大门"吱呀"一声,这声响在寂静的夜里那么地惊天动地。接着就是一个人拄着拐杖走进来的脚步声,他立刻坐了起来,拐杖着地的声音重一下轻一下,这熟悉得不能再熟悉的声响就是母亲的脚步啊!接着,老太太走到门前,"咚"地将拐杖靠在木板壁上,那把老旧的椅子开始发出人坐上去的"叽嘎"声。此时,乐老师真想跑出去看一眼"复活"的母亲,却不敢动分毫,这是老人回来收脚印了,只有收完脚印才能安心地到那边去。不一会儿,乐老太太再次站起来,她用那双枯瘦的手从板壁上摸过,这是在习惯性地摸电灯的拉线开关,那一声"唰"地滑过木板的声音,如同刀隔开土布般,在乐老师耳边真切地响起。和从前无数个夜晚一样,母亲每次外出聊天回来,就是这样放好拐杖,在藤椅上休息一会儿,然后起来开灯,进房。他觉得自己浑身的汗毛在那一瞬间都竖立起来,这样的声音就如母亲在眼前,而母亲已永远沉寂于地下了。那这些声音的制造者是谁,唯一的答案就是母亲的鬼魂。他就这样坐着,不知过了多久，一弯冷月从窗外偷射而来，一切都沉静了，似乎刚才就是一个梦，而他明明是醒着的，开门出来，四处无人，大门紧闭，四合院虚空冷寂。他说，从那一夜后，哪怕他夜夜守在母亲的房间，不眠不休，也再没有听见过开门声和脚步声。他说，母亲已收完脚印走了，以后永远也不回来了。我在听故事的那一刻，觉得自己也被植入那个残月满地的夜晚，冷意袭人，悲从中来。乐老师讲完这个所谓的鬼故事，点燃了一根烟，沉默了许久，说了一句话：这世上的确有鬼魂。这话随着烟雾飘得很远。他是那么笃定，这世上有鬼，这话在平时听起来是如此恐怖，而此时会让人心安，让那些失去亲人的人们得到慰藉。至少，死去并不是彻底地消失，死别也不是永别，也许还可以用另一种方式"见到"，还有那么一个世界在与人间遥遥呼应。

除了死去的人回到阳间收脚印，民间还有一种说法，活人也会收脚印，当一个人的大限将至时，会到自己曾经到过的地方走一趟。而一般人不知道，只有那些会掐算的阴阳先生，通过面相与气色来判断，这忽然而至的人是来干什么的。也是从朋友嘴里听说的一个故事。他的伯父年轻时曾经是走南闯北的生意人，由于赶马，风餐露宿地睡野地，老了风湿缠身，行走困难。八十四岁那一年，不知为何，忽然腿脚利索了许多。不顾家人反对，竟拄着拐杖，让儿子陪自己走了一遍年轻时走过的那些山路。还在睡过的坡头小憩了一下。在路过村寨时，特意去他曾经住过的人家歇脚了一晚。老商人似乎在这次行走中获得了力量，那些年轻时跋涉的山河，在他蹒跚的脚下像一匹匹被驯服的马。这次行走似乎是老人对于那段商旅的怀想，回到家依然精神焕发，而不出半月，忽然间就归西了，临走时说了这样的话：那些山路太远了，幸好走回来了，不然还得独自跑一趟。家人听了才明白，他那次外出其实是为自己收脚印去了。

我想，一个不曾走出故土的人，可以轻而易举地收回自己的脚印，而那些踏遍大好河山的游子呢？他们岂不要用一生的时间来完成这个神秘的任务。这纷繁的世间，这纵横的道路上有多少人在奔波，又有多少魂在跋涉？难道，我们所涉足的地域都得为了他日作一次彻底的偿还？阴阳两隔，这隔开的还有那些匆忙的足音吗？这足音里饱含的泪水、思念、无奈、恐慌、留恋、艰辛，应该都杂糅在那些路人的体内，也装在听者的心里。

三、七月半

小时候，每到农历七月半，大人就会不断地叮嘱：回家早点，这段时间是老祖回来的日子，孤魂野鬼也被放出来，不干净的东西多。这句话对于我们这些顽劣的孩子来说，紧箍咒一般有效。七月半，鬼门大开，那些久居阴间的鬼魂得以回来，这是个貌似拥堵繁乱的时节，阴阳两界，混杂人间。碰撞是必然的，于是鬼故事在不断地发酵与上演，害怕自然成为人们对于七月半最根深蒂固的情绪。

那时，我姨母还活着，一到这个时节，她每顿饭必然会点起香火，烧点纸钱，祷告那些"回家"的鬼魂。我经常听她提着故去之人的名字，呼唤他们来和我们一起吃饭，恍如他们就在身旁，姨母轻声细语，气若游丝，伴随着忽明忽暗的香火，像在做一场法事。有一天午后，家里的堂屋忽然跳进来了一只蟋蟀，后足硕大有力，头顶漆黑发光，它昂首一跃，居然跳到了摆放果碟的供桌上，停住高声鸣叫，那姿态像一个身披铠甲的战士在号令千军。我想，这只肥美之物又可以给母鸡一顿饱餐了，找了个拍子，正准备下手。姨母平地惊雷般一声惊呼：不得不得！快点住手！一把抢掉拍子，迅速拉着我到门外，接着对着蟋蟀作揖：不要和小娃计较，她不懂事，您老回来了，想请点什么，我明天做一桌菜饭招呼您。您老前头照看，保佑我们一家子无病无灾……一阵絮叨，接着就烧香祭奠茶酒。姨母伏在我耳边悄声说：不能打，这是你阿公回来了。你看，他跳到了生前最喜欢的酒杯前，他是想喝酒了。我看着那只居高临下的蟋蟀，觉得无比地滑稽和怪异，却被姨母的虔诚与认真之态震慑住了，不得不听从她的指示。一会儿，蟋蟀不知所终，姨母特意烧了纸钱送一程方罢。

　　从此，七月半，我们都不敢随意打那些擅自闯入家来的小动物。老人们都说，这是祖先的化身回家里了。儿时的四合院，有一次不知从何处钻出来一条红脖子蛇，慢吞吞地绕着院子遛了一圈，然后爬到了一个蒲团上，再也不下来。众人不敢打，姨母烧了几张纸钱，又开始念叨了："不晓得您是李家哪位老祖，在此祷告，您回来嘛，我们欢喜呢，只是不要吓着子子孙孙。我给您烧钱，您来领受，领受了就离开……"话音刚落，蛇居然乖乖爬走了。第二天，院子里的二叔闲聊，说昨晚梦见自己过世的母亲了，母亲告诉他回家来走了一趟，没有看见外出做活的二叔，于是坐了一会儿，拿了点钱就离开了。二叔话毕，众人释然，原来昨天看到的那条蛇，是老太太的化身，她生前走路就是磨磨蹭蹭的，而那个蒲团正是老太太最喜欢坐着休息的凳子。小时候，经历了太多这样的故事，也就不足为怪了。老祖回来的时节，让多少蛇虫鼠蚁堂而皇之地成为家里的座上宾。人们没有恐惧，有的是敬畏和心安。家依然葆有烟火的气息，熟悉的味道，老祖依然找得到回家的路，一切依然，仿佛他们没有死亡，而是去了远方，每年回家一趟而已。这些所谓祖先回家的鸿爪之迹，虚幻而神秘，却或多或少带着些许的温情，让亲人们得到慰藉。

　　七月半，更多的鬼故事是惊悚的。听说，有一个乡间的学校，因搬迁校舍，成为农人堆放杂草、晾晒谷物的公房，破败萧条。有一天夜里，学校的钟声莫名地响了起来，胆大的村民以为孩子捣乱，前去查看，大门紧闭，里面并无人影。而此时，钟依然像被人敲击一样，"铛铛"之声有序而急促，似乎在催着孩子们上课的脚步。村民大惊，这分明是鬼祟在作怪。这时，懂得学校历史的老人说，一定是段老师回来了，他因在"文革"中被吓出了毛病，终身未娶，孤苦到老。就算学校后来换了电铃，段老师还是执拗地每节课跑到青树下，敲击那口早已破损的铁钟，后来，学校搬迁了，段老师也死了。阴魂不散哪，老人们无不感慨地说。还有一个故事是大爹讲的，一天夜晚，一个人访友回家，途经一片荒野，忽然背后有人拍了怕他的肩膀，打招呼：兄弟，借火！路人回头，看到一个男人在身后，于是掏出火柴，准备擦拭，一根滑下去，没火，接二连三，火柴头像被水打湿了一般，一盒火柴快擦完，也无法点燃。心想，这也太蹊跷了吧。当他抬起头正想对借火的男人说点什么，对面空空荡荡，并无一人，这时无风的山野忽然刮起了一阵旋风，冷气袭人。路人吓得屁滚尿流，回到家直哆嗦，病了大半月才好，从此再不敢在七月半走夜路。太多的鬼故事发生在这样特殊的时节：多年不住人的老屋里忽然传出女人凄惨的哭声，死去的人夜半在空荡的街头徘徊，人迹罕至的山洼里有时会传来千军万马的厮杀声、枪炮声……人们听到的看到的言传的，都鬼气森森，让七月半蒙上了挥之不去的恐怖阴云。

　　小时候回老家，阿奶是坚决不让我们走夜路的，说不安全。如果迫不得已，她会告诫我们，要抬头挺胸，有任何响动都不要回头看。人的肩膀上都有两道火把，能震慑住那些想靠近你的邪祟。如果回头，火把就会熄灭，精怪就乘虚而入。有一天夜晚，我和表妹阿秀从姑妈家回来，走到半途，忽然听到身后有人在呼叫我们的名字，随着山风吹来，叫声急促而含糊。我俩大惊，于是头也不敢回地异口同声地说：快跑！加快步子，跌跌撞撞一口气跑回家。等到气喘吁吁奔到家门时，借着电筒的亮光，看到了追来的姑爹，才知道我们忘了拿姑妈做给阿奶的吃食，我和表妹虚惊一场，相视大笑起来。那一霎，脑际闪过了父亲常说的那句话：鬼在人心。

总会记起儿时坐在大杂院里听老姑婆讲鬼故事的情景，老姑婆讲鬼故事时，仿佛变了一个人，浑身充满了邪气。那双鹰一样的眼睛，会射出道道寒光。低沉而沙哑的嗓音，带着钩子。她像有一块磁铁，把我们吸附过来，孩子们鹿一样的耳朵，敏锐而胆小，听着听着，脊背常常被一股股冷气击得一阵哆嗦。在那个娱乐苍白的年代，老姑婆的故事是孩子们的精神饕餮，害怕而向往成为我们对于这个世界最初的认知。幸甚，时至今日，我都会对眼前的人间葆有足够的敬畏。

秋风恸

一

生日挨近中秋，每每过节时，母亲总会想到我出生时的艰难，她的描述让人觉得仿佛那一天的情景适才发生，她的疼痛，我的缺氧，父亲的焦灼，接生阿婆的淡定，甚至那天阳光的温度，厨房里烧焦的红薯气息她都记得一清二楚，这一切像是一幕影像，在她的话语中，细致而绵密地再次播放。而这一天距离现在已快半个世纪，这么漫长的时间足以销毁掉人生无数的细节和温热。不要说对那些远逝的记忆，就是最近才发生的事情，让人详细地还原，都会如大海里寻觅一根针一般无从打捞。而我的生日仿若是母亲存放于脑中的那帧片子，只要愿意，在某个时刻，咔嚓一声按下播放，曾经的场景便丝毫不差地还原，再现。

那天是传统的施甸街赶集的日子，临近中秋，集市上涌现出秋天该有的吃食：板栗、核桃、松子、月饼、黄皮梨、小蜜梨、柿子……整条街都透着浓郁的甜香。中午时分，母亲最好的朋友杜孃孃刚买了两个熟透了的大黄梨，准备来和母亲分享，当她双手托着梨进门时，我恰好出世，没有正常婴儿呱呱坠地的哭声，我刚悄无声息地从母亲温暖的子宫被挤压出来，一脸的瘀青，不能自主呼吸。母亲说，那天她一大早就吃不下饭，自然没有力气生产，于是我被憋久了，接生阿婆使劲抠我的嘴，我没反应，倒提起来，拍我的脚掌，还是不会哭。母亲也因是高龄产妇，且长久地分娩使劲而奄奄一息，此刻，所有人的目光都牢牢系在我的身上，紫黑的脸，紧闭的眼，看似一个死胎般让人恐惧。接生阿婆是我们县里最有经验的赤脚医生，她敦厚的身材、温和的性格给人一种天生的踏实感，那双粗实的手掌，接生过无数鲜活的小生命，也把许多人从鬼门关上拽回来。她像是一个掌握人间生杀大权的使者，一双手接过的是一条命，在充盈的子宫与纷繁的人世间，薄薄的肚皮隔着的是生与死的界限，阿婆无数次在这样的夹缝中化险为夷，将希望带到了人间。当然，也有让人悲伤的事情，被泪水和血水一次次地打湿，打碎，打得人毫无回天之力，阿婆很少讲起，说来都是刻骨铭心的痛，她的手摸过温热，也触及冰冷。生的喜悦，死的哀恸，措手不及的状况贯穿了她劳累的一生。我至今仍然记得她老年时的模样，永远戴着一顶蓝白色的帽子，穿着整洁，面容祥和，动作缓慢，像个行走于人间的天使。多年后，当她驾鹤西去，依然有许多人会提及她的名字："哎呀，我们一家两代人都是那个叫凤琴的阿婆接生的。""清明到了，给凤琴阿婆烧点纸钱吧，她可是我们家的救星。"她的人、她的手成为这个小城里多半数人的记忆图腾。

　　凤琴阿婆的从容对于产妇的家人而言，也是一针强心剂，她不急不慌，大致检查了一下我的身体，再次抠我的嘴，倒出羊水，提起来拍打脚掌，一会儿工夫，我才微弱地发出了一声猫咪般的叫唤。母亲说，我的那一声叫唤在她听来，就像是困于闷热的房间，快要窒息时，忽然开了一扇门，清风徐来，让人瞬间被搭救般畅快了，她火急火燎的心总算安适了。接生阿婆也舒了一口气：这丫头憋久了，再迟生几分钟就老火了。母亲说到这里的时候，还有种劫后余生的幸运。不然就老火了，老火就意味着凶多吉少，我们总会在人生中遇到各种各样老火的事情，被"幸亏"这个词所搭救。家乡的人常常将可怕的境遇比作"老火"，这个词很生活，字面上来理解，老火意为"烧了很久的火"，这样的火，哪怕早已不见红光，貌似暗沉的木炭里却潜伏着蓄势的威力，一扇即燃，一燃便会烧毁一切，难以扑灭。所以，人们看到一些带着某种危险势头的东西和面对棘手难办的事情时，这个词便会迅速闪现出来。我出生时的这把"老火"幸亏没有被再次点燃，不然的话，也就没有接下来的事情了。

我的第一口呼吸，想来是嗅到了黄梨的蜜香，以至于后来，一闻到熟梨的气息就心生出一种踏实的幸福，那是我来到人间自主吸到的第一口气，这样的生理记忆从此便永恒驻留在了体内，成为一生挥之不去的纠缠。不只是黄梨，还有那些熟透的瓜果和稻米，都会自然地给我一种味觉上的安抚之效。我想，人的感知器官里一定像芯片一样储存着对于周遭一切气息的记忆，这些记忆一直安放在你的神经末梢，一闻到，就会让你的肌体调试到某种舒适的状态，于是生出欢愉的情绪来。我就特别喜欢被阳光亲吻后的味道，花草的，果实的，树木的，被褥的，一切被阳光染上色彩的、被炙烤过的气息都带着莫名的亲切感，它们有双魔幻的小手，能召唤出我曾经柔软的往昔。人的身体真是一座神秘的城堡，心绪是一个小人，当你在这杂乱的城堡中不知南北时，可以循着某种气息，避开那些危险、陌生和困顿，寻得一条明晰的归途，找回自己熟知的那盏灯，气息便是引路人。儿时陪着大人们去晒秋，在晒场上玩累了，常常倒头酣睡在稻草堆上，被母亲和阿大抱回家。那些透着泥土和日色之气的稻草被褥一般围拢着我，在上面所做的梦也是甜美的吧，像回到了母体一样地自在和温暖。

二

由于是高龄生产，我出生后，母亲就一直身体孱弱，稍不注意就生病，在那个喝一碗红糖水已经算是犒劳的年代，我们家有时一个月都吃不上两顿肉。营养的缺失加上生产的气血亏损，使得母亲像一株缺水少肥的植物，枯瘦多病，还得喂养嗷嗷待哺的我，她的身体被贫瘠、哺乳、劳累这些无形的抽水机抽得日渐消瘦。父亲听说胎盘补气血，央求在医院的朋友找来，炖给她吃，这些来自母体的养分拯救了我们，那些陌生的人、陌生的子宫所给予我们的营养，让母亲逐渐有了生机。而母亲时常觉得手脚冰冷，她太需要阳光了，像急需要进行光合作用的稻谷，天天把自己摆在院子里烤太阳。她不知道，秋天的日头烈性不减，她只想取暖，没想到后来得了月子病，一到秋季，背脊就会发痒，生出许多红色的疹子，穿衣服都会刺疼。母亲哀叹，年轻时真是不懂啊，觉得身体虚，怕冷就去烤太阳，没想到烤出了毛病，这样的痛痒缠绕了她的余生。民间都说月子病无药可医，只有挨，顺民一样地接受它带来的刀剑荆棘，很多女人都被这些病痛折磨一生。女人生养就是一个机体重组的过程，老人说，生了孩子的女人就已经被破气了，身体里的那种固本的元气流失了，像一块肥地一样，种一拨庄稼后，土壤里的养分就随着镰刀被收割而去了，这个时候不注意就邪风入侵，难以复原。

月子病似乎是每个生产过的女人挥之不去的梦魇，在我的周遭，每个老人都会说起自己身体里的那些顽疾，是她们熟悉的敌手，彼此周旋与对抗了大半辈子，土匪一般藏匿于自己身体的某个部分，一旦时机成熟，便破城而入，烧杀抢掠。她们以一个过来人权威的经验和所经历的血泪史告诫你，一定要遵循一个产妇该有的待遇和禁忌，不然受罪的就是你自己。她们就是因为生不逢时，无法周全自身，从此背负了这些一生都无法丢弃的病痛。隔壁的大妈一辈子养育了五个子女，八十四岁去世，我每次去看她，她总会和我叹息日子的难熬，习惯性地重复那句老话：怎么阎王爷还不来接我啊，活这么长有什么用呢。她日渐老旧的身体，每天都在接受着病痛的煎熬，活着像是在接受岁月的责罚，她的腿骨经常锯齿一般疼，似有成群结队的蚂蚁在不断地啃噬。为了缓解刻骨的疼痛，她每天最爱做的事情就是坐在草墩上，用细麻绳一遍遍地在她伤痕满布的腿上勒过。仿佛只有这样，才可以驱散病痛，而这并没有起到什么效果，只是转移注意力而已，却又平添了皮肉的疼。每天差不多是止疼药拌着饭吃了，还是没有缓解，她的腿青痕下是老旧的黑色瘀疤，层层叠叠地包裹着瘦且皱的皮骨。这瘆人的病腿背后是一段苦难的历史，大妈在生孩子时，正赶上饿肚子的年代，饥肠辘辘是常态，产妇也不能幸免，生产完的第二天便下田去栽秧了，一泡就是一天。她说，为了抢工分，也为了吃上饭，她不得不去干活。饥饿和困苦倾轧而来，谁还会在乎这个女人昨天还是一名产妇。众人忙着低头插秧，包括大妈也忘记了自己刚刚从死神的手里挣脱出来，刚刚有大量的血液从体内流失，刚刚完成了一次撕心裂肺的剥离。分娩，这件本来很重要的事，对于这样急迫需要活下去的人而言，已变得无足轻重了。

没有营养可补充，还得肩负着辛苦的劳作，她的双腿长久地浸泡在秧田里，从此也落下了病根。我听着大妈的讲述，觉得悲从中来，脑海里情不自禁浮现出这样的画面来：在广袤的平原之上，一只母角马生产后，舔舐着它湿漉漉的孩子，希望小角马在最短的时间内尽快站立和奔走，为了逃避虎狼的袭击，体下还拖着带血的衣胞，不得不带着小角马奔命。它们的不敢懈怠是为了逃生，而大妈的疲于劳顿是为了糊口。母性，在自然界中承担着如此悲情的角色，生育这个沉重的命题施压于她们本来并不强健的肉体上，也施压于精神上。常听人说，女本柔弱，为母则刚。这话的背后，多半有个不懂怜惜的男人，也有个苦涩的家庭。为母则刚，应该所指的是母亲对孩子的保护之能，而不是让其变为一个肩负生育、养育和劳作的金刚之躯。女人的狼性从孩子在体内胚胎般发芽的那一刻就会被激发出来，这也就注定了女人从身体和精神上，将进行一次颠覆性的变革。女孩时是一只柔弱的兔子，做了母亲之后，就会变成一只狼，龇牙咧嘴地提防着这个世界对于孩子的伤害，此外，还会为了活着而奋不顾身，伤痕累累。月子病，这种生命之痛，刺一样扎入母体之后便再也无法拔除，成为她们余生身体里时刻揭竿而起的暴动分子。

听闻了太多人月子病的成因，大多是生不逢时的哀叹。一群上了年纪的女人在一起，彼此都会对各自身体上被岁月所凿伤的地方惺惺相惜，她们说着曾经少不更事的过往，和那个艰苦年代下跋涉的忧伤，她们的言语在彼此抚慰也在自我疗伤。看着我年轻的面庞，老人们总会无限感慨地说：你们是生在有福的年代了，不必担惊受怕，也不会挨饿受寒，想吃什么就可以吃到什么，只要有钱就样样可以买得到，生个娃娃还有那么长的产假，你们这辈人就不会得月子病了。然而，我还是辜负了老人们的谆谆教导，没有顾惜自己，不小心染上了月子病。生产时，我认真遵照着母亲的交代，事事小心。不能久坐，不然以后腰疼，不能吃酸冷，不然以后牙掉得快，不能吹风，着凉，不然会体寒……母亲喋喋不休的禁忌像为我打造的一副副镣铐，让人心生抵触：有那么夸张吗？现在条件这样好，怎么会得月子病。女儿是在春天出生的，虽然天气转暖，可风中的寒气并未真正散去。在婆家坐月子时，一天夜里把窗户开着，因犯困就睡着了，半夜被冷风吹醒，第二天头隐隐作痛，我并未当一回事，着凉是常事，吃点感冒药便应付过去了。却不知那一夜的受凉，像施了魔法一样把邪气注入我的体内，以致后来，每当遇冷风袭来，我便会犯头疼病，脑袋被灌进了水泥般沉甸甸地坠着，僵硬得让人无所适从，有时疼起来感觉会炸裂一般痛苦。这样的疼，会持续好久，直到推拿按摩加上吃药，才会缓解。从此，我不得不爱上了帽子和围巾，只有用这些温暖的遮蔽来抵御凭空而起的风和冷。

春天来了，唤醒了万物的同时也唤醒了我体内那些潜伏的病痛，最怕的事情是出门风骤起，还忘记了戴帽子，那带着蛮劲的春风一吹，头疾便发作，像闹钟一般地精准，让我防不胜防。当我将自己捂成一个弱不禁风的老朽之态时，看到街上那些穿短裙，将身体一寸寸剥开准备迎接春天的女孩子们，恍若隔世，体内涌出时过境迁的忧伤。我想，这季节的流转中，这纷繁的人世间，一定有许多生育过的女人，她们的体内也同样埋伏着万千病伤，她们也和大妈、母亲、我一样，默默地承受，隐忍，同时在无力地抵抗，像一块土地，迎来花开花谢，也承接雷电风霜。

三

在母亲生我之后，隔壁的阿婆有一次在和她闲聊中透露出了对我生辰上的担忧，她略懂掐算，一双鹰一般的眼睛里，似乎能洞悉人间的走向。阿婆说，女孩子属虎是忌惮在秋天出生的，最恶不过秋老虎。这些世俗之语，把不安种植在了母亲的心上，她总担心我的出生带着命中的肃杀之气，会招致一些非议。于是特意请教算命的先生，总算有所安慰。又是"幸亏"这个词起到了作用，幸亏我出生的时辰是对的，中午饭后的时光，是老虎吃饱之后休息的状态，大可放心，虽然是秋虎，却是一只吃饱后舔着爪子的老虎，不会主动伤人。如果是黄昏时分出生的秋虎，那作为女孩子着实是一件特别棘手的事情，一定会嚣张跋扈，蛮横凶恶。以后谈对象，一提生辰八字，人家都会有所顾忌。母亲说，秋虎本来就恶，再加上黄昏下山的穷凶，在这个时辰出生的女孩子必定是一只标准的母老虎，人人惧之。母亲特意交代我，别轻易与其他人说，你是一只秋虎，不然人家会有所顾忌。我再一次为母亲的忧患和叮嘱感到多余：谁会在意你是一只什么虎，都什么年代了，还被这些老思想所绑架。在那一刻，除了不屑，我竟可怜起母亲来，历经了生产刻骨铭心的疼痛，跨越了生死之界后，还得为孩子的生辰八字、未来之运程提心吊胆，患得患失。这天底下也只有母亲才这样地操心吧。

对于母亲的叮嘱，我一笑了之，觉得这简直是无稽之谈，谁会在意这些民间的八卦传言。直到后来到了谈婚论嫁的年纪时，才发现现实比想象的要复杂。在结婚前，夫家要了我的生辰八字准备合婚，后来的一切都印证了母亲的忐忑原来也不无道理。我和爱人的婚事遭到了一些波澜，最终他还是以他的坚持把我娶回了家。结婚的繁琐礼节我大体还是懂的，只是进入夫家大门的那一刻，忽然被两位喜婆拦着，说等一等，接着她们倒出了一碗水来，让我喝下再进门。众目睽睽之下，我不便问是什么水，刚好自己经过接亲路上的闹腾，口渴了，于是一饮而尽。接下来，鞭炮齐鸣，我踏着纷杂的炮声，穿过喧闹的人群，走进了那扇陌生的门，开启了自己的婚姻生活。

随着时间的流逝，随着女儿的降生，我的生活被数不清的事务所填满，结婚那天所发生的一切在我的记忆中逐渐淡出。直到后来，爱人在一次玩笑中，不经意地脱口抖出了结婚那天的秘密，我细品，才发现，一个生在秋天的属虎的女人，原来还是如此地让人提防，原来自己一直深陷世俗的漩涡，从未逃离，不禁悲风拂面。爱人之所以道出秘密，是我们俩因一件家事各执己见，最后以爱人的妥协而结束，败北的他不甘地说："结婚时给你喝的八井水看来还是镇不住你，我还是照样怕你，你还是家里的一把手啊！"八井水？这是什么玩意儿？我努力回想，我嫁进门的那天，喜婆手中那碗晃动的水逐渐浮于脑际，我喝下的那神秘的水原来叫八井水！爱人和盘托出，我和丈夫结婚前，婆婆她们去看了八字，说我是秋虎，属相上有克夫之嫌。如果想要镇住我的威风和霸道，婚后能夫唱妇随，和睦相处，必须让我在进门的那一刻喝一碗八井水。就是从八个不同的井里采集到的水，只有这水喝下去，虎威才消失殆尽，才能保家宅平安。我闭上了眼睛，一种被践踏的无奈涌上心头，那天我欢天喜地接过，并带着期许饮下的除了那碗水，同时也饮下了众人的忌惮，还有自己卑微的命。

和我一样卑微的，还有属羊的女人，她们的命被像孙悟空的金箍一般套在那些世俗的"金科玉律"里——男人属羊闹嚷嚷，女人属羊守空房，就是这句空穴来风的话，魔咒一般罩着人们的内心。老家一个远房的亲戚，我们称之为大表姐，人长得可以掐出水地标致，她初中毕业便辍学回家了，做起了服装生意。在80年代那会儿，成了远近闻名的万元户。又漂亮又能干，按理是多少人仰慕的对象，然而，却因为属相是羊而遭到嫌弃和忌讳。一次次的提婚，退婚，一次次的期盼，失望，无情的光阴和鄙陋的世俗把她撕扯成了大龄"剩女"，闲言碎语刀剑般射杀而来，傲气的她一怒之下远走他乡，这一走便走出了自己的另一方新天地。在遥远的北方，她遇到了自己的另一半，结婚生子，她的生意越做越大，日子也过得风生水起。多年之后，她带着儿女和老公衣锦还乡，特意大摆筵席，邀约了众乡邻，也包括那些当年退婚的前男友家。她的宴请，如一枚深水炸弹，沉渣泥沙爆裂涌出，那些平日里默不作声的人居然也为此事议论纷纷。有的人翻白眼，语调酸涩地说她摆谱，想借此羞辱退婚的乡亲，有的人则竖起了大拇指：都说庄稼熬不过节令，人熬不过命，这样一个命不好的女人遇到贵人也会转运！有的人开始皱起了眉头：老祖宗的话也会有错？女人属羊也能闹嚷嚷？……她的荣耀归家，让平静的山区平地惊雷般地震颤了一下，很快又尘埃落定，一切皆沉溺于时间的流河里。

　　像大表姐这样旁逸斜出、临风而开的梅花毕竟少数，更多的女孩子们，还是沉默地把自己活成了一株株草芥，在这块生来就一成不变的土地之上，承接那肃杀的秋风，包括我。如今，大地已改头换面，世俗的土壤被时代的犁耙翻犁开来，人间最终还是沿着生机而兴的方向在前行。

第三辑

生命道场

宝藏丛林

一

立春，风就开始肆无忌惮地吹了，民间说，这是"吹水上树"的季节，这个表述朴素而准确，闪耀着智慧之光。风只有带着蛮力不停地吹，那些蛰伏了一冬的秃枝，才会像被水浇灌似的抽出绿芽。春风一缕缕地，剥茧抽丝般拔出树木体内隐藏了多时的渴盼，从卷曲的羞涩到泼辣的舒展，绿意将席卷脚步匆忙的夏天，杂草也开始没头绪地乱窜，光合作用下，大地无处不生机。

老家的后山上植被杂多，大青树、水冬瓜树、楸木、香樟树、椿树、松树、漆树……高矮错落。一阵雨来，整个森林的气息变得让人迷醉。草叶、木屑、泥土、花朵、腐殖质，通过浇淋，浸泡，膨胀，转化，吸收，彼此给予，立刻摇曳多姿起来，焕发出了重生的清新。我曾想，如果有人收集气味的话，雨后林木散发的气息应该是最受欢迎的。它可以让你全身的毛孔不自觉地舒展开来，耳目焕然一新，清透中蹦出蓬勃的力量。闻到，感觉自己也是一株刚刚沐浴过的植物，细胞炸裂出快乐，迎风而歌。我喜欢在林间行走，尤其是雨后，鼻翼间浮动的都是无法言喻的暗香。

　　小时候烧柴火，每到周末，总要背上小竹箩和父亲到县城南面的坡头去找柴，父亲背着斧头和砍刀，像一个出征的战士。从大山走出的他，进入山林仿若回家，父亲总能轻车熟路地在林间找到他需要的柴火，他砍伐的都是那些杂乱的、枯死的树和无价值的灌木、树根。我们孩子专门找那些滚落的松球，还有飘落的松毛，捡松球容易，抓松毛难。散落一地的松针，叠加覆盖在地皮之上，如巧妙服帖的另一层地衣，抓松毛需要两人合作，用竹耙将其抓拢成堆，然后借助工具扭成麻花状，一个人扭，一个人续松毛。这时，手常常被尖锐的松针刺得伤痕累累。曾经见过一个靠抓松毛卖为生的人，每个街天，她都会挑着一堆扭得齐整的松毛出现在街头。我递给她钱时，那双手着实让人记忆深刻：厚实而黝黑的手掌上布满了老茧和划痕，残缺的指甲缝隙挤满了黑土，手指干硬，粗糙得像一棵老松树的皮。这双手在与松毛长年累月的交战下，最终融为了松树的一部分。你走近谁，日久天长便像谁；你依附谁，便以偿还的形式烙上谁的影子。世界是如此诡异，也如此守恒。

　　在林间穿梭，被植物侵扰是常事。漆树就是我最害怕的一种，只要擦肩而过，它的树枝必然会燎得你浑身起红斑，严重的浮肿瘙痒，疼痛难忍。于是，我们一旦遇见漆树，老人们教授的那句话便不自觉地脱口而出："你是七（漆），我是八，惹着我就把你连根拔！"念完便坦然而过，仿佛是在警告一个顽皮的小孩子。而这样魔高一尺道高一丈的咒语每每总会起效，不知是漆树听到害怕了，还是我们小心避开了。后来才知道，漆树之所以咬人，是因为它枝体里的漆酚在作怪，皮肤粘到轻则过敏，肿胀，瘙痒；重则引发肾衰，甚至精神类疾病。而漆酚不仅是生漆的主要成分，也是制作漆器的主要原料。我们的先祖早在七千年前就开启了对漆树的使用之旅，将漆液提取了用作涂料。在那些出土的棺木、食盒、祭品，大量的漆器上，绘制着远去的风物和色彩。擦拭后，图案依然透着不灭的光泽。时光在这些被漆刷过的物件上悄然划过，却不留痕迹，足以说明生漆的抗腐防潮与坚硬。迄今为止，世界上没有一种合成涂料能在这些性能方面超过生漆，它依旧是当之无愧的"涂料之王"，在国防、军工和科技领域得到了最大限度的发挥。不得不说，那个发掘了漆树之功用的第一人是伟大的，也许他的背后有着千万个负伤的试用者。人类就是在这样不断的试错、试毒中得以成功，千百次的敢于交锋，才将这邪性十足的漆酚驯服，为我所用。

荨麻也是极其恐怖的植物，我们本地人给它起了一个强劲的名字老虎钳麻，像老虎钳一样厉害的植物。人一旦触及，它茎叶上满布的尖利的刺毛便会折断，放出蚁酸，刺激皮肤火烧一样地钻心疼。我受过这样的袭击，像无数的针扎入身体那样火燎刺疼，半个多时辰后才逐渐消散。老虎钳麻多像一个身穿铠甲而善用暗器的侍卫，闯入它领地的，一不留神就遭到它的暗算。所以，为避免不小心碰到，在山里行走，有经验的人都会手持一根竹棍，遇到就将其打断，劈开一条通道。滇西抗战时期，日本人占领了腾冲，与远征军隔怒江对峙，不熟悉地形的日军为了在高黎贡山获取最佳位置修筑阵地，抓了一个当地的老百姓做向导。对日本人恨之入骨的老乡表面配合，结果带着日本军专往荨麻地钻，于是引来了一片鬼哭狼嚎，留下了草咬日寇的故事。对于日军杀人屠城的恶行，这样的报复显得不值一提。人们懂得用植物蜇人，也知晓它的药用价值，也是在那个战场，老百姓就用老虎钳麻为受伤的远征军解毒治病。抵御和救护在这株植物身上得以巧妙地转换，也生发出许多让人津津乐道的话题来。多年后，当我行走在高黎贡山的茫茫林海中，看到路边那一簇簇茂盛的荨麻时，想到那些被蜇得惨叫的日军，依然会有种解恨的快意。没想到，在自然界里，还有一株卑微的草木，以它的特性激起了人们的爱国情怀。山林就像一个江湖，资源与风险同在，也像一个社会，每种植物都持有自我保护的能力，你在摄取时，它们也在用自己的方式悄然抗议。

二

雨季一来，菌类就粉墨登场了。这个时候找柴就是醉翁之意了，时常半天没有找到几个松球，而是满满一箩筐五颜六色的蘑菇。我痴迷于它们撑起的小伞，和缤纷各异的色彩。阳光下，每一朵菌子都充满了被光镀亮的质感。有些蘑菇是纤纤女子，穿着裙摆，一层层的皱褶轻纱一样围拢在菌柄上，垂落出芭蕾舞演员的姿态。有的蘑菇像一只笨拙的小熊，圆滚滚胖嘟嘟，憨态可掬；而有的在菌盖上洒满了白色的小星星，魔幻十足；有的则色泽娇媚，一触就变换颜色，十足是一个妖女。每次把这些大地之上的精灵收入囊中，我都有种不可言喻的富足之感。记得第一次找蘑菇，当我带着满满的自豪把这些战利品展示给大人时，得到的是他们的诧异和不满：不能捡这些花里胡哨的菌子，有毒！快点丢！感觉我招来了女巫一般。于是一大箩菌子被丢了大半，只剩下我最不中意的灰头土脸的几朵可食用。大人交代，找菌子，模样丑的往往对人无害，可以安心吃，那些光鲜亮丽的千万别碰，都是些毒家伙，会让你丢命。这似乎藏着人生的哲理：美艳且实用的东西毕竟太少，身处红尘，那些被美色所迷惑的人，往往会被其所害。

立夏以后，每一场雨的催发都会让菌子有破土而出的机会。而这个时节也是意外多发之季。食用野生菌中毒事件频发，于是大家都自嘲，以身试毒的季节又来了，戏谑道：在云南，没中过毒的人生是不完整的。我的一个朋友嗜爱食菌，有一次买了大量的见手青，因食用过量，不幸中毒。抢救过来的他自我描述中毒的情景：看到无数的小人纷至沓来，挤满了屋子。他还交代给妻子，赶快找凳子来，家里来了这么多小人。妻子大惊，起初以为他中邪了，后来才知道是吃菌中毒。见手青，是一个魔术师，只要人的手轻轻一碰，就马上变成青紫色。它属于牛肝菌类的一种，因含有毒蝇碱、蟾蜍毒等有毒成分，食用不当或者过多，都会扰乱人脑的正常功能，让人看到不存在的事物。而这个巫婆一样的菌子却鲜嫩可口，脆香无比，以致很多人常常忘记了美味下藏着的可怕致幻剂，纷纷铤而走险。为了一饱口舌之欲，有些人甚至做了菌下之鬼，让人唏嘘。这世间，食与色终究是人逃不过的孽障。

对于我而言，找菌比食菌更有诱惑，在雨后的山林穿行，挂满一身的水珠，也沾染一身香气，听听鸟鸣，看看溪涧，浑身每个毛孔都被绿意和清凉浸润。只要随便一走，总会邂逅几朵可人的菌子，而想要找得更多，那是需要经验的。山里人几乎每个都是找菌能手，他们总会知晓菌子长在哪里，像明白朋友的居所一样。菌子密集生发的地方，被老百姓叫作菌子窝，大大小小一堆，老幼汇聚，可不是一窝嘛。菌子也有它的所属地，我们布朗族山歌里就有"到什么山头找什么菌儿"的说法。的确奇妙，有些山地只长有限的几种菌子，似乎菌子也知道自己选取家园。青头菌、羊肝菌、鸡枞、奶浆菌、粉菌、鸡油菌、黑大脚、马皮泡、干巴菌、扫把菌、鸡屁股菌……人们根据菌子的外部特征为其取名，土气而生动。承蒙大地的无限恩赐，这个时节，很多山里人的生活来源全靠这些不断涌出的菌子。于是，便有了专门的找菌人，天未亮，他们便手持一根竹棍，背上一个背箩出发了，几个时辰，满满一箩菌子就背到集市上兜售，仿佛这些菌子是他们栽种的。有些人一年捡到卖出的菌子可获利高达五万元之多，足够让一大家子衣食无忧。我曾经问过一个找菌人，怎么能捡到那么多菌子，她的回答含糊混沌，大意我理解了，菌子一般长在腐叶下和杂草丛生之地，蚂蚁和小虫喜欢待的地方，菌子也喜欢。热度和湿度的双重赐予下，土便松开了，为菌子让路，扒开覆盖的草叶，总会扒出一堆堆的惊喜。凭着经验，她总能在各个角落找到菌窝。采摘时得有讲究，不能斩草除根地拔去，得小心地将残留菌丝的土轻轻揾上，这些菌丝就是它们的种子，然后覆上草叶，记好地点，十几天后再来，又有一窝新生的菌子破土而出。大地就是一个培育床，雷雨阳光交媾后，那些菌丝又开始了重生。懂得留有余地，才会有源源不断的补给。这是找菌人开启山林宝藏的秘密钥匙。

三

大山里，各种食材物尽其用，人们总是想尽办法采集这些可以进入肚腹的食物。只要能吃，任何的动植物都可以变成盘中餐。云南人的餐桌充满了野性，花花草草，鸟兽虫鱼，天地万物皆为我用。除了菌子，大量的野菜也会在夏季赶集般涌出，这时，整个丛林便成为一块天然的菜地。那些在山涧、深谷、坡地、沟壑中的野菜汲取了天地精华，绿波荡漾，水灵动人。鱼腥菜、椿头菜、竹笋、野薄荷、蕨菜、香椿、刺包包、水芹菜、香菜……如约而至，静默疯长。鱼腥菜和笋子是我们最喜欢吃的野菜，鱼腥菜根叶都可以食用，根部节状带须，有一股浓烈的鱼腥味。不会吃的人会被这股腥膻的气息呛得皱眉，难以下咽，而吃惯了的人越嚼越香，配搭花生米竟然能吃出火腿的滋味。最原生态的吃法便是洗干净凉拌，鲜嫩滴水的菜根，让人吃到山地泥土和清风的气味来。

野竹笋破土时，也是人们味蕾源泉快乐流淌的开始。将笋子摘下，剥去笋壳，露出白胖的笋身，切成丝状，加入少许盐巴，放进罐里，两个月便成了酸笋。酸笋煮鸡、酸笋炒肉、酸笋煮菜，一切配搭酸笋的菜都油而不腻，可口鲜香。酸笋煮鸡是待客的大菜，加上火塘边烧好的糊辣椒一拌，那滋味真是人间一绝。野竹笋是大地给人们最好的礼物，家家户户在野笋出的时节，都要腌制酸笋。酸笋放入土罐中，时间可长达几年之久，而味不变，色不改，取出来依然白嫩如刚刚从地里挖出剥开一般。大山就是一个天然的食材供应库，小时候在老家，家人做一顿饭是那么地随意，米下锅蒸起，割块腊肉煮上，屋后溜达一圈，随手就可拿到几种野菜，将野薄荷、香菜清水洗洗，用手扭碎，搅拌上自酿的水豆豉，一顿简单的餐食就做好了。清新爽口，人生的清欢大抵就是如此吧。

除了野菜，就连作料也是从山里摄取。用来当醋的"盐酸果儿"就是一种大树的果子，果粒细碎如小葡萄状，一串串垂挂在树杈，因果子坚硬而味酸，将其摘下，泡水就变成了最好的酸水调料，有股特殊的清香，是凉拌菜的最佳必备。相传，是一个猎人发现了此物。很久前，布朗山的猎人打到了一只麂子，他像往常一样，将猎物割下最好的肉，捧到山神树下去供奉感恩时，恰巧一阵风刮过，将树上的盐酸果儿吹落到肉中，那几块淡红的麂子肉逐渐变白，回到家一尝，味道酸酸的，特别鲜美。猎人找来那些果子，放入肉中，装上作料，果然酸爽可口，后来便成为了一道佳肴——水生，这名字起得绝，没有看到菜已经垂涎三尺了。人们觉得这是山神赐予的美味，于是便将吃生肉的传统保留至今，而盐酸果浸泡的醋也成了凉拌生肉的必需品。

山林里还有天然的味精——"香胡椒根"，这样的植物似乎只有在滇西境内才有，香胡椒的果叶可以食用，而它深埋在土里的根才是至宝。刨出来，褐色的根部便有一股奇异的香味，类似胡椒，所以当地人便给它起了一个名字"香胡椒"。取其一小截根部，用刀细细刮下那层褐色的皮，香气就溢出来，那些细碎的皮屑就如同味精一般，使得拌菜提升了鲜味。每到冬腊月，家家户户宰杀年猪，水生是主菜，作料就少不了香胡椒根。我的一个北方朋友第一次到施甸做客，饭后，他感慨万分：你们布朗族真猛，二话不说，先往桌上丢两截树根，一把刀，一串花椒，一大碗生肉。还以为举行什么仪式，吓得我连忙站起来，后来才知道这大阵仗是为了拌一碗凉菜。我笑了：你真幸运，有口福不说，还亲自参演了一顿饭跌宕起伏的剧情。

山林就是一个百宝箱，人们凭着长期的实践经验各取所需，将各种滋味纳入到自己的吃食里，让生活变得丰厚而多彩。人类的悲欢不尽相同，而野菜的悲欢应该都是相通的，只有被发现，采摘，带到餐桌上，变为一道美味，野菜才不枉此生。

四

在云南，走出去，一屁股坐地下，就能压死三棵药。就是这样得天独厚的自然资源，使得山林也成了药库。长期的野地生活也让人们学会了食疗，在那个缺医少药、远离医院的年代和地域，如何从植物中找寻到药效是祖辈们的生存之技。用鱼腥草医治好腹泻，用野薄荷治好喉疾，用车前草消炎止痛，用芸香草排毒，用打不死叶来接骨疗伤……每一种植物都是上天派来解除病痛的使者，也是大山里最可爱的子民。

阿奶他们那辈人从未踏足过医院，一生也没有吃过几粒药。生存之道就是将自己交付于大自然中，一切生活来源依靠大地，一切病痛也依托山野。从出生到死亡，草药是他们相伴一生的朋友，一些民间的单方沿用至今。这些祖辈从自然之手中接过的药方依然弥足珍贵。每到赶集天，在施甸这座小城，那一条僻静而狭窄的街道上，就铺满了山民们找来的草药，这些千姿百态的草药，带着山地的露水，野性十足，也带着先人累经试验后的治愈之效，值得信赖。鸡血藤，这是最常见的藤蔓植物，随处都有它的身影，羽状复叶延展在绕曲的藤茎上，砍断藤蔓，它的体内会流出血一样的原浆，像一个受伤的人。我想它一定会发出痛苦的叫声，只是我们听不到而已。我的想法最终得到了科学的印证。有一天无意间看到外媒《新科学家》报道，以色列的一名科学家发现，当植物缺水或者茎叶被折断时，会发出超声波的尖叫，人类无法听到这种声音，而有些小昆虫可以听到，五米之外就有感应。科学家举例：一只飞蛾听到这种叫声时，会改变主意，不在缺水的植物上产卵。静谧的山林原来只是在我们自以为是的认知中，植物的世界远比人类的想象要精彩和复杂得多。

鸡血藤是一味很好的药，女人坐月子，为了恢复气血，老人总会找来鸡血藤、透骨草、黄藤、龙须草、荨麻尖煮上一大锅，用来泡澡。女儿出生时，母亲也是跑到后山找来这些药藤，煮沸让我洗浴。汤色赤褐，浓郁的药香浮动在热气腾腾的烟雾中，我熏得满头大汗，洗毕，轻松舒畅，仿佛每个关节都被打通了一般。这是民间的药方，只有在药汤中熏洗过，产妇才能很快地恢复，筋骨得以强健，气血得以弥补。这样的汤药是否真如祖辈所说，有如此神奇的疗效？没有人会去质疑和追究，一辈辈人都是这样过来的，遵循和传承像每天的日出月落，自然而然。父亲有痔疮，发作时，坐卧不安，疼痛难忍。阿奶就去地边找来了一大堆草叶，让他煮水洗浴，几天后，肿胀消散。这草叶，我们本地人起了一个挺滑稽的名字：劲零干郎叶。一查资料，才知道学名叫千里光，开着细碎的小黄花，朴素得像一个村姑，田间地脚都有它的身影。这寻常的植物药用价值却很多，内服外用皆可，消炎杀菌，治感冒、痉挛。纤细的体内蕴含巨大的能量。一直以来，生活在滇西大山里的人们，对于一些日常的病痛，煮点草药喝喝便可以解决。对这些信手拈来的植物，大家有着安全的依赖感。而如果不幸遭逢重病，也不会把自己的余生痛苦地耗在冰冷的医院里。他们依然会选择回到家里，自寻一些单方，安度时日。老家就曾有一男子，胃癌晚期，医生也无力回天。被判死刑的他回到家里，被一老者告知，找点狗茄子根来煮水吃看看。没想到，他吃后，病情居然一天天好转，竟多活了十几年。单方气死名医，而这些气死名医的草药，谦卑地生长在我们身边的每一个角落里，也许你行走在林间，无意中践踏的一株草，就是能救命的圣物。大地如此宽厚与慈悲，我们从未察觉。

又是端午，施甸人开始煮药草鸡了，街上摆满了煮鸡的各种药材：芸香草、凤米花根、小鸡腿、臭牡丹根、茴香根……糅杂着粽叶、糯米、艾草、菖蒲的气息在四周游曳，暖暖的，毛茸茸的，带着柔软的馨香，像一个讨喜的小人儿。我喜欢这季节的植物，散发着巫术一般的力量，让人萌发对于生活的热爱与兴致。喝一碗药膳鸡汤，端午才算圆满，这些摄入的药香，是为了驱走潜伏于我们体内的潮热和湿气，以抵御即将来到的梅雨之时的阴湿入侵。一碗鸡汤，浓缩了千百大众的养生锦囊。雨又来了，真好，我知道，山野里那些蕨类又将摊开他们小小的手掌，迎接一生的清凉。

火语者

一

　　橘色的火焰中间是鬼魅的蓝，这幽蓝的焰心飘忽不定，形态多变，妖娆如巫，我想到了那些驱邪和求神作法的现场，都有这样的火苗，燃烧是必不可少的，多种方式的点燃，点燃香烛、青香、纸钱，点燃炮仗、火把和松明枝。点燃，仿佛是一种启动和宣誓，火光让人有所倚仗，那一簇簇的跳跃，似万马千军，带着红缨之矛，带着招展之旗，也带着熊熊之心，以赴汤蹈火之势，通往神域，谋求所得。以火驱邪，这是人们千百年来惯用的方法，在大地上的人类借用着火光，一次次地抵达，征战，讨伐，获取，建设，巩固，延绵。火光或明或暗，捉摸不透的特性本身就带着邪性，火光这时成了亦邪亦正的战士。

　　和阿奶去龙井边的祈祷，最深邃的记忆就是那飞舞的火，和火带来的迷幻的气息。阿奶带着纸钱、青香，举托着木盘，里面摆着杀好煮熟的鸡，肥腻的黄白色鸡身上是它交叉的翅膀，头被固定地仰着，打鸣状，口中塞着一团姜绒，这样的姿态有着些许的滑稽，这只貌似准备飞翔，却被捆绑，正要打鸣，却被强行堵塞住嘴的鸡，正是要给龙王、土地之神的祭祀用品。我曾问过阿奶为何要将鸡弄成这样的造型，而且要把姜放到它的口中，阿奶摇头，她也不懂为何，这一些带着不可思议的行为，皆是祖先的言传身教，后辈总是认真遵循从不发问和质疑。遵从、执行与传承是他们一生的恪守。我想祖先会不会是洞察到了人世间的规则，一切事象都在矛盾中求索，"姜"与"将"似乎存在着某些谐音上的关联，我们将要向神明祷告时，是否应该谨记不可肆意妄为和滔滔不绝，人类的贪婪有时是致命的毒药。先辈不会无缘无故地将一只供奉神明的鸡弄成这样，我揣测着祖先的用意，不置可否。

这些祭祀用的物件，每一件都错落地摆在托盘上，一把刀、一双筷子、一杯酒、一杯茶，还有鸡的五脏放在一旁，一只鸡尽力保持着它该有的完整。阿奶擦亮火柴的瞬间，仿佛擦亮了整个世界，火光照亮了她的脸，那些岁月的沟壑呈现出祥和的光芒来。她依序点燃烛火、青香，吩咐我把香插到东南西北和中间的各个角落，五方五地，这样的传统应该是来自汉文化，对于金木水火土所组成的自然世界的祭拜。而我们布朗族也有自己的认知，五是一个周全和囊括万物的数字，五颜六色，五脏六腑，五味俱全，五体投地，五湖四海……就连天上挂的彩虹也是五色的，五方生五谷，五谷大神就是大地之上能给人温饱延续的根本，而生出五谷需要的是雨水，祭龙便是山地民族最重要的祭祀之一，天与地就是人类的衣食父母。多年后，我在一个土地庙里看到了这样一句话："土能出白玉，地可生黄金"。我想到了读书人对于书的描述——书中自有颜如玉，书中自有黄金屋。如出一辙。农人和秀才对于自己的立身之本都是一样的，土地和书本，此刻是一体的，只有不断耕耘，才会有你期许的一切东西。在人们的眼里，脚下的这块土地都是母体，都能生发出人所需要的衣食住行。所以一辈辈人都将自己的一生奉献给了这能生出万象的沃野。

祭祀的礼数必须周全，人会介意，神也会。阿奶此刻便是祭师，她将纸钱点燃，朝着我插香的处所，相继焚烧。随后喃喃祷告，火光忽明忽暗，她的话语时高时低。阿奶用布朗语轻缓地说着，像在唠家常，她的前面仿佛坐着一个人，也像一群人，他们一定是在认真地听，不会嫌弃她的喋喋不休，他们可以解决阿奶的困难和诉求，他们无所不能，他们是先祖，是神灵，是精怪，是山神、树神、路神、桥神、水神、火神，是田公和地母……是主宰着这方土地的诸神。我跪着，离她仅几步，而阿奶的话语却遥远得像来自山的另一端，模糊不清，在纸钱和青香的燃烧中，这些祷告与这个世界混沌一片，或入地，或升天，总之，我们都相信它借助着弥散的烟火抵达了人看不见的领域。我频频叩头，鼻翼间是一股属于祭祀才有的气息，酒气、烟火气、肉气、纸钱焚烧之气，这一切的气息都是被火调制出来的，让周遭变得虚幻而肃穆。阿奶一身的黑衣，在龙井边矗立，山一样地沉稳，她的一生的确也是一座山，被开垦，被栽种，被收割，孕育出我们这些像竹笋一样源源不断的子孙来。她黑色的身子周围是浓得化不开的绿，就是为了这些不断生发出的绿，龙井边才有常年四季的祈祷。祈祷龙能吐水，滋养万物，也让这些山野能依序长出人们所希望的万紫千红。于是，布朗族将包头做成了山的形状，这是养育他们的家园，在包头侧面垂挂着用毛线做成的五色绒球，这些五色球寓意着五谷丰登，赐予了我们所需的养分，祖先是如此感恩给予我们生命的大地和五谷，顶礼膜拜。这片土地，除了是人的居所，也是神域，也住着五谷大神。从小，阿奶就和我们讲古，谷神是怎么被请到布朗山的。她的讲述不像是在说一个故事，仿佛是在说亲眼目睹般的真实存在。阿奶的开头是这样的：你家阿祖的阿祖说……这样的说法让人毋庸置疑。阿祖说，我们住的大山上从前是没有谷种的，稻谷住在遥远的天庭。有一天，谷神下到人世间去逛逛，飞到了布朗山，布朗族的先祖阿木旺在整理粮仓，看到谷神便说：粮仓还没有打扫好，你过一会儿再来。谷神一听，以为布朗族丰衣足食，就离开了。从此布朗山只种苦荞和包谷，没有谷种。怎么再去请谷神呢？布朗族的智者阿全告诉头人，可以让蛇仙去请，听说阿木旺打扫粮仓那天，谷神还飞去了蛇仙住的石洞。于是，大家焚香去蛇洞前祷告，没过多久，蛇洞前长出几株饱满的稻谷，蛇仙果然把谷神请回布朗山了。大家高兴不已，从此，人们吃上了雪白的谷米，为了感恩，布朗族从此便在属于蛇的那天举行祭谷魂仪式，用这样的方式作为祭奠。这段故事有着童话般的美好，连带着邪恶之气的蛇也成了乐于助人的朋友，人与神的通联如此地简单和奇妙，大自然没有凶险的尔虞我诈，而是像一个温暖的大家庭般互助互帮。以至后来，当我看到那些花花绿绿、蠕动爬行、吐着芯子的蛇时，厌恶和害怕的情绪都会在这个故事中得以消退和化解。

二

谷米收来了，人们将其细细筛舂，蒸煮后呈现出的是雪白的软糯，这与荞和包谷给人的口感截然不同。包谷太硬实，荞太苦涩。火塘边，谷米的香气四处游走，它有着一双手，撩拨着人饥肠辘辘的胃。食物的美妙是需要火来呈现的，烤茶、米肉、菜蔬，一切都在火的蒸烤中变得暖香十足。人们对于火的依赖，不亚于土地和雨水，所以，火也有着至高无上的尊位，火也有神灵主宰，但是，对于火神，人们的情愫是复杂的，想亲近却又保持着一定的距离。火像一个猛兽，有顺服的时候，撒野起来将是灾难。人们需要它，也防备它，为了能让它为我所用，保一方平安，先辈们除了敬仰和祷告，也给予了火神理所应当的待遇，那就是在农历正月初二到十五晚上，进行"要灯"这种祭祀火神的活动。在这漫长的十多天时间里，每户人家的主妇总将三炷青香、几滴酒水奉给熊熊燃烧的火塘。而家里的男人会在这期间，端上自家做的最丰盛的饭菜到地里祭拜，并且烧上一束稻草，以这样的方式纪念那些刀耕火种的岁月，也纪念火带来的食物和生活。人们祈求火神赐予火种，又请求火神不要带来毁灭的灾难。于是在十五那天晚上，大家都要打着火把游寨子，沿着道路，来到山林，蹚过溪流，穿行于寨子进行耍灯，主持这场活动的祭司用他质朴的请求和火神对话：

> 火神，你来家就来歇歇脚。你来，我好酒好菜招呼你，你来，我打歌唱调招呼你，歇歇么你就克（克就是走的意思），克了么保佑我们大小寨子平平安安，无病无灾。保佑我们火塘旺旺，米肉香香。火神，今年来了歇完脚，明年再接你又来。

祭司的语言在火把中流转，随着火星的跌落消散，人们相信这样的语言可以穿过崇山峻岭，传达到火神的耳里。在布朗族的心中，火神应该住在遥远的天上，那些闪电与雷声，那些带着火一样尾巴的流星，那灼热的日头，都是火神的所在，火神的光亮和它的声响让人喜悦也惊悚。火神接来了，带来了温暖，带来了熟食，它的使命就该完成了，必须送走，它来凡间一趟，久留不得，久留了便生祸端。火塘边贴着喜神纸符，那是希望火给人的只有喜乐的东西，它应该是懂人情、晓事理的，而这样的祈愿总有不能遂心的时候。火神也有邪恶的时刻，它体内熊熊蹿起的苗头，它那随时燎动四周的舌头，带着不可预知的侵占性，稍不留意就会让人间遭受劫难。还记得我幼年时，老家楂子树就是因一次失火而全寨子化为灰烬的，那天，漫天的火光照亮了整个天空，人们就这样无助地看着，哀号和祈祷都显得苍白无力，火像一头发疯的雄狮，吞噬着每一户人家的阁楼，整个寨子陷入了一张深不可测的血盆大口中。失去家园的痛楚让远在县城的父亲焦急万分，一夜苍老了许多。听说，那是一场浩劫，一寨子十余户人家在顷刻之间化为乌有。那片火光中，不知带着多少人的哭喊和焦灼。阿奶在劫难过后的焦土满地里默默垂泪，阿公和阿叔们拿起了旋刀、锄头开始了重建。而父亲也把自己积攒的一点钱拿出来送回老家。全寨子的人，老老少少都投入家园重建中，像最初搬迁到这里一样。从一根木头、一块石头、一堆草、一片瓦开始堆砌。经过了漫长的三年多的时间，楂子树这个寨子才逐渐恢复了旧日的模样，那年是 1985 年，听说那次的失火是两个不懂事的孩子玩火造成的。中午时节，大人们都下地干活了，于是发生了这样的惨剧。对于火神的祭祀并未因这次火灾而停止，而每次的祭火神，都会让这个寨子回想到那次席卷一切的灾难，都会让人在心里的痛加深一层，失去家园的悲痛和无助增加了人们的对火神的恐惧，也添加了几分畏惧和虔诚。不管火曾经带来过怎样的灾难，阿公总是说，火是布朗族的朋友，它能驱走恶魔和瘟疫，能给人以无穷的力量。只有在火塘边你才是安全和温暖的。父亲年幼时每次和阿公外出，夜晚，阿公总是生一堆火然后将父亲交给茫茫丛林，自己放心地去狩猎，父亲在火堆边睡着了，远处是野兽绿得发光的眼睛和可怖的吼叫声，可火让它们畏惧，也让它们止步，火光照亮了父亲安然入睡的脸庞，阿公的放心只是缘于这不灭之火。

　　每次外出，阿奶总会给我们带一把蒿子秆扎成的火把，这样的火把容易点燃，也特别明亮。还特意交代，如果夜行，听到有人唤自己的小名，千万别回头看，那一定是精怪在作祟。我们每个人的肩头都会有两把火，这火威力无穷，可以震慑住鬼祟入侵。一旦回头，那就会把肩头的火熄灭，人就会遭殃的。手中实实在在的火把和肩头虚幻的火把，加持于我们身上，成为我们走夜路的守护神。我一直想象着肩头的火苗是什么样子的，和手中的火把一样明亮吗？它是否烈焰如柱，永不会灭？为何我感知不到它的温度，而内心却笃定地相信自己的肩头光耀照人，像天使的羽翼，有着我看不见也无法想象到的力量？阿奶的话语有种魔力，让我走路时永远直视前方，我想，肩头的那两团火势必一直燃烧着，它让我在走人生之路时，不会忐忑地左顾右盼，不被邪气入侵，而是坚定地向着前方行进。

　　每天放学，回家的路上，远远地，我总习惯性地看一看自家的房头，只要有一缕袅袅升腾的炊烟，我的心瞬间就通亮和充盈起来。想着母亲在灶边系着围裙煮饭的样子，温暖直抵人心，家里总有让我们心驰神往的烟火。回家第一件事就是帮母亲添柴凑火，火光里有温暖，也有香气。食物的味道总会随着火苗的跳动肆无忌惮地钻进我的口鼻，撩拨着我的胃。面对着红彤彤的灶洞，总会有种幸福的踏实感。有时，火会哗啦啦地忽然响起，火舌伸出灶洞，像一个遇到了开心的事情，咧嘴大笑的人。母亲就说：火塘笑，客人到！看来得多做点菜。我以为她在开玩笑，而她也真是比平常多加了一些饭食。果然，在快要吃饭时，老家来了位办事的亲戚。母亲的话神一般应验了。准确地说，是火塘的笑让这一切神奇地发生了。那时，只顾着餐桌上的食物，没有细想这件事，是巧合，还是火塘真的可以预知客人的到来，也无从根究。而随着一次次的来客都在火塘的笑声中屡屡应验，我已经对此深信不疑，这不是不可思议的巧合，也不是诡异之事。这就是我们世俗生活中，司空见惯的一种预示，像打雷必定会下雨一般，自然而然。火塘的笑声，让平淡的生活充满了希冀，让我觉得周遭总有一股神秘的力量，在驱使着这些貌似没有生命的物件，让它们拥有了我们感知不到的眼睛、耳朵和嘴巴，它们是我们身边的一棵树，一片叶子，一块石头，一件家什，它们是火，是水，是土地和流云，它们人物化地加入我们的日常里，让人类的生活变得有趣而生动。火塘笑，客人到。火，会以它特有的方式与人的世界达成奇妙的勾连，这真的像是一个童话，我庆幸自己从小就生活在这样的环境里，让人葆有最初的敬畏和纯善。

三

火光是这世界上让人看到光明和希冀的东西，有火便有人迹，有随之而来的一切社会活动，也有生命裹挟而来的奢想和欲望。人们以火取暖，用火熟食，围着火堆踏跳，用火照明，用火驱病消灾，就是生命的走向，也依靠着这束光亮来为其指示。老家只要有人生命垂危，总要点一盏长明灯进行祈祷，这盏灯的火焰在风中摇摆，弯曲，萎缩，又慢慢舒展和挺立。这样的形态像极了这个在病痛中艰难求生的人，世俗的譬喻如此贴切和生动，期盼用这灯火的顽强，来预示人的命也能这样和灯火一般长明。一切都在与命运的抗争中以求延续，风雨飘摇后，依然能从貌似熄灭的状态中，恢复到烈焰熊熊之态。灯火在忽闪，每一次的闪烁都会牵扯着家人忐忑的心。人的命能熬过这一劫，灯就一直亮着，如果灯熄灭了，那就预示着命不久矣。灯火与生命有着不可探知的纠缠。长明灯只是一种期许、暗示和宽慰。而更多的时候，是人们眼睁睁地看着自己的亲人走向生命的尽头，在泪眼婆娑中，这个世界仿佛暗沉下来，如同周遭的光亮都隐去一般。人的消失与灯的熄灭，携手走向了冰冷和黑暗。人们用一切物件的凋零、破碎、熄灭来意喻人生命的终结，最直观的就是"人死如灯灭"，似乎一切的逝去都预示着光亮的消亡，温度的丧失，沉寂的开始。电影里一旦出现灯火被风吹灭的镜头，不用说，一定是某个人的生命走向终结。如同布朗族的习俗，火塘熄灭就代表着一个家的破散。没有了火光，也就没有了随之升腾的一切生活场景，灯光和火塘不再是一个实在的物件，而是包含着血肉、气息、蓬勃之态的生命象征。

　　火点燃了生，也同样照亮了死，阿公去世时，他漆黑的棺木前摆放的那盏灯孤寂地照着，那是一盏老旧的油壶灯，油垢使得它裹满了黑黑的包浆，那气若游丝的灯芯摇摇欲坠。而这灯是不能熄灭的，它将指引着阿公走向那个未知的世界。除了那盏细微的灯火，还有一只鸡和一头猪，它们将一同陪伴着阿公，在寂寂之路上，以此领路。油壶灯由表哥负责看守，在阿公下葬前的三天时间里，表哥得随时添加煤油，不能使其熄灭，昏黄如豆的灯光暗沉得像众人的心情。白天，灯火似乎不存在似的若隐若现，让人感知不到它还在亮着，夜晚，它微弱的光芒像一个踽踽独行的老朽之人，似乎人们的一个喘息就能将其吹灭。油壶灯倔强地抵御着夜幕的黑暗，而阿公即将走向的路也会是这样黑得浓稠，黑得让人胆战吗？幸而，还有这么一盏灯可以相随，微光以指向。表哥忠于职守，他的眼里，一直有两簇火苗在蹿动。他以这样的方式，作为对阿公最后的看护。人世间，没有任何一盏灯能这样让人无奈和伤感。

　　小时候，我最怕的事情就是擦火柴，细细的火柴上那红色的磷粉像一个会使魔法的女巫，一滑动，瞬间引燃，唰的一声甩出火苗长长的尾巴，让人误以为能缠绕一切。一次次害怕自己的指头会在这样的引燃中灼伤，也担心一根火柴还来不及点燃他物，就在手中瞬间化为乌有。火焰吞噬柴棍的迅速，让人恐慌，只有羡慕地看着大人们熟练地操作。有时甚至觉得，自己的理想就是快点长大，能熟练地划亮火柴。这个理想其实一点也不难实现，很快，在不知不觉中，自己也和大人般拥有了这项"技能"。轻松地一划，让我质疑自己过去怎么把这个简单的动作设想得如此艰难。之后，划亮火柴成了生活中的必然，一次次地擦亮，为了煮饭，为了点灯，为了取暖，为了祈福，也为了送别。火光阑珊，人生过半，用了多年的时间来学会点燃，学会获取，学会谋生，学会在红尘中摸爬滚打，最终，还得学会承受，学会放下，学会和我们挚爱的人一一道别。这世间的火光，带来了温暖，也映照悲凉。

食事记

一

出生在 70 年代决定了我的胃曾经有过饥饿的记忆。那种对于糖果、肉食，甚至米饭都如饥似渴的向往，成为生命中挥之不去的渴盼。馋，是我儿时最日常的状态。虽然是女孩子，但是我体内的荷尔蒙却异常男性化，总是爱赤脚和男孩子们下河摸鱼捉虾，去秧田掏秧鸡，顶个簸箕下雀鸟，偷人家树上还青涩的果子，这一切野小子的行为都是为了解馋。

因缺少营养而身形消瘦，小伙伴给起了个绰号瘦干豆，而忽略了我小名——小燕，说真的，我的确人如其名，身轻如燕，这得益于我天生的大长腿和爬高撂低的性格。有一次和几个男孩子翻墙去摘人家的桃子，被主人家逮了个正着，我就因为身手敏捷而逃过一劫，两个稍微笨拙的男孩子来不及撤退，骑在墙头，被那个一脸凶相的女人用竹棍刷得鬼哭狼嚎。其实主人家也不是小气之人，只是可恨我们出手太狠，一上果树便儿孙不留，那些还通体长着绿茸毛的果子也难逃我们这些猴崽子的魔掌。于是抓住便惩罚一下，以示告诫。我在不远处看着墙头的同伴，有种恨铁不成钢的惋惜，还没下手便功亏一篑，真是败兴。摸着肚子，越发觉得空旷一片，于是和其余两个难兄难弟跑到田埂里，去摘人家的蚕豆吃。"打家劫舍"成为我们小时候填饱肚子的一种方式。大人们那时也忙于讨生活，疏于管教。只要我们不点火烧屋，上房揭瓦，一切的撒野都可以被忽略。我有时觉得和一群男孩子满世界乱跑的感觉真好。赤脚奔跑，我总是能拿第一，爬树我也毫不逊色，只是不敢和他们一样去水田里抓长虫而已。在他们面前，我除了能比拼体力，灵活度不逊色，还有一个优势：当一群孩子做错了事情，我总能因自己是女孩子的身份而被人赦免。只是每天日落回家，逃不了的是母亲的一顿痛骂，看着我满身的泥水和草渍，母亲的声音差点戳破我的耳膜：你是去修堤筑坝了？还是去栽秧抢工分了？一点姑娘家的举止也没有！天天这样，给你苦洗衣服的肥皂钱也不够！我不敢吭声，跑到灶前乖乖帮母亲添柴，火光里，我闻到了食物飘出的一股股的香味，我的心和一簇簇的火苗般雀跃跳动，哈！马上又可以饱餐一顿了。

　　母亲的话风一样在耳边刮过，我继续和那些野小子一起摸虾捉鱼。现在想来，真是觉得儿时如梦境般不真实，那时的河道、沟渠里怎么会有那么多的鱼呢？那些游动在我记忆里的，有肚皮黄色的南瓜片鱼，通体透黑的大头鱼，青色的鲤鱼，褐色的鲫鱼……五光十色地徜徉在波光粼粼的水里。我们像捞金者一般干劲十足，一个在前面用竹耙赶鱼，一个在后面把撮箕放置水中撮鱼，顺着沟边走上两米，快速抬起，几条大小不一的鱼总能在里面蹦跶，从不会落空，小鱼是不屑要的，只有三指宽以上的鱼才收入囊中。捉到的鱼就用细草穿过鱼鳃，一条条地挂在树杈上，拿回家里，大人们总是一脸丧气："不要捉鱼回来啦，费油又费饭！再捉回来喂老猫克！"有次母亲勉强接过了我抓回来的鱼，用糟辣椒和苤菜根烩了一盆，甄子被吃了个底朝天。母亲眉头深锁："有千有万，不要吃鱼下饭！吃鱼下饭，一顿三邦！（相当于二十四斤）"从此，再也不让我带鱼回来。既然吃力不讨好，我们只有在野地里架起了木柴，烤了来吃。没有任何调料，处理得马虎草率，有时掌握不了火候，烤得焦炭一般，尽管这样，对于我们而言，这依然是香气扑鼻的美食。夏季和秋天是多么让人期待的时节，树上又挂满了一串串我们贪婪的目光。为了枝头那几个金光闪闪的果子，我们常常铤而走险，除了防备主人家的棍棒，还得避开那些树上的隐形杀手——毛毛虫和绿辣钉，被它们的绒毛蜇到，浑身便起瘙痒难耐的疙瘩。有时声响太大，惊动了人家，一场逃亡在所难免，追逃的过程刺激快意，我的脚下生风，无人能及，这样的长期"训练"让我读书后，在运动赛场上屡屡得奖。我享受着体内自然生长的野性，和所谓逃之夭夭的"胜利"。直到有一次，看到寨子里那个老实巴交的锁大爹，在自家田里扶着他的菜秧，悲戚地说：这是哪家娃娃干的缺德事啊，这样子糟蹋着我的地！我的菜秧没了，就卖不得钱了，卖不得钱嘛，咋抓药给老伴啊！他的老伴就是锁大妈，我曾到过他家，锁大妈瘫痪在床，看到我来，把床头拇指大的一坨红糖塞给了我，我揣在衣兜里，舔了好久才把这珍贵的食物依依不舍地消化掉。此刻，看到锁大爹一脸愁容，忽然想起来这刚好是我们昨天逃窜时慌不择路的经过之地，我的心像被人用刀戳了一下。从那天起我便离开了"水泊梁山"，并告诫继续留守"江湖"的"弟兄们"不要再踩踏锁大爹家的地了。

对于儿时的我，舌尖最奢靡浩大的恩赐就是红糖了。盖碗一样的红糖，盛满了我们对于甜最圆满的期待。那是用甘蔗榨汁熬煮后凝固的糖食，浓稠的红褐色，坚硬的圆盘状，这一切都在它那透着浓浓的甜香下显得熠熠生辉。看病人，送几个鸡蛋、两斤红糖算是大礼了，坐月子的女人用红糖煮白酒可补奶水，就是生病拉肚子，母亲也会把红糖和藿香叶煮了吃，疗效立竿见影。过年时，更是缺不了红糖，煮汤圆，做粑粑，蒸年糕，人们总是把红糖的甜味丝丝入扣地填补到艰苦的生活中。母亲每次上街只舍得买两盖，一斤左右的样子，把它锁在木柜里。木柜里有米，有面，有油，有鸡蛋，有红糖，偶尔还有自酿的米酒糟。这几种本来就好吃的东西统统都被母亲无情地锁在了一起，也混杂出一股特殊的诱人之气来，柜门打开，于我而言仿若芝麻开门，我大口大口贪婪地吸吮着这股气息。直到现在，我依然觉得这是我闻到的世上最让人舒服的气味，谷米、糖油、米酒与木头的气息相交融合，成为人间烟火深处最有质感的气味。

　　每天下班，母亲打开柜门取食材的时候，我感觉她不再是对我动辄苛责的严母，而是那个美丽动人的海螺姑娘，她制作饭食的那一刻，圣母一般通体发光。母亲也是一个魔术师，就算是一碗素面，她也能做出让你垂涎三尺的美味来。猪油一勺，酱油几滴，葱花少许，辣椒油拌上，一碗面华美现世，让人吃得每个毛孔都舞蹈起来。就是水沟边那喂猪的野菜，母亲也找来，焯水，切碎，放上各种作料凉拌，简直是下饭神器。我一直觉得母亲的手有着化腐朽为神奇的力量。而这些所谓好吃的东西，皆填补不了我的需要。我太渴肉了，父亲和母亲两个双职工，每人每个月才补贴两斤肉票，而这四斤的肉得匀着吃。那时没有冰箱，拿到肉票，母亲便着急着规划，怎样在最长的时间里慢慢吃完。盐巴腌制是最有效的方法，腌好挂在房梁上，每顿切上两刀，药引子一样，让一家人的口舌沾点肉气，两斤肉，最多维持一个星期的时间，接下来，各种蔬菜填补了我们寡淡的日子。我至今都记得肉票是红色的，盖着红色的大章，它的色泽和肉的颜色不谋而合，让人垂涎。只要看到母亲拿着肉票回来，我就已经从这票中闻到了久违的肉香。母亲总是最大限度发挥肉的作用，蒜苗炒肉，腌菜炒肉，苦瓜炒肉，菜花炒肉……将一切可以炒的蔬菜都与肉有机地结合，让菜也沾染上肉的香气。她和父亲总是把那有限的几片肉夹给我和姐，他们说，菜其实比肉还好吃。那时的我居然愚蠢地信以为真。

二

读小学时，有一次为了吃肉，我跟着同学走了五公里的路去了她家。在农村，只要栽秧，都会弄些肉食给插秧人。那天，她家里就准备栽秧。我和同学负责把秧苗一捆捆丢到准备插栽的水田里，这活路看似轻松，却也累人，太阳才西移一尺的时间，手臂已甩得酸疼。烈日下，汗水舔舐着我的身体，痒痒的，麻麻的，以至于有一条蚂蟥爬到了我的腿上也毫无知觉，等活干完了，这只吸血鬼已吃得身体鼓胀。当低头一看的瞬间，整个世界都坍塌了，最怕软体动物的我失声惊叫，扒下蚂蟥，连滚带爬地逃离了水田。这时才发现一股细小的血痕残留在我泥水满布的腿上，肿胀和痒疼随之而来。负伤且受到惊吓的我，得到的安抚便是，在吃饭时，同学的母亲特意给我煎了个荷包蛋，并多给我夹了两块火腿肉。那是我吃过最香的肉，细嫩，软糯，鲜美，透着烟火熏过的浓烈香气。火腿是在灶洞里用土罐熬出来的，一起炖煮的还有蚕豆，火腿蚕豆肉汤泡饭，我不管不顾地吃了三大碗。至今，那股浓浓汤汁的香气还残留在我的舌尖、心田。以至于多年以后，我像着了魔一般，想复制记忆中的美妙，想方设法地找来烟熏陈年火腿、晒干的老蚕豆，将蚕豆泡软，剥壳，放入土罐，特意用柴火慢慢熬煮，按照同学家的做法去烹制，结果，还是无法让我的味觉、嗅觉回到过去，得偿所愿。尝试过多次，我最终放弃了，必须承认，这世间有很多的东西是无法昨日重现的，也包括那碗火腿蚕豆汤。

蚕豆真是我儿时最常见的吃食了，满田坝都有，平实庸常，它是老百姓不可或缺的主食。"蚕豆开花笑盈盈，我与阿妹有交情，等到结了对对子，三媒六证来说亲。"山盟海誓的情歌里居然也有蚕豆憨憨的影子。人们信手拈来，自然而然地把这种食物融入了生活，乃至生命里。青蚕豆做成的蚕豆圆子，堪比肉味。将蚕豆剥壳，舂碎，加入鸡蛋、糯米面粉、草果面、茴香碎末、盐巴、腊肉末，搅拌后捏成一个个的圆团，放到油锅里煎炸。两面金黄时起锅，一口咬下去，脆生生的声音里炸裂开来的是满嘴的醇香。蚕豆圆子是家乡人桌子上的贵宾，杀鸡煮肉，再炸碗蚕豆圆子，一看这样的筵席，旁人便知道来客的分量。就是年头节下，祭祖上坟，盘子里也少不了这道菜。做法一繁琐就不亲民了，日常难以享受到。我还是喜欢蚕豆的随手可吃，灰突突的样子。晒干剥壳后，一个个像蚕宝宝一样地堆在角落。夜里，在火塘边，大人喝烤茶，聊天，孩子们在火堆边开始了烧烤模式，随手丢在火堆旁几个蚕豆，一会儿，鼓胀的蚕豆滚着一身的炭灰冒着细微的烟气，噗嗤噗嗤发出了烤熟的声响来，报警一般。"熟了，熟了！快点扒出来，不然烤煳了！"姐提醒我。我赶紧用小棍将蚕豆从火堆中扒出来，姐则把蚕豆放置手中，双掌合拢搓揉，再拍去灶灰，一道可口的美食即成。有时，大人也拿着烤熟的蚕豆下酒，话语声，笑声，蚕豆烤熟的噼啪声，此起彼伏，火塘边成为一个小小的欢聚场。自从用电煮饭和取暖后，我再也没有吃过火烤蚕豆了，有时上街一趟，特意买回来商贩卖的烤蚕豆，感觉总是缺少了什么，吃在嘴里，味少了点灶灰的香气，也少了旧日的情趣。

三

施甸人对于吃是属于既上心又精打细算的，每年冬月时，每家每户总要宰杀一头猪作为一年的吃食，腌腊成为他们不可缺少的菜肴。腌肉，挂腊肠，腌骨头鲊，腌萝卜丝肉，腌腌菜，腌藠头，腌豆腐，泡豆豉……只要能用腌腊的手段存储的食物，他们都不会放过。在炊烟升起的地方，都有瓶瓶罐罐一大堆，存放着人们一年餐桌上的细水长流。每到秋季，母亲总要准备好腌腊的作料：辣椒、花椒、茴香、草果、胡椒、砂仁……这些能让食物发生质变的东西像法宝，被磨成粉面，被她小心收藏。腊八水泡豆豉最好吃，"冬月腊月，腌腊季节"，人们算计好时节，只待时日来临。

最怕的事情就是和母亲舂作料，舂其他还行，舂辣椒面简直就是在上酷刑。双手抬着沉重的木杵棒，用力舂到槽臼里的辣椒上，每一次下去，辣椒刺鼻的粉末总会四散开来。使劲让人呼吸加快，而那可恶的粉末也随着杵棒不断下落越加肆虐飞散，让人呛得无法呼吸，喷嚏不断。一会儿的工夫，便将人折磨得鼻涕、口水和眼泪三管齐下，不知道的人看到这面相，还以为痛失了某位亲人。舂辣椒是我最恐惧的活计，母亲要求我们每次至少舂七七四十九下才可以歇息，而她自己要舂九九八十一下。我们轮流着上阵，为了防止偷奸耍滑，我和姐姐互相为对方数数，我们无比认真负责，比监考老师还严格，至于母亲，她总会超过自己规定的数字才停歇。舂辣椒的时间真是既漫长又难过，我开始痛恨起辣椒这个东西来，为什么偏要吃它呢？转念一想，没有辣椒，我们的口舌不就尝不到最让人快意的滋味了？想到自己爱吃的腌腊，还是含泪咬着牙坚持把母亲交代的活干完。不得不说，对于吃，人总会迸发出超乎自己想象的能量。

将两碗米酒浇到剁好的排骨中，再依序放入所有的作料，不断搅拌，一大盆活色生香的骨头鲊就做好了，接下来放入陶罐里，只待时间为其加冕，酒味散尽，骨头便和作料完全融为一体了，生发出迷人的滋味。这时，尝鲜是让人期待的事情，看看手艺如何，骨头鲊腌制得好坏，将决定一家人一年餐桌上的幸福指数。当一碗热腾腾的骨头鲊从蒸笼上端下来，它的麻辣鲜香足以让人的唾液无限制分泌，拌饭、拌菜、炒菜都是绝配。来人来客，主妇们总会从那些陶罐里翻搅出几样好吃的腌腊来，拼凑成几道体面的菜用以款待。在父亲的老家，做骨头鲊这道腌腊时，山里的人们不像坝区那样，舍得用那么多猪排骨和皮肉。而是把生姜切成细丝，掺入到其中腌制，只夹杂着零零星星的几片肉和碎骨头。所以他们谦卑地把这道菜的名字改为姜鲊。小时候放牛回家，最难忘的事情就是阿公怜惜地看着我们汗流满面的样子，敦促说：饿了吧，快去找饭吃！我立马跑去厨房，掀开甑盖，盛上一碗面果儿饭，菜只有姜鲊，面果儿饭是包谷面做成的，一冷就发硬，让人难以下咽，而这一切对我饥肠辘辘的胃而言，都不是事。红色的姜鲊拌入金黄的面果儿饭里，色泽立马让人垂涎，味道就不用说了，麻辣味十足，我可以吃上满满两碗。这样的滋味承载着我那段难忘的旧时光，以至于后来每次吃姜鲊，我都会想起阿公的笑脸和他的话语：快去找饭吃！多想回到温暖的过去啊，阿公和阿奶还健在的时光，每天都能吃到阿奶做的面果儿饭，每晚都能在火塘边，听阿公给我们讲那些白发苍苍的故事，他的故事为我插上了一对丰盈的翅膀，让我至今都会在思想的苍穹里自由飞翔。

四

　　儿时，最快乐的事情就是回到大山的家里，那里就是一个天然的食材库，只要能吃，任何的东西都可以变成盘中餐。布朗族的餐桌充满了野性，花花草草，鸟兽虫鱼，天地万物皆为我用。出门走一趟，绝不会空手而归，野蕨菜、野芹菜、鱼腥草、菌子、椿头菜、白鹭花、芭蕉根、野葡萄、野楂子、酸木瓜、野香椿……有时还能撞到几只野兔、野鸡和野鸽子。野地如此宽厚，总能在各个时节让人各取所需。和老叔去逛山是最有趣的事情，经常有意外的惊喜和发现。有一次和老叔去砍柴，他胸有成竹地说，晚上我们吃一道好菜吧！什么好菜？我眼睛发光。等一会儿你就知道了。老叔特意卖了一个关子。我尾随着他的脚步进入竹林，他像一个勘测员，目光是仪器，认真扫视了一下竹林，便用手中的刀，选定了几根竹子开始砍伐，随着竹子的倒地和破开，涌出了无数乳白色的虫子，落雪一般让人欣喜。在我的欢呼声中，老叔悉数把竹虫收进了随身带着的口袋中，这东西油炸了吃简直能香翻了天。我好奇问他，怎么能笃定地认为这几棵竹子上有虫子？老叔一笑，笑里装着满满的自信：你看，这几棵竹子的节都比一般竹子短，竹叶也比较干枯，这就是原因，虫子让竹子发育迟缓。老叔是一个行走山林的行家，总能通过蛛丝马迹寻找到他想要的东西。

想吃蜂蜜，告诉老叔就行，他到山里随便走一圈就能找到几个挂蜂的蜜巢。老叔的秘诀是先在水沟边端坐一会儿，观察前来"抬水"的蜜蜂，如果蜜蜂"抬水"后，自下而上绕两圈才飞走，那巢穴一定搭建在一百米开外的地方，如果蜜蜂"抬水"后，嗖地径直飞走，那么它的"家"就必然在不远处，顺着它飞的方向找，一定能在一百米之内的地方找到蜂巢。老叔的找蜂秘籍很多，都是来自他长久的生活经验和细微的洞察力。在与野地的耳鬓厮磨中，他拥有了超能的嗅觉、视觉和听觉。他秉承了阿公行走丛林的本领，让人叹服。跟随老叔，我们总能一饱口福。

老叔也很野，捉到竹虫，马上就抓上一把，塞到嘴里。那些还蠕动的白色条状虫子，瞬间在他的嘴里被彻底搅杀，我有些毛骨悚然。而他一脸满足地赞道：真香啊，你也尝尝？我赶紧跑开了：炸熟了我才敢吃！生肉也是他的最爱，不过对于布朗族来说，不敢吃生肉的人会遭到众人的鄙视，只有把老祖先茹毛饮血的传统承袭下来，才算得上真正的布朗人。生肉的吃法相对让人能接受，把猪宰杀后取其背上的两条脊肉剁碎放入事先备好的酸腌菜水中，数分钟后待其变白，加入花椒、辣椒、盐搅拌，还加两样特殊的作料——"土味精"和"盐酸果儿"，上桌即可食用。此菜名为"水生"，布朗语称为"胘古咻迤"。"盐酸果儿"是"水生"最好的酸水调料，这种大树的果子，果粒细碎如小葡萄状，一串串垂挂在树杈，果子坚硬而味酸，泡水后会透出醋一样的酸香。"土味精"是香胡椒树的根外皮，香胡椒树浑身都散发着香气，果子可以食用，刨出来的根部有一股奇异的香味，这种香料是凉拌生肉的必需品，取其一小截根部，用刀细细刮下那层褐色的皮，香气就溢出来，那些细碎的皮屑就如同飘散的魔法师，使得"水生"鲜香可口。这道菜至今是施甸境内最负盛名的杀猪菜，也是布朗族招待客人必不可少的一道佳肴。我很着迷于香胡椒根的气味，每次凉拌菜总要刮一点点以增加菜的鲜香，这味道带着山野的清气，让人神清气爽，无论身在何处，香胡椒的香气总能让我的心归家。

如今，老叔已老，生活富足的他不再翻山越岭为那些吃食而奔走了。而生肉依然是他的最爱，杀猪时，他总会拌上一碗，吃得津津有味。

五

总有一种食物，以它特有的魅力让你魂牵梦萦。吃过的酸甜苦辣都化为生命中滋养我们成长的营养，食物的背后也会牵扯出我们熟知的人事，难忘的时光。那些带给我们暖意和美好的食物，像极了我们生命里难以舍弃的亲人，总会在某个瞬间，深深想念。

当年在我眼里稀缺的食物，如今皆是家常，摆在面前，动都不会去动，更别说吃了。每次去超市购物，看到无尽的货架上那些花花绿绿、扑面而来的商品，感觉自己快要被吞噬了一般，买什么成为一个难题。没想到自己竟会有一天，面对着琳琅满目的食品，为选择吃什么而发愁，每天餐桌上换着花样吃都觉得乏味。母亲说，嘴一旦吃刁了，任何的山珍海味都是枉然。记得儿时，大爹曾考问我和阿姐：这世间什么最好吃？我们的答案像天上的繁星一般，只要能想得出来的都说尽了。大爹还是摇头。最后，我气恼地问他：最好吃的东西我们都说遍了，那你说，什么最好吃。大爹慢慢吐出一句：饥饿最好吃。

如今想来，果真如此，面对着丰硕的物质，我们的口舌总会在纷繁的色相和叠加的滋味中，丢弃了对于食物的享受和珍爱，也丧失了可贵的探知和辨析之力，沉沦其间，无法自拔。那些曾经品味过的美味，已一去不复返。这世间，我们丧失的，何止舌尖的美好呢？

夏　至

　　夏至，夏日而至，这是一年中，我们所处的北半球白昼最长、黑夜最短的一天。此刻，阳气至极，想来最热的天便是从此时开始的。古人是如何将这一天定为夏天真正到来的时光的？不偏不倚，智慧的光芒如日璀璨。

　　夏至，人地的色彩由淡绿转为浓绿，仿佛一块布上被谁泼了浓稠的色调，有些地方，再怎么抹也化不开了。天空的云开始变幻无穷，一会儿丝丝缕缕，一会儿团团压顶，一会儿层层舒展，变魔术一样，牛羊、花草、鱼兽、人群、神仙涌来散去，只要你愿意，在那青草地躺下，苍天就是一台永不谢幕的演出。布谷鸟开始鸣叫了，那笃定的富有节奏的叫声，是催种的号令，"布谷，布谷"，农人便下犁耙田，播撒谷种，放水插秧，水咕噜咕噜地流进田里，一块块镜面一样的水田马上活泛起来，戴着草帽的人们背对蓝天，开始为镜子摄入实实在在的东西，让其涌动生命的绿意。噪鹃的叫声也起落在山间，那种极其有穿透力的鸣叫，带着弧度的滑音，一声接一声把空旷的山谷叫得更空，更幽静。这特殊的声音在我听来竟带着几分落寞的愁意，而事实上，这样的叫声是噪鹃求偶时的欢鸣，噪鹃一叫，人们便知道已是栽种下田的时候了。这个时节，我最先听到的便是这两种鸟的鸣声，布谷鸟与噪鹃，是夏至的使者，它们带着上天赐予的使命，在这个季节，催促农事，恋爱生子，延续自然进程里不可缺少的耕作与繁衍。天地万物就是在这样的仪轨中生生不息的。

树争分夺秒地结果了，青涩的柿子、李子、桃子，一树树地缀满着小小的果实，有些早熟的桃已染上了红色，一团团的粉红隐在绿树间。卖瓜的老农开始铺开了摊子，摇着蒲扇，柳树下，一堆西瓜滚圆着肚子簇拥着，像一群可爱的孩子。杨梅红了，树莓熟了，蓝莓熟了，包括山间最寻常的野果——黄果儿，也熟了。日光是一支可以涂色的魔棒，每天挥舞一次，这些小小的果子便染上了暖暖的黄色，我想起儿时，大人给我们在街上买一个小花提箩，我和几个小伙伴一头扎进山里，半小时的工夫，便可以摘满一小箩黄果儿。酸酸甜甜中带着绵软的水分，这是最天然野性的食物，廉价而美味。只要想吃，野地里都有它们的身影，采摘时，需避开那些密密麻麻的刺，儿时呆笨的我，常常为了摘吃黄果儿而戳到手，划伤臂，而这些小小的伤痛，都被那一把把喂到嘴里的爽快淹没得荡然无存。我喜欢这个时节的青梅，清脆味浓，滚溜溜的透着诱人的色泽和气息，拿个竹棍，朝着梅树一挥舞，三五个青梅便滚落下来，盐巴辣椒搅拌而成的便是吃青梅的佐料，"咔嚓"一口咬下，青梅应声而裂，裹一下佐料，入口脆脆的咀嚼声本身就是一种诱惑。记得，小学时，有次上美术课，课上和同学在桌下偷吃青梅，正埋头吃得欢，被老师逮住，揪了出来，一颗颗青梅也被收缴出去。老师皱了皱眉，我们正准备接受惩罚时，他随即拿起一颗，咬了一口，说道：上课不能吃这东西，影响他人！大热天的，谁见了谁都流口水。我们吐了吐舌头，彼此一笑。那天的"惩罚"是老师给我们讲了古代望梅止渴的故事，并让我们画两颗青梅作为作业，结果我们画了几个极不规整的圆交差了事。

那时的夏天总是很长很长，被母亲勒令在家做功课时，我总是盼着日头西沉一点，再沉一点，等日影翻过对面的围墙，就可以出去疯了。跳绳，丢沙包，捉鱼，套麻雀，偶尔偷跑去水库游泳，夏天是野孩子们最恣意玩耍的时节，一匹匹不知疲累的"马驹"撒欢在田间地头和山林。女孩中我算最野的那个，跟着那些胆子大的男孩子爬树偷李子，下田掏黄鳝，爬墙洞掏麻雀，扯破了衣服，回家挨母亲的一顿打。母亲说，女孩子家，净干些上房揭瓦的事！不打不得。结果，我还是会好了伤疤忘了疼，下次又偷偷去抓鱼，裹得一身泥回来。不爱穿鞋，以至于我的脚随意生长，至今穿与我身高不相匹配的大码。喜欢赤脚在田野里跑，尤其是这个季节，阳光下的土地是温热的，噗嗤噗嗤，一溜尘烟抛落脑后，软绵的尘土让我觉得自己是在某个亲人的怀里撒野。雨天，也会赤脚嗞溜嗞溜地泥鳅一般在泥土中钻，凉爽畅快，土地随时与我保持着最亲密的肉体关系，在它的滋养下，我像一株植物长成了自己想要的模样。所以，在我的童年记忆里，最深刻的就是那一个个盛大的夏天，色彩浓郁，气息扑鼻，天地之中，仿佛有人催赶着某种力量奔涌而来，一切都随时准备炸裂，拔节，招展，挥舞。空气中弥散着水汽的味道，阳光的味道，草叶的味道，栀子花与缅桂花的味道，还有粽子的味道。

端午节与夏至相差只有几天的时间，在滇西的小城保山，端午时除了吃粽子，便是赶花街了。各家各户把自己悉心种植的花草搬到大街上，一时间，整条街千姿百态起来。我一直觉得花街是个透着浪漫气息的节日，也只有保山这个"天气常如二三月，花枝不断四时春"的地方才玩得出。温润，这个富含水分和热度的词是专门用来形容保山的，"襟沧江而带怒水"，这些奔腾的江河足够滋养这方土地，南太平洋的季风越过高黎贡山，为这里带来了源源不断的水分，水分润养了那些花花绿绿的植物。

说到花街，得追溯到明朝嘉靖初年，相传，曾是朝廷户部右侍郎的张志淳告老还乡后，在永昌上巷街建盖了自家的花园，人称"张家花园"，每到夏天，张侍郎家满园馥郁之气，引来周边的百姓围观。为了让父老乡亲一睹自己栽种的花草，张侍郎便在端阳之时，命家人把所种的各种花卉抬出，摆在街上供人观赏，以此来热闹一番。此后，街邻纷纷效仿，于是便延续成了如今的"花街"。这一民间传统习俗绵延几百年不衰，将保山人对于自然与美的热爱，都氤氲在一街的花香里。人们带着自己栽种的花草铺满了街道，高的矮的，错落参差，没有贵贱，只有浓郁的色彩和流动的香气，那种浩浩荡荡的涌入，让平日里呆滞的街道一下子动人起来。观花，赏花，说花，买花，谁家的栀子发得好，谁家的兰草开奇花，谁家的盆景构思巧。花事将人们从繁琐的生活中打捞出来，变得情趣怡然。花街上，除了卖花的还有卖草药的，茴香根、小鸡腿（一种草药）、凤米花根、丹参根，这些都是可以食用的补药，一小捆、一小撮摆着卖，保山人喜欢在这个时节煮上一锅草药鸡汤补补身子，其实这暗藏着养生之道。夏至，酷热多雨，人会因体内的阴阳失调而生病，而适时的滋补可以使得人抵御邪气入侵，起到强身健体之效。"端午端午，药草要补。"这是老百姓口中的养生秘诀，质朴而有效。花事怡心，草药强身，端阳便在这样的两相宜中让人们安适自在。当年徐霞客云游保山，对这个边陲之地留下的文字也带着一缕缕香色之气："群花竞放，凭高望之，满城皆花如锦如云，极为佳丽。"他客居保山两个月有余，时间刚好夏至前后。丰沛的雨水、肥沃的土地与闲适的社会环境，让保山这座城带着遗世的自在和浪漫。

保山，因端阳花街这个特殊的节日，变得美艳动人，摇曳多姿。这让我想到了于坚老师描述节日的一段话："节日是日常生活和大地的颂歌，节日的目的是让人们感激和享受生活，意识到人和宇宙、自然、季节和万事万物的关系，使人敬畏大地、传统和祖先，感受永恒。"花街，便是这样一个带着民间烟火气息的，人与自然、季节相融的节日。人们在种植花木、欣赏五彩缤纷的自然之色彩时，激荡的是对于生活最美好的渴盼。每年一度的花街如约而至，它的到来让我觉得一个节日也可以像四季的到来那样自然而然，那样地久天长。这个时节，我喜欢穿过那条被花簇拥着的街道，慢慢挪步，满目缤纷，满面清香，满身在不知不觉间染了闲散之气，心情变得轻快愉悦起来。有时也会蹲下身，挑选自己喜欢的一盆花买回家。

　　院子里都是花街买的植物，那棵四季桂，十多年了，来时还细如手指，如今已亭亭如盖了，四季里都将一树的香气悄然浸透得满院满庭，从它旁边走过便衣袖留香。那棵茉莉，依然保持着纤细的枝丫，却每年不忘在夏至时冒出几个花骨朵，然后不经意间便砰砰炸开，弱弱的香气也赶集似的来凑一凑挤。那棵柿子树最厚道，每年都奋力地抽芽延展，从小小的一株变成一把大伞，当柿子花落尽后，一个个青涩的小柿子挂满了树枝，像一个个握紧了拳头的小小手。只待秋天，满树的金黄会让小院暖起来，亮起来。那盆昙花总会寂静无声地在角落里待着，直到夏至，冷不丁地蹿出几个花苞，然后在某个晚上悄悄绽放。那棵葡萄会蛇一样逶迤而爬，爬得一墙，肥厚的叶子披开来，绿蔓延一片。还有栀子花、缅桂花、兰花……"播芳蕤之馥馥，从青条之森森"，这个时节，你的五官会应接不暇，会满溢幸福。于是，买花是生活的必需了，为的是让那些植物注满我的小院。每到端阳赶花街已成为我的一种生活习惯，找寻自己想要的色彩和气息，来来回回，有时一条街能走上几趟，草木幽深，脚步轻盈，总觉得自己穿过的花街，是一条被时光磨旧了的幽静的巷道，迎面而来的除了花匠、买花人，还有那些商贾、丫鬟、小姐、侠客、官员、村夫，当然，也会有白素贞与小青……

　　夏至如藉，但凡可以萌芽的，都会蹿出来，舒展开来，都会不遗余力地蔓延和绽放，披头散发，泼泼洒洒，恣意大胆，无所顾忌。阳光最热情，雨水说来就来，平地里，一眨眼的工夫就会冒出绿生生的芽叶，几天时间藤蔓就攀爬开来，随处都是生命涌动的画面。这个时节的雨太放肆，劈头盖脸就打来，哗啦哗啦就溢满天井，注满沟渠。也率性，说停就停，东山那边马上扯来一道彩虹，天地熠熠生辉起来。也有淅淅沥沥几天不停的，石阶下被浸润得漫出了一层层绿茸茸的苔藓。"苔痕上阶绿，草色入帘青。"当年，刘禹锡被贬至安徽和州（今和县）时，在那间小小的陋室里，也是时值夏天，这样的描述，让我们记住的除了那往来陋室的贤士，还有窗外的碧云天、青草地。

　　一场雨之后，阳光迅速灿烂地镀亮大地，空气中会浮动着人间沐浴之后的气息，那是混杂着土壤、树木、草叶、水流与粪便的气息，带着微微的腥膻，带着某种侵占的欲望。湿漉漉脆生生的各种野菜冒出来，水蕨菜、刺包包、鱼腥菜、野芹菜，也包括满山满坳的蘑菇。大地以一种肆无忌惮的方式开始袒胸露乳，展示它最强大的生养能力。在野地里行走，闻到这样的气息，可以感觉得到，大地正在迎接他们最为丰硕的时光，这样的时光恰如人的盛年。经过了稚嫩的春天之后，身体逐渐发育健硕起来，蓄满了蓬勃的力量。我总会本能地想到，那个怀抱着婴儿正在哺乳的女人，一脸的红润，肥硕的乳房撑得衣服鼓胀，奶水喷涌而出，溢得胸前潮湿一片。想到那个犁田的汉子，粗壮的手臂被太阳晒成古铜色，挥着鞭子，他驯服着牛，也驯服着土地，那些不断滚落的汗珠背后是他永远使不完的力气。想到我年轻时的母亲，她唱着"洪湖水"在灶头做饭时的情景，麻利地将那些从地里采摘出来的菜变为一道道美味，还有球场上她潇洒的三步上篮所向披靡。

如今，我也过了母亲当年的盛夏，四季在悄然轮回。我们的体内都是从那个生机盎然的季节走过的，不知不觉而快得措手不及。母亲已走向生命的冬天，我是曾经的母亲，女儿即将成为曾经的我，我们都像那些开枝散叶的植物和花朵一样，用尽一生的力量去绽放。是的，我们都一样，都会延展成一片属于自己的风景。

庙宇 庙语

一

从小，每到初一、十五就跟随阿大到庙里烧香，平时空寂无人的清净之地，那一刻被纷至沓来的香火、脚步、人声所填满。每个人都心怀着一己之愿，在这一天和菩萨说道说道，民间的疾苦和凡人的期盼，皆在几炷青香和纸钱的燃烧中升腾，传递，继而化解。阿大总会手持点燃的袅袅青香，举过头顶，收住笑容，一脸肃穆，对着每尊菩萨重复着那句话：保佑我们一家子无病无灾，人畜兴旺，出入平安，五谷丰登，万事大吉。每一次的念叨都像刻好的模板一般，次序、语速井然。没有文化的她，此刻能把心中所愿提炼得如此工整精准，是世俗的生活赋予了她这样的技能。

似乎每个来庙宇的老人都能喃喃地出口成章，这些章法贯穿了与之相融的衣食住行，祈祷信手拈来，表达围绕着农事、家事、人事和一己之事，说到子女，说到老人，说到家畜，说到田地里那些正在孕育的庄稼，说到纷争，说到病痛，说到忽然降临的劫难……这世间的疑难杂症，在实际生活中难以启口，更无法解决，只有在庙宇里才堂而皇之地，在梦呓一般的语调里得以呈现，倾吐，诉求。她们低着头颅，闭着眼睛，跪在蒲团上，不断祷告，身体虔诚地弯缩一团，像回到了母体里的婴儿。面对着流水一般的众生、纷繁的世象，菩萨永远都是磐石般低垂眉眼，神态安详，微笑接纳。我曾问阿大：菩萨能记住每个人的祷告吗？我们能得偿所愿吗？阿大的回答像钉入木板的那根钉子，迅速而有力：当然能！！老菩萨手眼通天，慈悲为怀，无所不能！那一瞬间，我看到了她眼中光亮闪烁，如刚被人掷入了松脂的两团火焰。

　　而菩萨终究辜负了阿大的一腔衷肠。阿大是我母亲同母异父的姐姐，本该叫她姨妈，"阿大"这样的称呼，是对那些吃斋念佛或者没有后代的老人的一种特殊称谓。阿大无后，不会生育成为她这一生无法释怀的痛，她蜗牛一般蜷缩于生活的角落中，任凭世俗的骚言厉语来袭，从不敢伸出头去回击，只待风平浪静时，她才缓慢探出那软软的触角，小心地感知身边的一切。她一辈子没有和任何人吵过架，她的软弱、隐忍、退避正是那个小小的外壳，看似得以保全自身，而谁知道壳里的千百柔肠，早已寸断不堪，有些伤痛不是人人能轻易窥见的。小时候的我一直不明白，为何这样一个母性十足的女人，老天却安排她无法养儿育女，为何她在庙宇里的祷告皆为虚妄，连她最信任的可以拯救众生的菩萨，也无法庇佑她，成全她。阿大是那么柔软和慈悲，而命运竟对这样一个弱女人痛下狠手。她嫁了一个不知道何为怜惜、何为爱的男人，面对着大爹暴雨般的拳头和霹雷般的斥责，她逆来顺受，如同田里的那株小草，压弯了，揉萎了，靠着时间这双手得以慢慢抚慰，在不断的折辱中自我疗伤，任劳任怨地为这个男人做饭，洗衣，直到服侍到他老了断气的那一刻。我永远都记得，一天夜里，阿大睡了，大爹想吃汤圆，阿大只能起身去做，端到大爹面前时，手腕上被大爹用藤条刷过的伤痕还瘀青未散，那一瞬间，我就像看到了一场发生在旧社会封建家庭里的电影，只是情节就在我身边活生生地上演，场景是那么震颤人心，我无法原谅大爹，而阿大却没一丝一毫的怨憎，似乎这样的生活是她本该拥有的模样。

大爹与我们也有血缘，他是母亲同父异母的哥哥。他与阿大的婚姻也是因为彼此父母的结合而被拴在了一起。说大爹冷酷无情，却也不尽然，许是自己没有儿女之故，对我和姐姐十分宠爱，有点他认为可口的吃食，总会想尽办法弄给我们，有一次为了枝头的几个石榴，他爬到树上去摘，差点失足跌落，我们生病了，他总会跑到很远的地方去找草药，请医生。而他对我们所做的一切都没有得到热忱的回报，只因为他对阿大的态度，我一直抗拒着大爹的好，仿佛只有抗拒才能保全对阿大的爱，这样复杂的应对让我在小时候对人的情感一度产生了不信任感：这人间还是我们想象中的那样投桃报李吗？

我曾为阿大流过无数次的眼泪，也把自己小小的身躯挡在阿大的前面，让大爹无力下手。我甚至怨恨阿大的懦弱和无能，何必要一辈子捆绑在这样痛苦的婚姻中。而阿大根本没有认识到自己在婚姻中所担任的悲情角色，像极了一个被操纵的木偶，身体发肤和喜怒哀乐都被大爹手中的那根线操控着。随着我们的成长，大爹的施虐有所收敛，他看到了孩子们眼里逐渐长大的恨意。后来，就算有着我们为倚仗，阿大依然像从前一般，端茶送水，尽心服侍，她一辈子都匍匐在大爹的脚下。就算大爹死去，那时的阿大已患上阿尔茨海默病，这个世界一切与她有关的东西终于都可以丢到脑后，她有时也会像触电一样惊醒，掷出一句急吼吼的，让我无比心疼的话：太阳快落了啊，我还没有给你大爹做饭呢，他会饿着！阿大的一生就围绕着大爹而生，像地球绕着太阳一样，这样的轨迹连死亡这枚原子弹也无法将其击碎。

在大爹面前，阿大小心而顺从，只有在我和姐姐的面前，她才找回了真正的自己，随性地说笑，松弛自在，我们的天真无邪映照着她的笑脸，她的慈爱充溢了我们漫长的童年时光。最喜欢和阿大在一起，我们贪婪地搜刮自己所有的柔情，毫不保留地给予彼此。我尾巴一样追随着阿大，和她到田地里薅秧，浇菜，施肥，和她在厨房里搅豆浆，做凉粉，然后走村串寨去卖，一挑担子压得她越加抬不起头来，"豆粉嗷——"她苍凉的吆喝叫卖声回旋在耳边，听上去像一曲悲歌，飘荡在村寨的每个角落。我陪着她，像一个小小的侍卫，无用却执着。每天被大爹呼来唤去，每天为生活陀螺一样地运转，阿大瘦弱的身体日渐佝偻。只有到庙里做会时，她才有机会喘息片刻，这一天，她可以不用在灶台上劳累，丢下那些羁绊于一身的杂事，丢下大爹的管束和指挥，以一个香客的身份在庙宇里安适半日，和那些年龄相仿的妇人们聊聊天，多半她是听众，女人们的话题都离不开自己的孩子、丈夫，阿大插不了言，她只有端坐在角落里，帮寺庙里的师傅们撕撕纸钱，折叠元宝，有时手上的活路会卡带般停在那里，她打起了盹。这一天，阿大是一个被放风的囚犯，得以短暂地自由，她丢弃了那个世俗所铸的枷锁，在庙里栖息。这一天，她可以随心所欲地对着菩萨说话，有些是可以宣之于口的，还有很多应该是埋藏于内心的私语，这些话语背后的伤痛，被庙宇的香火一遍遍疗养。

多年后，当我们成家立业时，大爹已沉寂于黄土，阿大患上了阿尔茨海默病，眼睛里常常苍茫一片，装着昏黄的落日和起风的黄沙，她看着我，眼神有时会陌生，却没有丢弃我熟悉的那份慈爱。我们接她到城里生活，原以为离开那个禁锢了她一生的家，她可以舒心一些。没想到，阿大像丢了魂一般，没过两日，她就开始坐立不安，有时会不断念叨，要回老家，老家还有大爹要服侍，有鸡猪要喂，有田地要种，她已不知道老家空空如也。有一天，阿大忽然不见了，全家找遍了大街小巷

都没有看到她的身影，只有顺着路回老家看看，果然，半路上，我们找
到了她，这个忘记了人世间所有东西的女人，却依然记得回家的路。她
坐在路边一块石头上，一脸的茫然，鞋子裹满了泥水，似乎到山野跋涉
过，我急切地发问：阿大，你去了哪里啊，可把我们找苦了。她竟然指
着远方缓缓吐出一句：我去上香，给老菩萨上一炷香。

二

和阿大常去的寺庙除了沙墩寺，就是关帝庙了，这两座庙宇都建在
村寨旁，与民居相依而处，让这方土地上的人们心有所持。至少，庙宇
成全了那些腿脚不便的香客。关帝庙里曾住着一个姑太，小时候觉得她
已经很老了，早已记不清她的容颜，努力回想，感觉自己如同穿行在弥
漫的大雾中，眼前只有一个瘦瘦的身影，若隐若现。而她的传奇却被这
个地方的人们用言语一次次拂拭，擦新，闪着珠玉一般的光芒。

关帝庙是供奉关云长的一个小小庙宇，在施甸，这样的寺庙很多，
供奉着民间人们至尊的神，也是"人"。对于关羽走向神龛，有这样一
段文字作为记载："关羽，唐时有记载言及，称为关三郎，尚属人鬼之
流。自宋代起，逐步神化，北宋末年，始封为公。宣和年间封为武安
王，元代已有帝称，明初复为侯，万历年间封三界伏魔大帝神威远震天
尊关圣帝君。明清以来，在民间，关羽几乎成了万能之神，清初，其
庙祀遍及天下。"即使到今天，全国仍保留着的大大小小的关帝庙不计
其数。关羽的神勇、无畏、儒雅、忠义、气贯长虹的风范是对其膜拜的
人们至诚至深的精神构建所在。面如重枣、目光如炬的关老爷已是人们
用来衡量忠孝节义的一把准尺。有了他，人们对神的敬畏或多或少有了
些许人性的依附。他的筋骨和温度与人的世俗生活同步，七情六欲、怒

目龇牙、和颜悦色皆是人间情态。在这里，神褪去了高高在上的那层面纱，变得亲民而值得信赖。关帝庙也被当地人唤为老关庙，仿佛在唤一个寨邻间的熟人般。

关帝庙常年住着一个姑太，名叫李微音，从一个妙龄女子到皓首老妪，她把人生的光阴毫不保留地倾泻在了这里。庙宇里，每一寸日色的改变都记刻着这个女人容颜的衰退。听说，她年轻时美而静雅，在佛寺香火熏染下，她的传奇人生像那根檀木，透着幽幽的暗香。她是段家璠的遗孀。说到段家璠，施甸人总会叹息，如果没有他爹的狠心和残忍，也许我们施甸要出一名显赫的将士。他的故事被那些老人提起时，话语里皆是叹息，我第一次听这个故事时，觉得四周都充斥着血腥和残暴的空气分子，让人汗毛发直。段家璠就出生在施甸仁和的一个地主家庭，民国十二年（1923年）考入广东韶关讲武堂，1926年在广州大元帅府任上校参谋长兼前敌指挥官，北伐后任南京国民革命军北路军总指挥部咨议。1927年"四一二"政变后遭国民党反动派通缉，避回云南老家。在返经保山城时，值当局镇压学生运动，他亲自出面与县长奚冠南交涉释放被捕学生，并倡议建立保山十三区学生联合会，以推进民主运动的发展。1928年，他回乡与李微音完婚。那一年对于段家璠而言，人生似乎正走向丰盈和圆满。而刚好是那一年，段家璠的父亲请了一个算命的，想为自己的家族势力卜上一卦。算命的抛出一句：算命不留情，留情不算命。你想听我说实话，我就如实奉告，不想听现在立刻走。段父一看这架势，大有来头，怎肯放过，于是恳请算命先生坦言相对。算命的掐指了半天留给了段父一句惊天之语：你家里将来要出一个孝子，一个败子！败子不除，田地皆无！这话像一株长势疯狂的毒藤，缠得段父喘不过气。他膝下有两子，而谁是那个败子呢？不管是谁，不能让自己辛苦盘剥所得的这些田产毁于他之手，谁挡路就遇鬼灭鬼，见佛杀佛，哪怕是自己的亲儿子。

段家璠返回仁和筹备婚礼，几天的逗留，让他看到了父亲重利盘剥贫苦百姓的行径，家里所有的繁荣皆为穷苦乡亲的血汗累积。受过教育、有着革命思想的他岂能坐视不管，于是多次规劝父亲段三鑫和长兄段家琛减租卖田，放弃重利盘剥，并主动撕毁契约，强行阻止其逼租捆打佃农的做法。曾经他引以为豪的儿子如今却站在了自己的对立面，这一系列操作不正是算命人口中的败子吗？段三鑫心中有了答案，一个邪恶的谋划开始了。段父不动声色地让儿子成婚，婚后第二天的夜里，借故让段家璠到大厅说事，将其打成重伤，并强行塞进棺内予以活埋，连夜发丧。棺木里传来的呻吟声和棺木外纷乱的脚步声，成为土关村那一夜最可怕的声音，一些被惊动的乡邻在门缝看到了这一幕，捂住了自己的嘴不敢喘息。半个世纪后，一个老人回忆，他有一天早晨放牛，路过一座新坟，里面居然有微弱的拍打声，以为遇鬼了，吓得他一溜烟跑回家，后来才知，前一夜，段家刚刚埋葬了二儿子。无法想象，段家璠在地下的挣扎和绝望，亲手活埋他的竟是自己的亲人。丈夫的无故暴毙与匆匆下葬，让李微音感知到了段家的罪恶。她冲破了夫家对其的恐吓与幽禁，披麻戴孝，结盟乡友为夫鸣冤上告，得到保山学联会和团练处声援，最终促使当局将凶手捉拿法办，段家璠得以昭雪。从那以后，李微音便成了一名姑太，持斋守节，将一生供奉给了青灯黄卷，她选择了关帝庙作为安身之所，与横刀怒目、忠烈英勇的关云长相伴。命运无常，却貌似早有安排，这其中的因缘天意，又有谁能说得清呢。

我每次听到这个故事时，总觉得心堵着一块巨石，一夜之间，还是红装美颜的新妇成为惶恐的未亡人，本来可以美好喜乐的人生，却最终与孤寂为伴，段家原本可以是相亲和睦的一家人，却反目成仇，成了你死我活的对立面。众生身上所持有的名利、立场、思想、心境皆是"剧本"之元素，让悲喜在人间不断上演，而善恶始终是人性的终极对决，有了这个对决，人们才会为"善"誓死力争，也为"恶"不惜手段。当我再次来到关帝庙时，李微音已仙逝多年，门前的那棵大青树依然繁茂，日光洒满了苔痕满布的院落，也洒满了老旧的门窗，一切都是静默的，仿佛人间刚刚平息了一场风波，四周流散着香火的气息，适才有人供奉刚离开。看着髯须飘动的关云长，他手中的那把青龙偃月刀闪着森森白光，这光让多少人为之胆战，又让多少人为之心安。

三

摩苍寺这个名字，第一次听到，是从阿大的口中。她和我讲了老和尚建摩苍的故事，听起来玄乎神奇。说是外地的一个胖和尚被师父贬斥，让他去另立门户，胖和尚只有背上包袱开始云游，跋涉万水千山，一路上也多行善事。历尽了风霜后的胖和尚变得道骨仙风，而最终没有找到落脚点，有一天来到四大山，也就是位于施甸县城东侧最高的山峦。这里松涛阵阵，白鹤起舞，云缭雾绕，他沉醉其中，想在此安身护法。而囊中除了师父给的两本经书和一套袈裟外，空无一物，如何安身立命？他打坐在一块大青石上，不觉就睡着了。这时，一个白发老翁拄着拐杖走来，问和尚是否想在此建个庙宇传播佛法，和尚连连点头。老翁一笑，用拐杖跺了三下石头，说：这有何难，此地就可！说完化为一缕烟飘走了。和尚一激灵醒来，原来是个梦。他想到了老翁的提示，决定就在这里修建寺庙，搬开石头准备动手，发现石下竟埋着一个大瓷坛子，揭开坛盖，惊呆了，白花花的一坛银子闪现眼前。

因仙人指路，于是不用四处筹资，一座金碧辉煌的庙宇轻而易举就建成了。阿大给我讲这个故事时，语言平淡无奇，表情声色不起，而我的心却像震后的大地，裂开了一道缝隙，长出了许多异想天开的藤蔓来。对那个托梦的老者格外痴迷，以至于在心里暗暗期许，如果自己哪天也能像和尚这样，做个梦，被老翁指点一二，那我就可以将所有的钱财送给阿大，她就免去了挑担四处兜售凉粉的辛苦，大爹也不敢再对阿大颐指气使。摩苍寺的故事，魔怔一般，笼罩着我童年那些阴魂不散的虚妄。

对于这座庙宇的建盖也剥离不了许多神话传说，言说，那时和尚请到了一百名工匠来建造大殿，每每吃饭时，都少一名。于是，老百姓都说，那个吃饭时不明去向的匠人是天庭派来的，不然，摩苍寺的大殿怎会建盖得如此神速，如此巍峨绮丽。到过摩苍的人们都为这座庙宇的建设格局所深深赞叹，而我们只有在想象中一次次去还原这座早已被毁的庙宇，从它残留的基石和保留下来的浮雕格子门中，管中窥豹地触摸到它曾经的辉煌。那是庙宇被毁时，被人偷偷藏起来的八扇格子门，如今安放在邓子龙将军曾镇守姚关时的驻地清平洞内。几百年的风雨侵蚀只是让木质褪去了色泽，稍有残缺，而精湛的浮雕技艺仍让人叹为观止。那些被工匠们细细雕琢的人物、花草，穿越了岁月的长河，仍活在我们眼前。浮夸的动作和丰富的表情，厚重的体积感和层次感让人物呼之欲出，彰显出工匠们的艺术造诣。大禹治水，张良拜师，八仙过海，民间的故事画卷般展开在这逼仄的尺寸中，而所有的表现形式始终离不开忠义节孝这个主题，这是中国人处世最根本的魂魄。这遗留的小小格子门，其工艺已让人惊诧，难怪那些见过摩苍寺原样的老人说到这座庙宇时，语调都会情不自禁地上扬，那是他们这辈子见过最巍峨富丽的寺庙，啧啧赞叹之后是表达对我们的同情和惋惜——你们这些娃娃没能看到摩苍真是没有眼福，太可惜了。是啊，可惜的何止摩苍，还有被炸的崖子寺，那座飞架于悬崖上建筑精巧的寺庙，也是施甸人提及就扼腕叹息的痛。中国大地之上，那些在历史进程中消失的古庙、古城、古街，数不胜数。那些被毁、被炸、被纷纷投入火炉的雕梁画栋、文物建筑如同剥去了文明古国身上耀眼的龙皮，伤痛延续至今。

摩苍，这个名字的来历诸多，老百姓们皆从读音来阐释，说老和尚摸到一仓银子而建盖的寺庙，就叫"摸仓"，后改为"摩苍"，直白得单纯。有的老人嗤之以鼻，纠正说，寺庙建于四大山最高处，站在此地，伸手可摸苍天，应该是这样来的。而有更多的文人则从字面来理解起名者的良苦用心。这名字大有深意，应该取自陆游的一首诗"三万里河东入海，万千仞岳上摩天"里面的"摩天"，后把天改为苍，以此而来。更有甚者，把名字来历联系到了佛法。"摩苍"之名是为了致敬佛教发祥地而起的，取自于印度摩揭陀国的"摩"字，而印度第一个寺院是伽兰陀竹园，为避其"蓝"字，命名者选择了"苍"字，因"苍"也是青色，于是得此名。诸多解释，众说纷纭，而探究终归是人们的各自揣测，大众的各执己见使得这座已沉寂于历史的寺院用另一种方式矗立于大众的心中。

摩苍何时建立也是一个谜，有说明朝永乐四年，有说明朝万历十六年，这座烙印着中原文化的庙宇还被传出是建文帝遁迹滇西时所建。人们从庙宇残留的石坊、高耸的基石、精雕的木门，来判断这座寺庙非同一般，具有皇家派头，也对离寺院不远处的开阔场地展开了联想，说这是建文帝操练兵马的地方，准备有朝一日，能东山再起。于是，加诸在摩苍身上的种种肆意妄为的夸大和渲染，都不为过。因为它实在是偏僻，却又那么与众不同，一切的言传让这座消亡的庙宇显得莫测高深。民间总是想方设法地为这位逃亡的帝王找到他们所想象的安息之所，连施甸这样一个偏远的小地方也为明朝宫中的那把大火愤愤不平，把建文帝安置在了摩苍。谜一样的人与谜一样的寺庙注定是有缘分的，是谁建的摩苍，讳莫如深。《明史》的一句话"自后，滇黔巴蜀间，相传有帝为僧时往来迹"成为人们乐此不疲的谈资源头，流出许多老百姓杜撰的野史和传说。只要有庙宇的地方，当地人都会用想象的魔法把这位帝王请来住上些许时日，偏远之地太缺皇家贵气了。

后来，摩苍寺成立了书院，成为施甸明清时最负盛名的两大书院之一，留下了许多文人雅士的足迹，自然也少不了诗文。担当和尚到摩苍时曾留下笔墨"离天三尺"，摩苍之高耸已不仅仅是地域的高度了。明末诗人徐崇岳一首《咏摩苍寺》把人带入了那个静穆的空间。"攀云一笑上摩苍，十里松荫步步香；高欲近天真咫尺，静如太古已羲皇。""朝光入户虚凝白，夕照穿林紫间黄；竟日看山殊未厌，不知明月到衣裳。"这位淡泊名利的才子，晚年就选择在摩苍寺颐养天年，相看两不厌的时光注定是美好的。摩苍迎来送往着无数的学者、僧侣、白丁……吐纳着人间纷杂的过往，最终化为一片静穆的山色。

第一次去摩苍缘于文字，领导安排我写一篇关于摩苍寺的文章，说县里准备对其进行旅游开发，得需要这样一些文字去吸引投资者。那时的我文笔青涩，闭门造车的书写差点让自己憋得断气，笔如千斤，无法完成。眼看期限已到，我想自己得跑一趟摩苍，去感受这个被神秘传说晕染的庙宇遗址。永远也忘不了那天的夕阳，齐膝的荒草，残缺的石碣，苍翠的青树，高耸的石基，依存的饮马槽……一切都被夕阳染得光芒透亮却又破败荒凉。我矗立风中，听松涛袭来，顿觉时光扑面，桑田变迁，红尘俗事在巨大的时空中皆为尘埃，而山河依旧。照在我身上的这轮夕阳当年也同样照着挑水的和尚、诵经的高僧、拜谒的香客、读书的学子、砍柴的樵夫、赶马的商人，照着富丽堂皇的庙宇。如今，一切皆埋没在浩荡的历史烟尘中，然而一切却又在遗存的文字中，残留的景象里翻滚出无数沸腾的世象来。我的心遭电击了一般，震颤之后的酥麻，如同掀开了天灵盖，回家之后一气呵成了一篇名为《攀云上摩苍》的文章，也就是那以后，我开启了写作之旅。感觉自己的体内似乎被一股神秘的力量牵引着，跋涉在这条并不平坦的路上，直至今日。

这么多年来，书写成为我的一种生活方式，我用笔与脚下的这方土地，时刻保持着最密切的肉体联系，我将记下在我生命中逝去的那些人，那些事，那些时光，那些悲欢。他们在被死亡和遗忘带走的同时，也会被一粒粒的文字慎重而细致地铺展于纸页上。"写下即永恒。"费尔南多的话和我此刻的心如此不谋而合。我也写下阿大，这个悲苦而慈善的女人，让她好好地活在我的文字里，永远，永远。

第四辑

栖身生活

素时光

——无人问津的巷口，总是开满了鲜花

一

四月，这个芳菲的时节，哗啦一下，将世间最动人的模式打开。水荡漾，雨染绿，人的五官逐渐清明起来。沿着这条路去单位，路边开满了巴西茉莉、栀子花和月季。每走一步，香气就一股股地绕来，缠住，走着走着，恍若进入了女巫布好的甜美陷阱，让人迷醉。我无数次徜徉在这条路上，缤纷的花以各种姿态夹道欢迎，鸟儿的叫声欢悦，人的脚步逐渐轻快起来，心情舒展开来，这像魔法一样的道路铺陈在我每天的脚下，一些烦心事也会因此暂抛脑后。

在办公室的座椅上，我可以看到远处青幽幽的西山，近处高低错落的楼层，和楼下色彩缤纷的花树。有时隐在烟雨中，更多的时候是在金灿灿的阳光下，反射着流光溢彩，玻璃的，琉璃瓦的，墙砖的，光与新的交替刺激，让人眼晕。所幸花园里的各种植物适时得以滋养眼目，一年四季皆绿，其间更迭变化的是那白色的栀子花、金黄的凤凰花、蓝色的绣球花……一拨拨的色彩在窗外随岁月悄然流转。有时在电脑前，面对着无数的表格和申报材料的整理，心会一点点往下沉，而只要抬头往窗外一看，一种牵引之力就瞬间让我元气恢复。阳光下，这些花儿朵儿开得多努力啊，它们的一生如此短暂，却如此不遗余力地绽放最美的姿态。这算是大自然给予我的般若之示吗？

远眺和举头，对于人而言，有时像开窍和灌顶。当我驻足定神，在某个地方看看这炊烟升腾的人间、看看繁星满布的天空时，会对身处的人世有另一种久违的感动。像被一双手托举起来，慢慢升腾起来，浮于尘世，众生世象皆在脚下，悲苦喜乐每一刻都在眼下生发。而此刻，我还能被天地所呈现出的温暖和静谧所打动，比起那些低头忙于生计、无暇顾及物质之外的人，自己岂不是多了一份幸运。在风雨不侵的办公室，做着属于自己的一份工作。我又何苦矫情地为千篇一律的日复一日而心有不甘。

二

进入文化馆工作已经二十七年了，回想起刚进馆的那天，每个细节都触手可及。那天的雨把我的裤管淋得透湿，冷让我面对新的环境愈加战战兢兢。在安排工作时，我注意到了领导轻微皱起的眉头，接着是沉默，似乎陷入了某种难以自拔的思考。半天丢出一句：你的专业是经济管理，那就搞会计吧，别的专业也不适合你！我仓皇接令，捣蒜般点头。正准备走出办公室的门口，领导又像触电般大声说道：小李！文化馆是培养专家的地方，会计工作只是兼职，你有空要和老同志好好学习一下业务！争取能挑起一个岗位，有立足之地！他的话像刺一样戳得我脊背火辣辣地疼，我才发现自己如此卑微，在文化馆里就是一个毫无功夫的扫地僧。看着前辈们每天在各自岗位大展拳脚，我只能默默地低着头颅，做着会计报表。我力求不出错，每次的数字和单据都被我反复核对。我想，就算是一名清洁工，也要把地扫得纤尘不染，才对得起这份所谓兼职的工作。

自尊有时像一个满脸横肉的监工，它拿着皮鞭，嘴里骂骂咧咧，严苛而凶悍，出手便抽得你皮开肉绽。在它的鞭策之下，我得不断地学习。在无人之处，我偷偷拿出了关于文化馆业务方面的书籍来，《群众文化辅导》《摄影入门》《国画速成》《舞台艺术指南》……这些书籍在我眼里犹如杨过手里的那本武功秘籍。我拿出笔记，认真记录，希图有一天像隐士般修炼出属于自己的一套功法，出手便让人咋舌，另眼相看。单位里，我常常是第一个来，最后一个走，空荡荡的办公室里，我嗅着笔墨、颜料、书籍散发出的气息潮水般拍打而来，有种迷醉之感。那段时间，我觉得自己像一只胆小的笨鸟，使劲努力却无法展翅飞起来。而正是那些我一个人默默读书的时光，教会了我如何面对自己的内心。

就这样，我养成了一个习惯，包里总会装着一本书，做贼一样，在僻静处，偷偷拿出来看，只为了有一天在文化馆有块立足之地。一个人面对书本的时光总是飞驰而过，而一年又一年的工作总结，我写下的依然是关于记账的点滴，那些报表里藏着一个年轻人的隐忍、不甘和奢望。直到有一天，县里要举行隆重的通车典礼，需要两副对联挂在新公路入口和末端，对联在全县范围内进行征集。文化界的老师们显然都参加了，我也抱着试试看的心态加入其中。没想到，在众多稿件中，我的一副入选了。那天，同事们看我的眼神比平日里多出了一些东西来。一位老同事竟用探究的眼神打量了我一下，掷出一句意味深长的话：年轻人，深藏不露啊。此话让我如芒在背，像自己偷学的一招一式蹩脚地袒露于众人前，没有青睐有加的喜悦，却是做贼般心虚。我看着通车庆典时高高悬挂在大道之上的那副对联，有按捺不住的喜悦，也有不明所以的惶恐。

接下来，除了搞那些会计报表外，领导安排我在文艺创作岗跟班，我结束了偷偷摸摸学习的日子。乐琪老师负责带我，他是个在文化战线上摸爬滚打了大半生，有着丰富的创作经验，却认真执拗的老头。有时为一句台词冥思苦想，茶饭不思，下班时间常常被抛诸脑后，让我陪着饿肚子是常事。起初，我极度不适应，这不是自我折磨吗？后来，随着和他一起分析剧情的发展，渐渐地，也着魔般陷入了一种痴狂的状态。有一次，县里举办文艺汇演，要我们创作部的每个人要写一个小品或者小戏。我受命后焦灼得坐卧不安，写什么呢？怎样写呢？人物如何设置，情节怎样铺展，如何做到虎头、猪身、豹尾？我吃饭睡觉，甚至上厕所都在思考这些问题，以至于说梦话都与自己创作的小品有关。最终，通过一个月的不断修改和加工，我完成了人生中的第一个小戏《遗孀情》，我自觉满意，毕竟花费了那么多心血和时间。当我兴高采烈地拿着剧本送给领导时，没有得到想象中的赞赏，他的回应让我心灰意冷："你这小品看似没毛病，却没法演啊，你写的时候没有考虑到怎样调度演员吗？你不光是编剧，还是舞美师、灯光师、舞台调度师。而且你写的这些唱词也无法唱啊，重新写！"我彻底蒙了，像一个人跋涉千山万水，看到目的地以为可以歇息时，却被告知走错路了。没有舞台经验，不懂得乐谱知识，写小戏比登天还难。那段日子，我觉得自己像个找不到出口的苍蝇，到处乱撞，四处碰壁。所幸，这样的失败也让自己有了足够的勇气面对书写。我不再惧怕写出的东西无法示人，每一次的动笔都会竭尽所能，不遗余力，这样的书写习惯延续至今。从青涩到成熟，从忐忑到安然，从绞尽脑汁到信手拈来。每个文字都是我前行路上铺陈的一块石头，延伸至远方，一路走来，跌跌撞撞却也心向往之。如今想来，曾经每一段让你无处安放的时光，其实都会在后来赐予你意想不到的芬芳。

三

下乡是文化馆的工作日常，群众文化辅导，非遗项目的调查，民俗文化的收集，我几乎每个月都在山乡行走。记得最远的一次采风是到位于怒江东岸的酒房乡垭口村去收集山歌，二十多公里的山路全靠脚板来丈量。我和文工队的蒋队长一组，他是个大大咧咧的男人，下乡只带一个斜挎包，包里除了笔记本和笔外，还有一张擦汗的毛巾，其余什么也没有。他人长得胖，一走路就像淋雨般流汗。

白天，村民们都外出劳动了，只有入夜才能进行采访。我们拿着从村干部那里借的电筒，到农户家去收集山歌，陌生的人声和脚步引得满寨子的狗吠。那些平时喜欢唱山歌的村民们都三五成群地聚拢在火塘边，他们被告知有县上的老师来"问歌"，一个个显得兴奋又局促。幸好蒋队长有经验，特意买了几瓶白酒请他们喝。于是，大家在酒精的作用下，卸下了拘谨，慢慢渐入佳境。一会儿，体汗味、烟草味、酒味、茶味、烟火味加上隔壁羊圈的膻臭和粪草味填满了整个房间。我坐在一群大男人中间，听着他们脱口而出的山歌随着喷出的浓烈酒气扑面而来，有些眩晕难受。我奋笔疾书，想赶快结束这样的采访。而那些被酒精浸透了的山歌像泉水般汩汩而出，永不停歇。大家喝一口酒，你唱一段我来几句，耳边的旋律如飞流倾泻，夜坠入了更加莫测的黑洞里。三五个壮汉喝到酒酣，也唱到喉干，等定睛一看，已是午夜两点。这些庄稼汉有些困顿了，明天还得早起劳作，我们只有起身告别。沿着山路回村公所，平生第一次觉得，午夜的山野如此迷人。繁星漫天，山风清冽，虫声四起，星空离我如此之近，天地仿若一体，我甚至有种伸手去揽星月的冲动。在这清明的旷野上，刚记录的那首山歌回响耳边：红口白牙的阿哥，你口中说的啊是真心话，上天入地，只爱阿妹我一个人。

在垭口待了三天，笔记本已记满了所收集的山歌，准备返程时，天忽然大变，雷雨交加。乡政府的车是无法来接我们了，只有步行回去。蒋队长没有雨具，只有和我蹭伞。一把伞只能确保两个人的头不被淋湿而已。并肩而行，还得择路，一会儿，两人的肩膀便已湿透，山路泥泞湿滑，我们小心而行，却无法阻挡泥水灌入鞋里，步履越加沉重蹒跚。一个小时才走了三公里，而我们还要走十七公里才能到达集镇去搭乘客车。雨严丝合缝地罩着山峦，没有停下的意思。我们刚开始还在聊着各自收集的山歌，哪些有趣，哪些可以提升搬上舞台。渐渐地，被周遭的环境抽去了兴致，沉默地前行。又过了两个小时，我们才走了一半的路程，饥饿开始袭来，我平生第一次体验到饥寒交迫这个词原来是如此贴切。迫，压制，硬逼，饿与冷像两个奴隶主，压榨着我们的体力，让人不堪忍受。我拿出了包里唯一剩下的一块面包，一分为二，算是给我们饥肠辘辘的胃垫底。蒋队长不好意思地说，他什么也没有带，大意了，谁知道会遇上这样的天气呢。裤管已被泥水覆盖，水顺着肩膀把衣服完全浸湿，衣袖贴在了手臂上，汗水和雨水交织着挂满了额头。感觉自己像逃命的难民般狼狈，我已无力去管这些。我迫切想知道的是到达目的地还有多远，蒋队长比我熟悉这里，在我每一次询问时，他为了安抚和鼓励我，总说，不远了，转过这个山峦就到。而事实上，远非如此。我的脚像灌了水泥般滞涩沉重，每走一步都像在接受酷刑。要不是碍于面子，我真会累得哭出声来。

当我们跌跌撞撞到达酒房乡时，已是下午时分，我觉得脚已不再属于自己身体，瘫软在路边半天无法动弹。那次下乡，苦累不堪，却收集到了大量的山歌，有一首改编后参加市里的歌舞乐展演还获了奖。曾经跋涉的路途，皆苦乐相随，人生必在种种体验中逐渐丰厚。那些走过的山水，如今在我眼里竟如此壮丽辽阔。

四

下乡时，除了驾车，我最喜欢的出行方式就是骑摩托，那些车子到不了，而步行难以完成的偏远之地，摩托可以轻易抵达。摩托没有车子封闭的禁锢，身体发肤在风的吹拂下随意畅快，仿佛自己长了一双翅膀般自由。记得有一次骑摩托到由旺下乡，在一个村寨转来倒去，不觉迷了路。依稀记得有棵大树旁就是公路，结果行驶到了一棵大青树下，才发现这里没有公路，却有座庙宇。庙宇老旧，木门虚掩，一只猫咪在门外的石阶上打盹。香火的气息弥散在周遭，四周安静得树叶掉地的声音都能惊醒一切。

这时已是下午时分，我刚好口渴，想进去讨要一杯水。推门时，"吱嘎"一声，木门发出了沉重的响动。我的脚还未踏进门槛，一位出家人已起身相迎。她身着灰色的海青，戴着一顶僧帽，苍老的脸庞上，一双眼睛温和地望着我：来！我赶忙双手合十和她打招呼：师太，我下乡迷路了，想来要杯水吃。她听后笑了，额头的皱纹卷起来：赶紧进来，我倒给你。她转身去倒水时，我才发现她的脚有些跛。这时，我四处打量起这个小庙来，只有两所房屋，所谓的正殿也矮小残破。院子里种着一棵梅树，虬根老枝，叶子稀少，地砖积着厚实的青苔，一切都在日色中显得幽深静谧。我坐在师太刚刚起身的厢房外，这里有三格房间，看着她从最里面的厨房里端出了一碗水来，我起身上前相迎。她说，这里没有客人常来，除了自己用的杯子，她也不备其他，就用碗喝吧。我笑了，仿佛穿越到了另一个时空去。接过，绿林好汉喝酒般一饮而尽。师太正在拣着扁豆，准备下午的饭食。我坐在她旁边，看着她的手，指缝里残留着黑泥，刚刚劳作过的样子。

我们的话题从她手中的豆子开始，她说，屋后有一亩多的地是寺庙的，她种了很多蔬菜，自己是吃不完的，一些香客来她就顺便送给他们。这扁豆也是自己种的，还有蚕豆，除了做菜，多余的就摘来晒干，炒熟当零食，也供奉佛祖。我问她，这个寺庙没有匾额，所以不知道叫什么名字。她回：这里叫老梅寺。随即看向了院子中那棵老旧的梅树，原来寺庙的名称与这株梅子紧密相连。老梅寺，我沉吟着这三个字，质朴中竟觉得有些禅意。师太说入寺的那年她刚好十四岁，父母双亡，因出生时，脚先出来，被接生婆扯断了，于是就落下了残疾。老辈人都说，脚先出来的人命里就带着煞星。后来，父母先后去世，亲戚也无人敢接济收养她。于是皈依佛门，佛祖慈悲，给她容身之所，她的师父也算再生父母了，师父教会了她念经，打坐，种菜，做饭，也教会了她如何与寺庙相守。十年前，师父也羽化成仙了，就她一个人与老梅寺相守至今。师太说到自己悲苦的身世时，语气平淡得仿佛在讲述他人的故事。我看着这个远离村落的寺院，不禁傻傻地问她一个人住，害怕吗。她继续低着头拣菜：怕什么啊，盗贼也不会抢寺庙，恶鬼也不敢近佛身，来这里的都是善人，来结善缘的。我不禁为自己鄙陋的忧患而羞愧。是啊，怕什么呢，连时乖运蹇都能坦然接受，又怎会为世俗之患而心生畏惧呢。

师太今年六十五岁，在这里度过了大半生的时光，她除了到集市上买点生活用品，都没有到过更远的地方。每天陪伴她的就是院内的梅树和门外的那只流浪猫，她说，那只猫也和自己一样，无依无傍，才来这里的，老梅寺就是他们共同的家。每天，她早起第一件事就是给佛祖上香，清扫院落，念经，打坐，烧水，做饭。周而复始地完成着一个出家人的功课，比寒暑交替更严谨和恪守。她识文断字，初一、十五时也会给村民写写表，表里都是些祈祷之词。求学的，解病痛的，求平安的，求子的，求财的……一切人间的艰难险阻，包括那些红尘愿念都在她的笔下得以申诉，她把写好的表折叠封存，准备观音会的时候一起念经焚烧。师太无比认真，折叠时细致而严谨，她手中的每一份表里都潜藏着一个生命的挣扎、一个家庭的走向，厚厚的表堆积着众生世象，像一座山。

老梅寺的正殿供奉的是观音，手中托着施恩济世的宝瓶，瓶内插着一枝可让万物起死回生的垂杨柳，观音庄严雍容，眉眼低垂，俯瞰着沸腾的人间。师太忽然轻言：那些来求神拜佛之人也都是可怜人。我心里一惊，可不是吗，欲念让人甘愿臣服，五体投地，在面对着多舛的命运时，人们最终得到这里给自己找个出口和依托。师太一生迎来送往了无数香客，听到了多少悲苦之事，写了数不清的表，看尽了人生的凄然，她的眉目和菩萨一般充满了慈悲。

我也是一个有着七情六欲的凡夫俗子，叩头跪拜后，师太给了我一个供台上的苹果，表皮有些褶皱，安放的时间有些长了。她说，吃个供果吧，这是菩萨享用过的，沾染佛祖的气息，会有福报。我摸着被佛寺香火熏染的果子，仿佛摸着一个老人沧桑满布的皮肉。在这里，一切都那么老态龙钟，却一切显得那么沉稳有力，这个像被世界遗弃了的地方，竟是救赎世界的所在。适才还对孑然的残疾师太心生怜悯，此刻，我竟深深同情起自己来。身处红尘，我们常常忙于奔赴和获取，在得失中忧患焦虑，却忘记了静下来观照自己的内心，也忘记了这世间最有用的东西其实都存在于那些貌似无用的地方。

从老梅寺走出，日头西斜，一股炊烟从寺里升腾而起，扶摇直上，最终与青天融为一体。我身披夕阳而归，心气释然。

尘世的隔离

母亲的生日是我从县志上查证推测出的，只能大致到月份，而这已让她解开了一直存于内心的疑惑，她总质疑自己不是 1940 年出生的。因有次闲聊，无意中听家门中的一位老人说，母亲有个年幼夭折的姐姐正是 1940 年出生，老人确信自己的记忆是真的，接生时，她就在外婆身旁。从那以后，自己何时出生便成为纠缠母亲的一个疑团，她觉得是家人记错日期了，把她的出生日记成了姐姐的。当我通过前辈们的记忆和讲述，查找资料拿出证据时，她终于释然，也带着些许的无奈：一辈子都快过完了，将错就错吧，不过知道自己是 1942 年的也好，还年轻了两岁呢。

母亲没有见过自己的母亲，常常说：我还是可怜的，连自己的妈妈长什么样都不知道，照片也没留，念想也没有。言语之中，带着几许怅然和凄凉。每每这时，酸苦也拥堵我心，外婆，这个称呼从未从我的口中喊出过，外婆这个词于我是陌生的，这个人虚拟得只有一个模糊的影子，从老辈人口中得知，外婆生得身板结实，圆脸，皮肤稍白。而更具体细致的描述却再没有了。外婆这个形象在我的心中混沌如千万个农村妇女那样，笼统得让我无从去勾勒她该有的容颜。她去世时，母亲还是褓褓之婴。外婆是在一场霍乱中撒手人寰的，母亲听说，众人准备停放外婆的尸身时，村里一个老人还怜惜地提出，让嗷嗷待哺的母亲再喝最后一口奶吧。就这样，母亲匍匐在外婆余温未散的身上，喝下了此生她最后的几口奶水。场面让人纷纷掩面而泣，时间定格在 1942 年的 5 月。

从资料里，我看到了对那场灾难仅有的记录：1942 年 5 月 4 日，保山城被日机轰炸，数日后，霍乱暴发流行蔓延至本县的三岔河、仁和桥、沙沟、何家村、华兴村、四大庄、姚关、万兴、太平、等子一带，广为流行。染病人多上吐下泻，脱水休克，朝发夕亡，死亡万余人。

每次读到这寥寥几行文字时，我内心还是禁不住紧缩一下。我想到了外婆，想到了母亲幼小的身躯趴在外婆尸身上吸吮的最后时刻。就是那场瘟疫，夺走了我们家两口人的生命——外婆和姨妈。而全县万余人，这个数字在 1942 年，庞大得可以倾覆一个县域的多半人口。"早上你抬人走，晚上人抬你走。"这是流传在当时的一句话。霍乱像魔掌，伸入到大地的角落，每个村落，每户人家，哀号四起，丧事成为最为可怕的家常，有的人家竟全部葬身于那次可怕的病疫中。一个月的时间，施甸新坟重重，青山叠叠如泣。说到这段历史，有记忆的老人都面色凄然。那时的中国破旧和残缺，让人回想起来，都如同播放黑白片一样，斑驳伤痛不断。这块土地历经的悲伤太多了，病疫的折磨从鼠疫到霍乱到"非典"，从未停止，而对于"非典"，我似乎没有太多的身临其境的感知，觉得那是离我很遥远的历史记忆而已。直到现在，此刻，当新型冠状病毒大肆横行时，当我遵照规定自行隔离在家里时，才发现，人类始终被瘟疫所缠困，哪怕在医药发达的今天，我们依然在不断的灾难中艰难求生。

2020 年，爱你爱你，这应该是个充满美好的年节，而现实总比希冀残酷。当新年的脚步濒临，一场病毒也如同传说中的"年"一样侵入中华大地，武汉成为始发地，也是重灾区，这场突如其来的新型冠状病毒肺炎阴霾一般席卷了全国，迅速得让人猝不及防。死亡人数与日俱增，感染人数不断攀升，地域逐渐扩散，云南这块旅游胜地也成为首先被感染的疫区之一。每天我睁开眼睛的第一件事就是打开手机，关注着疫情进展如何，新增几例，死亡几人，感染区域有无扩散，最新的动向如何，政府的应急举措有哪些。从最初冷静地观望，逐渐变为坐卧不安，那些冷硬的数字像一双无情的大手，掐得人窒息。滚动的数字背后，是无数个家庭的不懈和坚挺，哀恸和离散。每一个数字下都有一盏人间的灯火，都有几个面对死亡而竭力抗争的生命，都有一个个直抵人心的故事。我不忍看到"告急"的字眼，感觉就是一种呼救，而我却无力伸出援手，眼睁睁的痛苦是一介平民的悲哀，而面对这样海啸般的灾难时，谁都是一介平民，谁都无法驾驭什么，拯救什么，阻挡什么。就算是以这个星球主人自居的人类，也只能以泪水相对。此刻，我真的"需要一尊金刚，怒目圆睁，至少喝断这蔓延肆虐的瘟疫；如果有可能，还需要另外一片世界，扑面而来，盛住此一尘世里满溢出去的悲哀"。

钟南山奔赴灾区，劳心劳力，八十四岁的老院士依然在为他的国家拼尽一生所学，他的抵达和呼吁犹如定海神针，让狂澜稍止，让民众安心，而面对着来势汹汹的疫情时，这位老人也眉头紧锁，眼含泪水。海陆空部队医疗队奔赴灾区，告别家人的场景，让我临屏流泪，他们前往的已不是一个简单的目的地——武汉，他们面对的已不是几个普通的病人。那位临行前拥抱女儿的母亲，何曾想分别，何曾不知前方暗藏杀机，生死未卜。而此时，武汉需要他们，机场上的一个个背影已不是单薄的个体，他们肩负着太多太重的国家使命。卫兵，天使，勇士，逆行者，这些具有光环和力量的称呼都属于他们，他们似乎拥有着钢躯与铁臂。而当镜头对着他们离别的日常时，我们才猛然发现，那些出征的壮士，其实也是血肉之躯，也是柔弱儿女，也有亲情难离。有人捐资捐物，有人宣传呼吁，也有人造谣传谣，哄抬物价，回收口罩，黑心昭然。有人渎职，有人尽责，有人播善，有人作恶。付出与掠夺，奉献与投机成为主流新闻下不断衍生出的热点，点赞一片，骂声滔天。一场瘟疫，照妖镜一样，让各种人性大白于天下。世间之事总离不了善与恶、是与非，如同一个阳光下的人，光与阴总相融一身。灾难面前，最能袒露人心，如果泰坦尼克号没有撞击冰山，那些埋伏在冰山下的各种人性也不会那么彻底而决绝地暴露出来。灾难是人性的试金石，而我相信，那些义无反顾、舍身救人的逆行者必将把金箔般的光芒溢满历史的纸页。

Ⅰ级响应开启了，武汉"封城"，北京庙会取消，上海迪士尼关闭，所有贺岁电影下架，使得大街小巷犹如洗劫一空般荒凉。有人拍出了武汉最热闹的中山大道、汉江路空无一人，成都的春熙路关门闭户，连我所在的这个边远的小城施甸，也如若空城。大家都响应政府的号召，足不出户，这样，病毒便无法传播。隔离是必需的，昔日热闹喧嚣的尘世忽然静如坟场，一种孤冷的阴霾让人背脊发凉，同时，也让人欣慰，隔离是控制瘟疫的唯一方法，人类以此迈过了一次次的险滩。黑死病，鼠疫，查士丁尼瘟，"非典"……隔离是有效而被动的办法。隔离切断了传染的连接线，在医疗尚未掌控病情的时候，我们只有采取祖先们古老的办法。隔离的日子是无聊的，也是焦灼的，在有限的空间里，打发着一天天漫长的时光，幸而可以通过各种媒体知道外面世界的情况。我从年前就开始了周而复始的循环，看新闻，看书，打扫庭院，把墙角那不足十平方米的地翻耕，种上葱蒜，劈柴，烧火，做饭，洗衣，尽量让自己运行在正常的生活轨迹上，时间在身上慢了下来，疆域就在我二十五步走完的院子里。一天、两天还行，日子稍长，桎梏得人慌乱郁闷，这样被动地等待，犹如困兽。看到武汉那些被隔离于防盗窗里的人们，在茶几上打乒乓球，客厅阳台一日游，隔屏划拳喝酒，用尽各种手段让自己稍安，戏谑中带着无奈和挣扎。这让我想到了那些囚禁于笼中，待人宰杀的动物们，它们也渴望自由，也不愿死亡。求生，是每个生命基因的原始欲望，就算如何艰难，活下去也是生命的本能，墙缝里那株扭曲着挣扎而出的绿苗，在鳄鱼口中拼命挣脱的角马，奋力站起来脱掉胎衣的小鹿，面对屠刀流下眼泪的牛羊……天地间有生命的物种无不是希望能活下去的，不仅仅只有人类。而生命与生命又是不平等的，人类的进化使自己站在了食物链的最顶层，于是便拥有了掌握着其他生命的生杀大权，肆意地屠杀和掠夺，毫无顾忌地吃喝，殊不知，有一天我们也会束手就擒，乖乖就范，自进牢笼，那把锁就是来自我们的贪欲和自大。

武汉的疫情最初只是一个点，如果这个点在你面前保持着一定的距离，你会不以为意，而当这个点忽然扩展蔓延，大起来，大得足够吞噬一切，你便会感受到惊慌和恐惧。不得不说，对这场将我隔离于尘世的瘟疫，我是恐惧的，不仅仅是死亡，还有人性的丑恶，未知的茫然，经济的萧条，世界卫生组织对中国是否划为疫区的界定。网络上，各种消息扑面而来，我的忧虑在不断滋长。有那么一刻，我想到了汶川地震时，自己也曾经不眠不休地关注着灾区，那种焦虑与现在如出一辙。昨天，看着电视时，竟然忘情地脱口而出："我们该怎么办啊？"年近八旬的母亲宽慰道："别怕，别怕，旧社会那种一穷二白的日子，大家都能挺过来，我都活下来了，现在我们国家这样强大，还怕这些瘟神不成。"父亲接过话："是呢，隔离期过了，疫情就会像潮水一样退去的，不要担心，就是划为疫区，大不了我们经济倒退两年。建国初，我们为了还债，全国人民勒紧裤带，响应毛主席、周总理的号召，三个月不吃肉，还不是过来了。我们这么大的国家，这么长的历史，哪有不历经灾难的，关键是面对灾难时，政府举措得力，民众团结一心，现在从发展势头上看，要比当初好多了，没有过不去的坎。"从七十八年前那场瘟疫中幸存下来的母亲，在越南战场上历经生死的父亲，他们的镇定让我惭愧，他们的坚定也让我释然。

走出屋子，阳光灿然，天蓝得通透，风已剔除了侵骨的冷，院落那株桃花在不经意间冒出了几点耀眼的红来，真好，春天马上就要来了。

李劳动的幸福

李劳动老了，膝盖退行性老化，步履蹒跚，加上四年前那场车祸，胫骨与腓骨骨折，上了钢板后也得用拐杖拄着才能放心行走。人老了，身高就会变矮，这就是民间所说的人老筋缩，像一颗成熟的稻穗，佝偻着躯体，将自身以匍匐的姿态去靠近大地，接近泥土，万物皆如此。儿时让我仰视的她，如今在我面前矮小得像个孩子，我时常搂着她的肩膀，像旧日她搂着我一样。做饭也没有从前那么好吃了，要么盐多，要么炒煳。说话总爱重复，刚说过的话，又来第二遍、第三遍，每一遍的重复总会像第一遍那样慎重而认真，津津有味。爱耍小性子了，常常为了一句话就较真，嗓门依然开阔而嘹亮，她自嘲这是健康的标志："说话不起劲，那才真正糟糕，离去见马克思也不远了。"记性大不如前了，找不到东西成为日常："看见我的鞋子了吗？""我的拐杖呢？""毛巾去哪里了？"只有一样不会忘记——关灯，随时叮嘱你："怎么卫生间的灯还亮着，你还去吗？关灯！养成习惯！"节约，是植入了她血肉里生生不息的因子，无法遗失。李劳动就是我的母亲。

母亲年轻时是篮球场上最强劲的中锋，敏捷的跑跳与闪躲，快速的断球与拦截，还有一身怎么也用不完的力气，这一切让她成为球队的主力。幼时，父亲常常抱着我去篮球场边，等母亲中场歇息那片刻，赶紧给我喂奶。老人们都说热奶不能喝，会伤孩子肠胃，而对于我来说，似乎自小就懂得体恤母亲，从不会因此而腹泻生病。母亲的叱咤球坛，让她为单位捧回了一个又一个的奖杯，除此，工作上的努力与踏实也是大家公认的。每年的三八红旗手、劳动模范奖章顺理成章大多被母亲收入麾下。于是，年轻时，得了个"李劳动"的别号，母亲也兢兢业业维护着这个荣誉称号，从不怠慢。在我儿时的记忆中，她从未像隔壁的王阿姨那样，跷着二郎腿，嗑着瓜子，晒着暖阳，听着录音机里软绵悠长的小曲。母亲与小资是绝缘的，当过童养媳的她，从小就在苦水中泡大。被人使唤惯了，只知道埋着头做事，这样做完又做那样，忙不迭地陀螺一般运转。急性子的她做事总是风风火火，恨不得在最短的时间内完成所有的事情，看不得别人磨磨蹭蹭。在我眼里，母亲就是一架停不下来的劳动机器，做饭，扫地，腌制咸菜，砍柴挑水，缝补浆洗，只有入夜睡觉时才按暂停键。吃完饭立马洗碗，换下来的脏衣服从不让其过夜，哪怕情况特殊，半夜也要洗干净挂上晾衣架才安心去睡。我经常在睡梦中醒来，看到母亲在昏黄灯光下搓衣服，那嚓嚓声把四周搓得越加深沉与幽黑，让我陷入一种混沌的状态——这是深夜还是凌晨？从小的耳提面命，让我也承袭了她这一优良传统，本以为是值得发扬光大的美好品质，如今却被女儿斜眼："老妈，你这强迫症要改呢！"弄得活了半辈子的我，重新审视自己，这曾经引以为荣的好习惯，怎么就变成一种病了呢？

　　母亲除了自己手不停脚不住地劳作，嘴也没有闲过，总会安排我做这做那。"去帮我提桶水！""帮我洗洗这个菜。""走，帮我买包盐！"似乎所有的家务都是属于她的，"帮我"这个词高频率地出现在她央我做事的话语里。而我也像警卫员一般不离她身后，成为我们院子里最爱劳动的小孩。大家都夸赞：你们看，人家小燕多勤快，天天帮妈妈做事。这话似有千钧之力，灌进了我的耳朵，那颗蠢蠢欲动，准备跑出去撒野的心，立刻像被一条缰绳勒得人仰马翻。膨胀的虚荣瞬间掐灭了我那根向往自由的小苗，乖乖地继续帮母亲做事。现在想来，我精湛的刀工和漂亮的厨艺原来全拜儿时的虚荣心所赐。最怕就是过年前的清扫，母亲调兵遣将，让我和姐姐每个角落都不能放过地抹洗，这些家务对于我来说，简直就是酷刑，每个旮旯的灰尘都是令我头疼的死敌，而一切的应付和马虎都逃不过母亲锐利的眼睛，她检查过不合格就得重来，母亲监工一般苛刻，让我满腹怨气，我甚至想，要是隔壁王阿姨是我妈该多好。

拆洗被褥是一项最繁杂的活路，大清早，天还没亮，母亲就撵羊一般，把我们从温暖的被窝里赶下床。"快点快点起来拆被子，趁今天天时好，能晒干！"睡眼迷蒙中，我开始拿起剪刀拆被子上的钉线。母亲已烧好一大盆热水了，将龙门洗衣粉放在水里，雪白的泡沫在她的搅动下发酵似的膨溢开来，母亲有力的大手将被单与泡沫交融蹂躏，那强劲的嚓嚓声打破了黎明的宁静，让人似乎听到了列兵们铿锵走来的步伐。我和姐就负责抬水，拧干洗好的被单，在我和姐对峙的手中，被单扭曲成一股麻花，水顺着卷曲的方向洒落一地。此刻虽然是最用力的活路，却让我们异常兴奋，在我们的用力下，水飞珠溅玉，我和姐暗暗较劲，谁的力气最大，拧出的水最多，被单变成了我们的玩具。有时使劲过猛，就会失手将被单扯得掉了地，惹得母亲一顿骂，她又得重新浆洗。一家人的被子，一早上的时间才洗完，而做饭的时间又到了，晾好被褥，母亲又忙不迭地去做饭。这一天，我和姐都得努力做事，生怕母亲生气。忙碌让她越加急躁和易怒，稍不如意，就开始数落我们的懈怠。而我们从不敢像现在女儿这样，指责母亲，说她有强迫症，那不是老虎嘴上拔毛吗?

　　等被面让阳光烤干，母亲又开始穿针引线，缝被子。这真是一个技术活，找个大席子，铺上被里、被褥和被面，三者得完美对齐，折角要漂亮，缝钉才能开始。母亲趴着，小心翼翼一针一针地开始钉上，如匠人般在完成一件绝世之作。看着她额头挂着汗珠，弓着身子，专注缝钉的样子，感觉她太像一个匍匐在战壕的士兵了，随时准备冲锋陷阵。其实生活就是母亲的战场，她就是那个骁勇的战士，懂得用那些世俗的经验来抵抗汹涌而至的繁杂。计划和节约是她奉守的持家信条。"有时想到无""没有绿叶，不敢包粽子""三穷三富活不到老""爹有妈有，不如自己有，自己有还要带在身边走""男人一条河，女人一道坝"，这些都是她时常挂在嘴边的俗语，说得我们耳朵都长出茧子来。母亲生怕她的女儿们大手大脚，挥霍无度，总会时时刻刻教授我们过日子的秘诀，这是她作为母亲的必备教程，她也是这样用一生的历练来获得自己想要的生活。和父亲结婚后，从身无分文积累到如今安享无忧，离不开母亲的勤劳、智慧与节俭。养儿育女，送走双亲，起房盖屋，人情往来，无数的支出倾轧而来。家庭里大大小小每一笔开支都了然于胸，运筹有序，从不会超出预算，"一分钱要掰成几份来花"，这是她的口头禅。

　　母亲是这个世上我见过的最会过日子的主妇。直到今天，她依然遵循着不买时鲜果蔬的戒律。头拨菜，那刚刚上市的菜蔬是不可能进入母亲篮子里的，等大量涌出，价格降低时才买，从来不买贵的东西，除非是刚需、必需，她才说服自己掏钱。她对于生活的盘算让我觉得过分了，接受不了这种接近吝啬与苛待自己的方式。所以，大部分时间我就勇挑买菜重担。而母亲总会嫌我买东西贵，可不按照我的吩咐执行，如今八旬的她依然拄着拐杖去菜市场溜达。回家开始对自己的战果进行展示："你说，这个茄子多少一斤?"我故意猜高："四块?""一块五! 你看看嘛，要是你们去买，又买贵了！"语调上透着胜利者的得意。母亲买的菜之所以便宜，是转了整个市场对比后的择优结果。她总觉得花在这上面的时间是值得的。给她买衣服时，她总是嫌贵，所以，我和姐也养成了说谎的习惯。花三百只报价花了一百，甚至缩水到五十。价格越低，母亲才越安心。有时，她会质疑地说："这么好的料子咋这样便宜？"我继续编："商场搞特价活动啊。"她立即高兴了："好呢，就是要趁着活动时去买，这才是过日子的样！"我哑然，只有谎言才能应对她这极不正常的消费观。

儿时，母亲最高兴的事情大多是和钱有关的，加工资了，领到单位发的下乡补贴了，每个月父亲把工资如数上交时，或者家里有什么意外的收入。那时，她的脸上总会升腾起一种富足的祥瑞之气来，我们的餐桌上也会多添出两道难得的肉菜。如今，她最开心的事依然与钱逃不了干系，每次我领到稿费，递给她时，她像得到心爱玩具的孩子一样兴奋，认真地把钱数一遍再折好，满脸溢着幸福的春水："嗯嗯，老二的文章又发表了啊，在哪个杂志啊？不容易哦。我家姑娘能干！"这样表扬我的话，在一天里她至少能说三遍。对于我写作这件事，在母亲眼里，就像我在研究原子弹一样地重要。只要看到我在电脑前敲击键盘，她马上就会告诉父亲做事情声音小一点。有时会悄悄走进来，给我披上一件衣服，倒一杯水，然后迅速离开。我的新书出版了，她的眼睛已经看不清那些小字了，于是就一遍遍摩挲着封面，轻轻地说："真好啊，我家老二又出书了。"仿佛我们家又添了一个新成员一样欢喜半天，得空就央求父亲读给她听。阳光下，母亲靠在椅子上，父亲戴着眼镜，小学生一般捧着我的书，一字一句认真地读给母亲。我从未看到过母亲有这样的神态，是那么地悠然和自在，她眼睛里闪动着欢喜的光亮，咧嘴微笑着，皱纹荡漾开来，她沉醉其中，像在品味这个世间最美的风景。

这让我想到了儿时大院里听音乐的王阿姨，母亲只有到老了，看到我的文字才有这样闲适的表情。这一幕，让我忍不住泪涌。

每次外出，当别人问及她女儿在哪里上班时，真是问到了让她最感兴趣的话题上，她总会控制不住地说到我的的写作："我小女儿在文化馆工作，她是个作家，已经出了两本书了。一本是诗集，一本是散文集，现在还在写一本……"这时，我总会拉拉她的衣袖，人家未必想听这些自吹自擂。而我的阻拦是那么地势单力薄，母亲的自豪让她有些刹不住车，犹如滔滔江水延绵不绝了，我带着尴笑一旁候立。回到家，我就会立即纠正她："妈，以后不要再在人前显摆你姑娘是作家了，人家根本不知道的。像莫言、路遥、陈忠实他们那样的人才能称为作家。"母亲不以为然："怎么不能说是作家！你都出书了，还发表了那么多文章，莫言他们是大作家，你是小作家，一样的，写作是多么神圣的工作啊！又不是丢丑卖现的事情，有什么说不得啊？"我被回得哑口无言，写作的确不是一件丢丑的事情，母亲振振有词，只是没想到她居然用神圣这个词来形容我的书写，母亲的认知已经远远超出了我所设定的疆域了。

母亲是主妇，厨房是她一生的久居之地，如今，虽然她已经很少掌勺了，可依然喜欢待在厨房，似乎只有待着才心安。她择菜，洗菜，切菜，准备工作做好了，只等我们下班炒菜。每天吃完饭，她就开始自己的百步走。她说，饭后百步走，活到九十九，遇到这样的好时代，努力和我们多活几年。听到这话，我内心隐隐地像被谁戳了一下。母亲真的老了，她已经不再计较家里的卫生情况，不在意那些旮旯积满灰尘，她早已卸下了劳工和监工的职责，变得随意和懒散。每天中午，她就躺在沙发上看电视，准确地说是听电视。《新闻联播》、国际快讯和那些革命战争片是她的首选。只有初中学历的她，觉得这一生水平有限，没有为国家做什么贡献，所以，除了要求儿女们节省持家外，还时时告诫我们，工作要努力，要多为国家和人民奉献力量。这些听起来冠冕堂皇的话，在母亲口中说出，却是那么地情真意切。这与她的成长经历有关，解放后作为童养媳的母亲被接回到自己的家，结束了那段当牛做马的日子，后来读书，参加了工作，她常常说，没有新中国就没有她的一生。虽然"文革"时因为世事弄人，没能入党，她却时常以一个党员的标准来要求自己，一辈子爱岗敬业，苦累的事情永远第一个站出来承担，名副其实的"李劳动"。

至今，她那种时刻关注国家命运的拳拳之心，依然有增无减。G20峰会期间，母亲居然拿了一个小本罗列了参会首脑名单，和我谈论习主席的讲话，说有深度有力度，末了，还欣慰地总结："会议圆满结束就好了，我和你爸爸一直担心有恐怖分子在会议期间进行扰乱，现在安心了。"我百感交集，母亲这心操大了。对于国际上发生的事情，母亲也特别留心，像留心自己身边的邻居家境况一样。母亲和父亲的聊天，柴米油盐聊得少，国家大事聊得最多，从习主席检阅海军，到中美贸易战，到叙利亚局势，到朝鲜与韩国的关系，到台海局势的发展，以及美国大选，老两口总会谈得津津有味。每次母亲总是很感慨："我们习主席真是不容易啊，一边努力带领我们搞发展，一边还要抵抗美帝的欺压。虽然现在我们比起从前强大了，可还是要稳定才行，所以说，我们中国人要团结啊，港台不要闹，大家扭成一股绳，才能挺过难关！"那气势，仿佛她在向全国民众演讲一般。

2020 年，新冠肺炎疫情暴发，母亲又开始操心了，看着攀升的感染和死亡人数，看到疫区的各种新闻报道，她常常眉头紧锁，忧心忡忡。有一天一个人拄着拐杖悄悄出去，回来时，从兜里掏出了刚取的两千元钱塞给我爱人，说："帮我捐款，捐给武汉！让他们买点口罩，买点药品！"说得像接济自己的亲戚。我们安抚她，早就捐了，她执拗地说：

"你们是你们，我是我！国家有难，我咋能坐视不管！"看着她焦灼的神情，我们只有乖乖照办。

　　母亲喜欢唱歌，生活的每个场所都是她的舞台，洗衣，扫地，做饭，她总会一个人在劳作时，动情地歌唱，仿佛四周围满了专注的耳朵。那些《牡丹之歌》《洪湖水浪打浪》《北京的金山上》《没有共产党就没有新中国》《阿瓦人民唱新歌》的旋律飘荡在院子的每个角落，她像一台老旧的播放器，偶尔断片、沙哑和走音，却锲而不舍地循环着那个年代永远的经典。我只要下班回家，远远听到她的歌声，就知道李劳动又在劳动了。母亲爱养鸡，她总说，市场上的鸡是饲料催出来的，吃着一点也不香，只有自己用包谷面、菜叶子喂大的才有滋味。她知道每只鸡的特性，如同知道自己的孩子一样。那只花母鸡最爱聒噪，一下蛋就唱半天，像个喜欢邀功的人。那只黑母鸡最凶，老是欺负其他同类，市井泼妇一样霸道。那只公鸡最难伺候，吃东西总是搜搜拣拣，还乱打鸣，像个浪荡公子。母亲在说鸡群的时候，都不忘记联系到这纷杂的人间。连哪个鸡蛋是哪只鸡下的，她都门清，母亲说全靠这些鸡，我们才有蛋和肉吃，鸡群就是我们家的大功臣啊。只要我们吃任何水果，母亲都交代："别丢皮，给鸡先生吃！"她总是很有耐心地将那些果皮细细地切了喂鸡。吃完饭，她第一时间将不要的残羹冷炙倒入鸡的食盆，吩咐父亲："把这些骨头剁碎了给它们吃，哎呀，鸡先生们又有口福了。"母亲叨叨地说着走向鸡圈，鸡群一下子骚动起来，母亲和她的鸡先生们开始了愉快的互动。我哑然失笑。

　　每天清晨，我还没有起床，母亲已经在院中练习她的24式太极拳了。我听到了她衣袖摩擦发出窸窸窣窣的声音，这声音让我欣慰。那个曾经健步如飞的篮球健儿，让光阴剪裁得走路都蹒跚了，母亲偶尔感叹时间飞逝，人生易老，却从不丢弃对于生活的热烈拥抱。每天，她坚持晨练，散步，也包括，厨房里的那些家务。她的欢喜存在于生活的诸多方面，大到听说卫星发射成功，小到刚收到鸡窝里的一个蛋。而这一切能让她幸福的事，最终还是离不开劳动。

你好，黑豆！

你有人类的全部美德，却毫无人类的缺陷。

——拜伦

一年倏忽而逝，黑豆已长成了一个壮硕的小伙了，我从他黑白相间的眉宇看到了一股难掩的英俊，是英俊，这个词没错。我看过无数的狗仔，黑豆的相貌应该是他们中较为帅气的，目光清澈，五官端正，毛色油亮。我抚摸他时，他顺从地闭眼躺下，如一个虔诚的教徒在接受上师的洗礼。他对我的依赖和信任有时能让我惭愧，当我恼怒他做错事情，拿起棍子惩罚时，他也会贴着耳朵，一脸恐惧，低头趴在地上承接着我的棍棒。而这些所谓的做错，是我们人类眼里的错，在他看来仅是好奇和玩耍而已，比如把沙发巾扯出洞，把我种的花弄死，把家人的鞋咬得支离破碎，这些让他挨了无数次的打。我的确是个不合格的监护人，不知道如何引导和训诫，只晓得棍棒之下的暴力会让他有所收敛。我们就在这样的相爱相杀中度过了他的成长期，自从他进入了我的生活，我又体验了一把人与狗的爱恨交织。

黑豆是我养的第三只狗，前两只貔貅和阿呆都因一些特殊的缘由送人了。我每次想起他们时，常常自责那么残忍地弃养，也为此对狗有了深深的歉意，尤其是阿呆，我记得离别的那一刻，他对着我依依不舍的眼神，最后变为嗥叫，我听到那叫声里有责怨与哀求，自己却像罪人一样逃离了，狗的忠诚与人的背信弃义在我仓皇的背影和脚步声中上演，令我汗颜至今。我从此不敢轻易养狗，哪怕看到多么可爱的绒球，也只是怜爱地抚摸一下，转身疾走。

养黑豆比较偶然，女儿高考结束，我们一起去逛市场，遇到了黑豆，那时他蜷缩在铁笼里，毛茸茸的小身体被淹没在狗群中。这是一窝刚满两个月的狗仔，卖狗的女人还在卖几只鸭子和老鹅。她正与前来买鸭子的人讨价还价，唾沫横飞，那尖锐的声音随着她面部肌肉的抑扬横扫大街。女儿看着一笼呆萌的小狗，钉在了原地。女人见状，匆匆应付了买鸭子的，转头问：你看这狗多好，要几只？我惊恐地回：看看！心想，这卖鸡鸭卖惯了，连卖狗也问要几只。女儿爱怜的眼神被卖狗的女人轻易地捕捉到了，她不再问我，直接对着女儿说：小姑娘，你看这只小白狗多漂亮。接着打开了铁笼，粗蛮地一把抓出一只奶白色的狗递到跟前。小狗从惺忪的睡眼中挣扎着发出低弱的叫唤，随着声音的传来，也同时传来了一股动物皮毛肮脏的腥臭。女儿像着魔一样用坚定的语气说：妈，我要养只狗。本来对狗无法抗拒的我，想到马上要去上大学的她，和即将寂寥的我，此刻也只有妥协。于是，在狗群里挑了一下，黑豆就顺理成章地跟我们回家了，他依在女儿的臂弯里，一双黑眼睛只有在打量这个世界时，才会在那被淹没的黑色毛皮中，闪出豆一般大小的光亮。于是，名字也就诞生了。女儿说：起得真草率！

名字起得草率，买也买得草率，我们竟不知黑豆为何品种，能长多大。从相貌来看，属于串串狗，应该是边牧和柯基的杂交。他头部一股白毛把整个脸分割开来，像一张用白颜料从脑门勾画出色调的脸谱。这是边牧的特征。脚特别短，这又是柯基的遗传。幸而黑豆有着边牧的聪明，让我们甚喜。他似乎能听懂我们在说什么，这是特别神奇的事情，我一直觉得，动物的世界与人类的世界有某种神秘的勾连，只是你愿不愿意去发现和交流而已。狗就是这样能与人感情互通的动物。我从他的眼神里看出了喜悦、悲伤、无聊、恐慌、兴奋与哀求。它也会从我的肢体上、语气中、面庞里判断主人此刻的想法。我觉得他有时不是一只动物，而是一个不会说话的伙伴。每天下班，听到我摩托停稳的声音，他就急不可耐地在大门里低唤，那是一种奇特的声音，期盼的呜呜声，有些许的撒娇成分。我一进门，他就开始摇着尾巴，欢腾地绕在我脚边，或者滚爬着，顺便挤出些许的尿液来。这是顺从性尿失禁，只有兴奋的时候才会如此。我摸摸他的头，他的眼睛发出快乐的光芒，我回来了，他有玩伴了，也有美食了。小狗的幸福就像个孩子。在他的眼里，世界就是这么简单，依赖也那么执着，他是不懂背叛、冷漠、自私、阴谋、虚假，这些人类世界才有的复杂成分的。

　　对于狗的喜欢来自很多方面，小时常常听阿公提起陪他一起狩猎的那只黄狗，应该属于中华田园犬，我没有见过，而他的形象却从阿公的言语中流出，凝固，成为我心中的一尊雕塑。他像警卫员一样伴随阿公前后，出入山林，他嗅觉特别灵敏，总能从野草和荆棘中找出阿公射伤的猎物。嗅到危险，他总会第一时间发出警告。如果狭路相逢遇到猛兽，他总会在阿公前面像勇士一样震慑狂吠，也吸引猎物的注意力，只待阿公一声令下准备射击，他就会立马匍匐在地，躲过子弹，枪声落地，他又再次警觉而勇猛地扑向猎物。就是因为有黄狗的神助攻，阿公成为布朗山寨最出色的猎人，他与阿黄像主仆一样，携手闯荡密林，为全家人的温饱立下了汗马功劳。只可惜，有一天夜里，被拴在家门外的阿黄遭遇了一只豹子的袭击，伤势严重，不幸死去。父亲说，那天晚上要是阿黄脖子上没有那根绳索，豹子怎么可能是他的对手。阿公把爱犬埋葬了，却把他的故事代代相传。我常常听着听着就眼睛发光，这是一条怎样骁勇善战的狗啊，他有时还会自己出去，叼回来山鸡和野兔，放到火塘边。对于食物，没有主人的允许，就算摆在他面前，他也绝不动分毫。阿公的描述轻描淡写，而我却听得心潮澎湃，这样一条聪明而忠义的猎犬，如果能再次出现在我生命里该多好啊。

于是，特别喜欢看那些关于狗的影视。最打动我的便是《忠犬八公的故事》和《丛林赤子心》。看忠犬八公让我看到了现实版的人狗情未了，那只日本秋田犬和教授的故事让人泪目，有的情感原来可以超越生死的。我想到了阿公养的那只黄狗，他们都有着对主人绝对的依赖和忠诚。而《丛林赤子心》里的那只雪纳瑞，真像是一个睿智、勇敢而有担当的"小奶爸"，他为了给失去母亲的小狮子找到依靠，带领着他的临时"孩子们"穿越丛林与野狼斗智斗勇，因要继续守护小狮，而眼睁睁看着主人寻找他的飞机离去，这只狗狗用无私的爱演绎这世间的温情。影视毕竟与现实生活存在着一定距离，而发生在我们身边的很多关于狗的故事，都是这凉薄人间不可多得的温暖。在江西九江，一只名叫赛虎的狗，为警示聚会的人们餐桌的肉里有毒狂吠不已，而当看到大家无动于衷准备食用时，赛虎只有自食毒肉身亡，以这样壮烈的举动挽救了全村人的性命，人们为了纪念他，为其立碑悼念。还有那只陪主人上街，发现车辆快速驶来，危急时刻用自己的身体推开主人，被轧断了双腿的义犬。最让我动容的是泰国有只狗妈妈，到垃圾堆里翻找食物，在塑料袋里找到一个瑟瑟发抖的弃婴，小狗叼着婴儿回到了狗窝，和自己的孩子放在一起喂养，直到人们发现救起了婴儿。看到这些报道时，我不禁对作为人类的一员感到悲哀，有什么资格说自己是高级动物？文明在人类身上的标签此刻是多么巨大的嘲讽。我们常常忘记了，这世间还有一种比人更有情谊有担当的动物，他就在我们左右，而有时还遭受人类的践踏和残害。

养狗情结终在黑豆身上得以化解，而黑豆在我家里，不全然是个受欢迎的主儿。家里也有人不待见他，那就是我的母亲。母亲与狗结下梁子是在儿时。有一次，她到山里找柴，回家的路上，去一户人家讨水喝，被一条看家狗袭击，避之不及，脚踝上留下了一块伤疤。如果不是幸得路人相救，也许被咬得更严重。母亲说，多年过去了，那只狗龇着獠牙、凶狠地扑向她的情景还烙在心里，此生她讨厌狗，也怕狗。对于黑豆，自然也就毫无半点好感。虽然黑豆在她面前奴性十足，随时垮塌着耳朵，摇着尾巴，一副试图亲近的表情，而母亲总是从未给过他好脸嘴，呵斥是她与黑豆惯有的交流模式，时间久了，黑豆也就放弃了讨好，敬而远之。在母亲眼里，黑豆就是一只畜生，而在我们眼里，他好比家中的一个成员。态度的反差投影到黑豆身上，他便有了截然不同的反馈表现：只要我们家里任何人回来，黑豆总会一跃而起，跑到门口，耍狮子一般摇头摆尾作欢迎状，唯独母亲回来，他从不起身，就那么趴在原地，斜眼看着，眼神里有种说不出的冷淡和落寞。家里最溺爱黑豆的要数爱人和女儿，我称之为黑豆保护伞，只要我们家的这两员大将在，黑豆几乎不理会我，他总是跟屁虫一般不离两人膝下，真恨分身乏术。黑豆就是一个孩子，总是愿意和喜欢他的人待在一起。也只有孩子，才简单，纯真，无邪。

养只狗，麻烦有时堪比养个孩子，狗粮、洗浴用品、药品、玩具，似乎一样不能少。最让人头疼的是玩具，婴幼儿期的黑豆，陪伴他的是两只毛绒小兔子和小熊。时间久了，他分得清楚自己的玩具，每次告诉他你去把小兔子抓来，他马上四处张望，准确无误地跑去叼到你面前，并在你脚边不断地磨蹭，仿佛在说：我是不是个能干的孩子。随着黑豆的犬牙不断坚硬和完善，那些陪伴他的小毛绒玩具一个个被撕咬得粉身碎骨，我们开始找一些塑料玩具来替代，而黑豆的咬合能力太强大了，没过多久，他最钟爱的一只塑料鸡也被啃得面目全非，支离破碎。不断地有新的玩具葬身犬口，他在撕咬的过程中，尽情地释放着野性，这时他的身体里住着一个猎人，在扑咬和左右甩头中，他的捕获天性得以满足。看到黑豆在撕咬物件时，我想到了阿公的那只会躲子弹的猎狗，他才是一个真正的实战家，那片山野潜伏的危险，赐予了他骁勇、敏锐、善战和强壮。我想，如果黑豆在野地长大，也会和阿黄一样拥有让人叹为观止的本领，成为一只出色的猎犬。

在安逸的环境之下，黑豆自然丧失了一些他本该有的能力，就如同现在的人已不会挑担子一样。不过，作为一只狗，他没有丢弃与生俱来的警觉和忠诚。只要院子里有动静，他总会冲去查看，如发现捕鼠夹里有挣扎的老鼠，他就会发出亢奋的叫唤，就是那些小心翼翼飞落院里觅食的雀鸟，也被他如风一般的身影驱得哗啦一下四处惊散。一天夜里，他莫名地对着柿子树狂吠，我以为有蛇之类的动物缠在树枝上，仔细查看，并未有任何异样，呵斥他不要乱咬，而黑豆着魔一般，不时对着院子大叫。几分钟后，大地剧烈震动起来。父亲说，黑豆最先感知到了危险要来临，提前预警。那一夜，我对自己无知的呵斥感到羞愧，也对人的迟钝和愚笨有了新的认知。黑豆就像一个看家护院的保镖，每天都在这方天地中恪尽职守。而我觉得，有黑豆的陪伴，家里如同多了一个可爱的小孩，常常给人不期而至的欢愉，黑豆就是家里的"淘气包"，在我们疲累的时候，从他身上觅得一丝开心。每天早晨，他都准点来抓我的门，那唰唰声，在我的不回应中从谨慎到放肆。开门第一件事就是放他去解大小便，回来就吃早点，一块骨头，或者一把狗粮、一根火腿肠。吃之前，他会乖乖蹲着，并伸出前爪和你击掌。这是他惯有的餐前模式，他知道，击掌之后，才能享受美食。有时爱人在家，会带上他，一起上街买个肉包吃，回到家，黑豆特别开心，总会在院子里跳上蹿下地来回几圈，似乎在告诉我们，肉包赐予了他满满的活力。有时我们故意压低声音说话，适才还在闭目养神的他就会竖起耳朵听，像一个喜欢八卦的好事者，让人忍俊不禁。我觉得他多半听得懂我们在说什么。只要爱人说，要送我去上班了，他就马上起身跑去摩托上等着，摇着尾巴，一脸的兴奋。有时，我特意交代：你要守家，今天不能和我们一起去。他会不情愿地瘫在院里，落寞的眼神目送我们出门。有一次，我问爱人，女儿怎么还没有回家。依偎在脚边的黑豆，马上站起来，跑到大门口去张望。我们都认为黑豆除了不能说话，他对人言语的接收和理解是与我们同步的。于是女儿开玩笑地说，千万不能告诉黑豆银行卡的密码。

他真的是一只聪明的狗狗，当我假装生气、举手打女儿时，正在独自玩耍的他叫唤着扑过来，阻止我，一次次咬住我的袖子，分明在说：不能打！住手！我们都是相亲相爱的一家人。当我躺在沙发上看书，或者在电脑前写作时，他就蜷在我脚边，静静相伴。每天晚饭后，等我洗刷好碗碟，换上鞋子，他知道散步的幸福时光即将来临，马上去叼来狗绳和脖圈。兴奋地叫唤，催促我出发。他知道，在散步的途中，一定会遇到他的好朋友，那只名叫妞妞的法斗，他们将一起在绿草上驰骋戏耍，说着我们听不懂的情话。

距 离

一

　　曾经的我是那么渴盼着彼此没有距离，以为亲密无间是最好的状态，随着年岁渐长，才懂得，只有距离，才可以让彼此安适，保持恒久的状态；才明白，有些距离像恒星那样，永远保持着它的轨迹，无法改变；才知晓，有的距离，一转身已是一生，一眨眼，便无法再见。这些远远近近的距离，这貌似可以用尺寸来衡量却无法定位的度，存在于我的每一种生活状态里，包括突如其来的苦难、小如苔花的幸福。

二

　　很多年前，施甸老街子旁还允许人们摆摊设点，为数不多的三两条街道就是一个天然的集市。五天一个街天，每到这时，东山西山，下截坝子，四面八方的人们便聚拢而来赶集，大姑娘小媳妇们背着竹篮、篾箩，里面是满满当当的青菜、香椿、苤菜、蕨菜、黄瓜、刺包包、鱼腥草、蘑菇，还有繁茂的野花………那些驮着马匹而来的汉子们，多是带着一筐筐的萝卜、洋芋、南瓜，一捆捆的木柴，一摞摞的包谷或者竹笋、芭蕉、梨等山货。他们从距离几公里，甚至几十公里的大山深处跋涉而来，脚上要么是厚厚的灰尘，要么裹满了泥巴，他们的身上散发着一种露水夹杂青草与火烟的汗味，让我想到了远在三十公里开外的老家，那里的亲人们都有着这样的体味。

我每天从家到单位必经这条赶集之路，路程就那么三百多米长，每到街天，这条平时静寂的路就忽然像剧场拉开了幕布那样，哗啦一声热闹起来。人、骡马、牛羊、鸡猪，集体涌入，混杂着泥味、草味、菜味、花香、汗味、某种腥味，还有牲畜拉的粪便的气息，这些气味黏合成了熙熙攘攘赶集的主流之气息，原始强大得让你以为这本来就是人间烟火中，该你呼吸的，可以滋养你的空气。就这么三百多米的距离，我有时竟会反复地走两遍，为的是看看有没有自己喜欢的瓜果，为的是在这沸腾的街道中感受这些来自大地深处的气味和色彩，同时它也卷裹着自己对老家无尽的思念。

从家到办公室，我的步履轻快，几分钟就到，从大山到集市，他们得负重前行，且来回会耗尽半天的时光。我每天旱涝保收着的工资是他们汗水加血泪换来的辛苦钱的几倍，我随随便便买一样东西，也许在他们来说得斟酌好久，继而会放弃。每次经过这条街，看到这些来自底层，为讨生活而汗流浃背的人们，我就告诫自己：珍惜脚下的这几步距离，他们的世界离你很远，却近在你眼前，他们与你素不相识，却与你老家的亲人一样，有着共同的命运。所以在你轻而易举获得的时候，在你觉得迷茫或抱怨的时候，别忘了那些在大地之上、生活深处苦苦挣扎的人们。

三

　　那时，街道两边还种着粗壮的法国梧桐，这些呆立的家伙曾一度成为我的计时器。那时的我与他正陷于恋爱的甜蜜中，他远在湖北武汉读书，我早被分配回老家，这个边陲的小县城工作。我们之间隔着千山万水，没有电话，书信是彼此情感吐纳的唯一手段。每年两个寒暑假期我们才有机会相聚，当夏季，梧桐树肥厚的叶子在枝头撑成一把大伞，将阴凉洒满一地时，当冬季，梧桐树掉光了叶子，光秃秃白生生的树枝独立寒风时，这两个截然相反的时节就是他要回家的日子。

　　每天，走去上班的路上，我总会情不自禁地抬眼看看那些梧桐树，虽然它们才刚刚抽出一点点绿芽，可在我眼里，那是多么地生动和充满着希望。绿芽从最初的一点点，变为一片片，继而变为毫无间隙的一地树荫，他便回来了。相聚的时日就那么几十天，等他离开，我又开始渴望那些梧桐叶子快点凋落，这个过程也是那么地消耗人心，叶子从浓绿转成淡黄，从淡黄变成暗黄，在这漫长的色调转换下，才开始慢慢地凋落。最初是一片，两片，三四片，接着纷纷扬扬扑向大地，被清洁工扫成一堆又一堆，这时，我知道他马上就会回来了。那些堆积的叶子就是流逝的日子，那么多，那么厚，那么密集，而我的等待，就是在这样的一天天里耗尽，又一天天被唤醒。那些梧桐树仿佛是用它们的生命与我的生命，一同在等待着一个远方的人。

　　和他结婚后，我们仍然两地分居，从最初的二人世界到女儿的降世，从女儿牙牙学语到如今即将步入大学校园，我和他依然保持着二百七十八公里的距离，这个距离得花费我四小时的时间抵达。我就在这条路上来回往返，年复一年，我清楚地知道一路上得过几个山洞、几座桥梁、几条河流、几个加油站、几个高速出口，甚至到哪里拐弯也记得准确无误。这条路是那么远，又那么近，却以一种亘古的姿态分离着我和他的生活。聚少离多，我似乎已习惯了这样的生活，也许命运安排我此生便是劳顿的，是在期盼中度过的，他是个军人，还在继续服役。

四

前年的一场车祸，导致了母亲左胫骨下端骨折，左腓骨上段骨折，胫骨骨折后穿破了皮肉，造成了严重外伤。医生对她的小腿进行了牵引手术，牵引使得她无法动弹，也让她睡得浑身疼痛，我们全家都期待着手术的日子快快到来，就可以结束这样残酷的桎梏。熬到了第十一天，主治医生终于通知可以手术了，而我去北京参加全国少小民族作家培训的报到时间正是母亲手术后的第二天，我打算取消这次学习机会，母亲知道后急切地对我说：不行，你得去！这是多么难得的学习机会，医生说了我这手术是小手术，不要紧。我知道，母亲历来就胆小，害怕冰冷的手术台和那些器具，害怕疼痛时亲人不在身边，而此刻为了让我安心去学习，却像勇士一样表现出自己的无畏。看着她撑起的笑脸，酸楚和苦涩拥堵在胸，想起十几年前为了一篇稿子的采访，母亲陪着我四处奔走的情景，每次看到我的文章登出来，她总是喜不自禁。每次我把微薄的稿费递给她时，她总像个得到丰厚奖励的孩子。每晚写作时，她会悄悄为我披上衣服，叮嘱我不要熬夜。每次我下乡回来，她总是做好我喜欢的饭菜……这就是我的母亲，在她眼里，女儿的事业是这个世界上最有价值和意义的事情，她可以为此付出一切，承受一切。

手术那天，我和父亲、姐姐、爱人一起等候在手术室外，看着母亲被推入手术室，我的心便开始悬空起来。等待是焦急的，一分一秒都流逝得如虫啃噬骨肉那样地痛苦。我不停地来回走踱，小小的等待室已容不下我的焦灼。看着手术室的门，我和母亲不过几米距离，却感觉那么地遥远，那么不可企及。这样的距离是那么地无奈和让人窒息，如今想起，那种忧患依然压迫得我难受。手术顺利，术后的第二十个小时，我还是在她的敦促下出发了，离开四天的时间犹如四年一样漫长，培训结束，一大早从北京飞回，我看到母亲的第一眼，她拉着我的手再次流泪。我们就这样拉着手久久不愿松开。

每天一大早，起床，熬粥，去医院，从家到病房，四百九十六步，这样的来回每天会走几趟。一天的时间在等待与繁忙中流逝，感觉快得猝不及防，也慢得让人心焦。第三十四天，是母亲出院的日子，我推着她走出长长的走廊时，泪水禁不住流出眼眶。这四百九十六步，仿佛耗尽了我一生的时光，这短短的"距离"也值得我用后半生的爱去踱完。

五

接到了远在安徽的电话，说表姐病危，电话是父亲接的，挂了电话后，他一脸凝重，说了一句：你表姐怕不行了。表姐是姑妈唯一的女儿，她远嫁异乡已二十多年。我不敢想象，那个儿时的我经常尾随其后，跟着她放牛、打白花、捉鱼、打歌、刨洋芋、打面果儿、找菌子的年轻气盛、活力满满的表姐，那个赤着脚可以挑着担子翻山越岭的表姐，那个有双厚厚手掌，宽宽身板，时常咧嘴就笑的表姐，那个仅仅大我八岁的表姐会与死亡，这个可怕的恶魔扯上关系，我真不愿意相信。我想和她说几句话，父亲说，还是不要聊了，她一接到老家亲人的电话就哭，伤心对病情不好，我拿起手机便又悄悄放下了。在心里期许，她一定会好起来，我相信有奇迹。并在心里策划，等暑假期间，一定去安徽看望她。

　　命运总是让人猝不及防，时隔一个星期便传来了噩耗，表姐去世了，我悄悄地躲进了房间，泪水奔涌而下，我怕父亲和母亲听到越加难过，咬着牙齿不让自己出声。我不愿接受这个事实，我还想和她回忆从前的趣事，想和她一起再打一次歌，那一次不算，是她背着我跳的。我还想让她给我再穿一次布朗族的传统服饰，我第一次戴包头，便是表姐帮我完成的，那一丈多长的黑布，她一圈圈地在我头上围拢，那么地耐心和认真，却被我埋怨不好看，扯开了。我还想让她教我学刺绣，我会绣一双鞋垫，作为礼物送给如今已不打赤脚的表姐，我还想和她一起打白鹭花，在漫天的花雨中听她唱一回山歌，那一声"欧怀怀"是那么地震颤人心……而这一切都只能存在于想象了。死神终究没有放过这个心里渴盼着回一趟家的女人，我想，她是带着对故土的思念离开的，安徽到云南，只存在中国版图里一截短短的斜线，人有时竟无力无法跨越这样的线段。表姐离开了我，永远永远，而我的牵挂，已像没有去向的风一样，落入尘埃里。

　　终于明白，这世界上真正的距离，是生与死。

父亲的习惯

"东西归类，不要乱放！安瓮掉么又找不到"（安瓮的意思是放在哪里不知道）。每次当父亲看到我随手放置物件时，总会这样交代。我是个丢三落四的人，常常为自己的随心所欲找各种理由：忘记了，不要那么严谨，散淡的生活才舒服。而结果，总会在找钥匙，找眼镜，找帽子，找书，找卡……各种找找找中花费时间和精力，让自己疲惫不堪，甚至火冒三丈。找东西是一件特别苦恼的事情，找手机还可以，打通循着铃响便可，找其他东西简直要命，它们平时在你眼前招摇过市地存在，关键时刻藏匿得严丝合缝。而父亲这时的提醒恰似惊雷，让我乖乖归位。

对于生活中的细节，父亲总以严谨的态度对之，除了性格使然，也与他当兵的经历有很大关系。在布朗族大家庭长大的他，天性就包容和柔软，细腻而耐心。从没有看到过他急吼吼地去做事，总会有条不紊地将自己摆放到那个情景中，沉浸式地去完成，仿佛一个匠人去完成一件工艺。父亲喜欢做木活，那些锤子、凿子、起子、锯子、钉子，统统都被他集结在一个大木箱中，打开木箱，里面分成九宫格一样的小空间，各类工具摆放有序。而木箱外他不忘用毛笔写上：内放木活工具。父亲喜欢种菜，那些菜籽装在小塑料袋里，每个袋子有一张便笺：白菜，青笋，玉米，紫豆，白芸豆……这些袋子都挂在院子的墙上，时令一到，它们便由父亲的手分别植入大地，完成一生的拔节与荣枯。每当菜丰收之际，他总是亲自采摘，给隔壁邻居挨户送去，似乎只有大家共享，他才觉得自己的耕耘和汗水是值得的。父亲喜欢收集药方，客厅的电视柜旁有他的两本笔记，写满了各种偏方，电视上看到的，报纸上摘录的，聊天时听说的，电脑上查到的，都被他逐一记录下来。厚厚的本子里，用各色笔写的各种方子，像魔法书一般，打开，便是打开了他的宝藏。他曾用本子里的药方医治好了母亲长期的习惯性腹泻、表哥的三叉神经疼痛，还有自己的轻微脑梗。每次和熟人聊天，只要遇到他曾经记录过的病例，他就像捡到东西，千辛万苦找到失主一般，异常兴奋，忙不迭地跑回家细致地查询，然后告知别人怎么医治。有时甚至将如何食用一一细致地写下，交付对方。母亲谨慎地告诫他，那些所谓的偏方不要随便说与他人，万一吃拐了就麻烦了，父亲总会说：我有壳子（分寸之意），万一吃好了就是功德无量。

父亲喜欢自己做家具，大到柜子，小到板凳，只要需要，有适合的木料，他总会在院子摆开阵仗，折腾起来。刚搬家时，父亲做了一个鞋架，用母亲的话说，捣邻聒舍了好几天，完工了，放在楼下，全家的鞋子将鞋架码得满满当当。这时，父亲又开始了一项工作：标注。几乎每个鞋盒都写满了他认真的笔画：春兰的凉鞋，黑色；小燕的皮鞋，红色；可可的筒靴，灰色；小红的拖鞋，白色……看着家里像中药柜的鞋架，我不禁哑然失笑。厨房也是父亲最喜欢书写便笺的地方。柜子里买的熬粥食材，哪怕这些东西是被放置在玻璃瓶里，一眼就可看到，他都要逐一写上：枸杞、薏米、小米、百合、大枣等等，并注明：除湿粥配料，白扁豆15克，山药15克，莲子15克，粳米15克；健胃消食配料；清热解毒配料……我们家的橱柜俨然一个万能食疗库。

那些密封在土陶罐子里的腌腊食品更不用说，父亲必须写上：骨头鲊1（树林家给的，辣子重）；骨头鲊2（阿白家给的）；萝卜干鲊（盐轻，要赶快吃）；火腿包装好的（从上面吃起）；藠头鲊……这些标识让来我家的一个朋友看到后捧腹大笑：叔叔真可爱，连谁家做的，先吃什么都写上了，我老爹只管吃，哪会这样细心啊。我连忙说：习惯，多年积养的习惯。对于便笺的字体，父亲还刻意设计，或以圆圈组成笔画，或以波浪形状书写，字体有的萌萌的，有的瘦瘦的，形态各异中，让我看到父亲那颗永不被岁月和生活磨灭的童心。

父亲就是这样，他总会把生活中我们认为可大砍大伐的部分，精细地划分。他总是以一种扎根的方式来对待自己的生活，哪怕是临时的居所，不是种菜就是植树，不是修路就是搭桥，从未歇足，就算没有什么可做的，他都要拿起扫帚，将四周打扫得干干净净。当年到越南参战，挖完战壕，战友们都休息了，只有他在埋头撒种白菜，似乎这里不是战场，而是菜园子。他的举动被大家谴笑：你真是力气大，有闲心了，种了谁吃，打完这战马上转移。父亲笑笑，低头不语，依然傻傻地干活。谁知，等辗转时，他们再次折回旧地，那些菜已亭亭玉立，枝叶招展，大家吃上了他不久前种上的白菜。四年的战火生涯，他的包里一直背着两本书：《资本论》和《新华字典》。部队休整时，战友们都玩牌解闷，唯独他细致阅读，只有小学文化的他靠着字典老师读完了《资本论》。别人都说，活不活得过明天都不知，你傻瓜一样学什么。父亲说，万一我活下了呢，还要为社会做点事情。就是这样的信念，让他乐达而固执地活着。就算后来在战场上头部负重伤，半年无法讲话，书依然没有离开过他的病床。这就是父亲的"万一"，带着对生命的坚定信心，带着对生活的善意之情，带着对人生的认真态度，一步步从那个小小的山寨走出，成为布朗族的第一个科级干部。父亲对于知识总有一种若渴之态，为了求知，年过古稀的他学会了电脑，遇到不懂的事情，除了问我们就上百度去找答案，女儿说，她的外公如果还在读书，一定是一名优秀生。

如今，父亲已七十八岁了，为了锻炼身体，也为了打发时间，他依然在院子里种菜，从不懈怠。那些被排列规整的一畦畦白菜、韭菜、玉米、豆苗，翠绿肥硕，招展着勃勃生机，像等待检阅的卫兵，也似父亲对待生活的一腔情怀。

在心内科的日子

实际上，在一个人的身上会发生所有的一切。

——［白俄］S.A. 阿列克谢耶维奇

一

和爱人结婚二十年了，我们一直两地分居，相离二百七十八公里，这个距离需要四个小时的车程。我常常觉得，自己的人生光阴里，有一部分的时间是等待，一部分时间在通电话，一部分时间穿梭于异地的往来途中。和多数军人的家庭一样，我们过着聚少离多的日子，所以很少吵架，因为每次相聚总是短暂的，在那些有限的团圆里，我们还未来得及说完各自这段时间里的琐事和下一步的规划，又得分开。吵架得有足够的时间来彼此消耗和厮磨，我们没有这样奢侈的耗费。

想到自己未嫁时，一个长辈告诫我，嫁给军人，你得做出更多的牺牲，过得会很苦。那时年幼自信，满不在乎，辛苦点，只要心中有彼此就无所谓。接下来的生活，的确比我想象的艰难，而只要一个电话和他诉说，似乎觉得自己又力量满蓄，言语安抚之后，一个人还得面对生活无尽的担当。女儿出世后，日子更像流水一般哗哗地飞逝，时间长河中也不乏跌宕与撞击，有时细想这么多年来的风雨兼程，其中无数堆砌的酸涩细节，无数流泪与难眠的日子，竟让我想给自己一个厚实的拥抱。而面对自己的选择，我从未有过一丝悔意。除了那份一如既往的爱，他还是个顾家而踏实的男人，让我心安。

二

女儿在爱人工作地读书，马上要高考了，因为新冠肺炎疫情，推迟一个月，我打算在她高考前抽空请假去相伴。和爱人说了，他也非常期待。我们就这样算着日子过，一天两天，一月两月，不咸不淡，不急不慢。我从未想到，一场忽如其来的灾难正向我步步逼近。2020年4月24日晚，爱人突发心梗。电话是朋友三哥打来的，说让我别着急，已经在医院了。而接下来的电话是医生打来的，说病情严重，让我最好来一趟。我瞬间蒙了，晚饭时他还给我电话啊，只是说有点胸闷而已，怎么现在就病情严重了，不祥和惊恐让我的手脚发抖。第一时间是想知道他现在情况怎样，拨通了他的电话，那一声熟悉的"喂"让我瞬间泪奔，还好，他意识清醒。医生说得马上手术，造影后安放支架，交代了诸多风险——下不了手术台，心脏骤停，这些可怕的预知像一把把锋利的刀，直插我胸口。我想，自己等不了天明再走，得马上奔赴他身边。大雨如注，简单收拾了行李，便出发了，姐姐和侄女要和我去，我没有答应，一个人可以节约很多时间，就这样，半夜三点，我开车从施甸赶往祥云。

这条路，我无数次地往来，从没有在这样的时间段、这样的天气中走过。我的心焦灼如麻，而理智却从缝隙里拼命钻出来：一定要谨慎

驾驶，你不能有事，他需要你去照顾，还有孩子，还有老人，得安全抵
达。雨水一层层扑打在风挡玻璃上，无情而决绝。一段又一段的路被雾
气罩得严丝合缝，看不清前方，我像一个飞蛾，在艰难地扑扇着翅羽，
而雨水拖累了我的飞翔速度。不知是哪辆货车没有拴好货架，西瓜滚了
一路，那些被碾轧得四分五裂的红瓤，在雨水的拍打中像破碎了的心
脏。我想到这个譬喻，不由得打了一个寒战，我爱人现在怎么样了，车
速在不经意间又提升了。积水的地方是打滑的陷阱，常常让我惊得一身
冷汗。车过永平，我得加油。看看时间五点差几分。加油站旁边停满了
许多中途休息的大货车，当我加油时，一个货车司机正准备去厕所，他
诧异地看着我，眼神中带着疑问。是啊，大雨夜，一个女人孤身赶路，
这是遇到怎么样的急事呢。加完油，我顾不上去厕所，继续行驶。有那
么一秒，我是迷糊的，我这是做梦吗？一定是梦，这么黑的天，这么大
的雨，路上几乎没有车辆，天地间恍若我一个，我要抵达的那方是祥云
吗？还是梦里某个不可知的地域？这些念头才出来，我知道是疲累席卷
我的脑袋了，赶紧咬了一下手，生痛瞬间让我惊醒，这不是梦，这是真
实的，我要握紧方向盘，我的爱人还在病床上，生死未卜，他需要我安
全到达。

三

　　天色灰蒙，雨水不停，我终于在早上七点赶到了祥云。看到爱人躺
在床上，打着点滴，脸色尚好，我轻吐一口气。简单地说了几句话，心
内科主任便把我叫到了谈话室，还有部队的领导和卫生队的医生。"你
要有思想准备，你爱人的情况很糟糕，三支血管病变，我们无法做这个
手术，得转院，到昆明去。他随时都有猝死的可能，你要签路途风险责

任书……"我力求自己冷静听完，而泪水却忍不住打湿了衣服。怎么好好的一个人，说病就生命垂危？猝死！这个可怕的字眼让我崩溃了，我伏在桌子上哀恸地哭了起来。宣泄是暂时的，他还在病床上，医生在等我的抉择，慢一秒，他的病情就会延迟一秒，我提醒自己振作起来。我签下名字，同意转院，承担路上风险，我签过很多名字，大多都是在喜乐中，在祥和中，在希冀中，从没有在悲痛和惊恐中，这是我平生签得最沉重的名字。我无法把自己的签字与爱人的生命风险勾连在一起，我握着的笔，犹如屠刀。

　　救护车上，我的眼睛没有离开过他，有时他睡了，我会盯着他的胸脯，看着那因呼吸而起伏的被褥时，心才是稳当的。一路都是雨，天阴霾得像我此刻的心情。抵达昆明43医院了，我们仿佛过了一道关卡。接下来入住 CCU 病房，这是专门收治重症冠心病病人的房间。这间可容纳十多人的病房，摆满了各种仪器，滴答滴答的声音此起彼伏。危重者全身插满了各种管子，那些跳动的数字，用冰冷的形式反映着一个人体内的指标，这些肉身皆被一台台机器所束缚所显示，我看着这些机器，它们也将在我爱人的身体上运行工作，一股冷气瞬间袭来。病床靠房间最里边，医生交代，不能下床，尽量平躺。接下来便是对于病情的分析和治疗方案。急性心肌梗死，拥堵严重，近段狭窄百分之九十九，中段狭窄百分之九十五，情况不乐观。和我谈话的是爱人的主治医生，姓赵的一个年轻姑娘，和我们是老乡，在这个时刻，她是那么值得我信赖与依靠。她语速较快，也许是习惯了用最快速和简洁的方式和家属交流，我的大脑急速运转，那些医学术语我无法知晓，我所关心的是危险系数多大，而她无法回答我这个问题，只是说，我们会尽力，你也要做好人财两空的心理准备，他的情况很严重。我忽然觉得人财两空这个词，在此时是多么地绝情寡义。这个词也许会被她无数次和病人家属提及，而我是平生第一次以这样的方式听到，要面对着这个可怕的告知。我的心战栗了一下，泪水再次控制不住流下来。我不怕财空，钱财只是身外之物，而人空这样的事情怎么能接受得了呢？他是家里的顶梁柱，孩子还未成年，老人健在，我们这个家怎么能离得开他。那么好好的一个人，怎么能承接这样残酷的预知？看到我悲痛欲绝的样子，小赵医生安抚道：嫂子，我能理解你的心情，我也是有孩子有家庭的人，作为医生，我们会尽力的。我努力平复自己的情绪，不往坏处想，我相信医生，相信好人总会有好报。此刻的我是那么渴求冥冥之中有一种力量，能够赐予我。我想到了逝去的阿奶，她每当生活遇到灾难，总会祈求诸神，我的诸神在哪里呢？我想他们应该在我的内心。我必须树立起坚定的信念，将这样的信念传递给爱人，我们才可以迈过这道命运之坎。

四

手术前得将心肌酶降低，直到正常值，这是心肌梗死的指标，只有降低才能将手术风险减小。每天输液，吃药，从肚皮上打针。每天躺在床上，不能活动。爱人是不喜欢受束缚的人，他每天都要跑步和锻炼。如今，床成了他的桎梏枷锁，不能翻身，不能下床，食物清淡，多喝白开水。生活发生了翻天覆地的变化，而此刻的我除了当好一个保姆，还必须当好一个演员。在他面前故作轻松，告诉他医生说了，这个病没有那么严重，这几天好好养，等手术后便万事大吉了。而背过身一个人时便胡思乱想，便忍不住垂泪。我平生第一次尝到了煎熬的滋味，无处安放的担忧和恐惧。虽然卫生队的江队长宽慰我说，医生总会将风险说到最大，医院没有把握不会做手术，而这样的安慰之词也排解不了我的恐慌。夜深人静时，听着窗外唰唰的车流声，想到那些为生计奔走的人啊，至少有康健之躯，而此时，我的爱人还躺在重症监护室，泪水就不自觉地流出来。而每到这时，我总会告诫自己，不能这样，要打起精神，只有自己休息好了才有精力照顾他。他最需要的是精神饱满的我，不需要焦虑忧伤的我。我的身体里仿佛住着两个人，他们每天都在激烈地斗争，没有输赢。

　　病房规定了探视时间，不允许家属在侧，我想多和他待一会儿也不可能，只有等护士松懈一些，又偷偷跑进去，看看他才安心。入院第二天中午，病房的医生接踵而至，一个危重病人需要急救，在外面的家属们如惊弓之鸟，纷纷打听是谁，我早已跑到爱人的床边。那位病患血压升不起，情况恶化，医生开始胸部按压，电击，打针。我透过没有遮严的隔帘，看到医生们的施救过程，看到家属焦灼的泪眼，这一切都让整个病房的空气凝固了。我握住爱人的手，小声告诉他，别看。他点点头，微微闭上了眼。半个小时，一个小时，两个小时，直到听到呜呜的哭声，我们猜到了可怕的结局。接着，医生将所有的器械撤除，接着，太平间来了工作人员，接着，那张床被换上了新的床单。听着远去的脚步声和渐微的哭声，我知道，死神成功粉碎了一个家庭的完整，病房又一切如初，似乎没有发生过刚刚这场生离死别。我把头伏在爱人的胸边，听着他的心跳，这是多么珍贵的声响啊，刚才的一幕让我心有余悸。生命脆弱如芦苇，一折就断，医生有时是无能为力的，他们也是人，他们在努力过后，也只能一声叹息。这场抢救最终以失败收场，急救室里的沉寂是大家丢盔弃甲后的战场，弥漫着凝重的哀伤。护理员大姐告诉我，她已经在这里工作十多年了，见惯了这样的事情，见惯了就会麻木，麻木有时也是一件好事，它至少可以让你的哀痛降到最低点。不然，你就无法在这样的环境工作下去。CCU病房中，一分一秒都是那么地漫长，长得如恣意的藤蔓，缠得人窒息。

五

在医院附近开了一间宾馆，每天从医院到住处，往返数次。如抄近路，就会过大观河那座高高的拱桥，穿过窄窄的一处巷道。巷道四周是老旧的城中村，污水横流，民居错落，不时有一股股酸臭的气息袭来。虽然是这样脏乱的环境，依然有许多人拥挤居住，从一间屋子前走过，喧闹声吸引了我的目光，床铺间就是饭桌，一家人蹲的，站的，坐的在吃饭，孩子的嬉笑与大人们的闲聊，此起彼伏涌出巷道。听声音是外地人，看着在简陋的屋子里吃饭的人们，我忽然觉得他们是那么地幸福，至少没有家人生病住院，至少可以一家人其乐融融地在饭桌前享受着人间烟火，这最俗气也最温暖的气息。人的幸福真的不是高房大屋，不是豪车名利，而是平安健康，我想到了那些与爱人牵手散步、做饭洗碗的日子，那些曾被我忽视了的普普通通的过往，此时竟是我特别想拥有的日常，泪再次涌出眼眶。从爱人生病开始，我变得脆弱而敏感，有时却坚强如钢，这样的情绪切换让我自身也猝不及防。

阿宝和王燕是我在昆明的朋友，她们带来了一堆吃食、鸡蛋、银耳、红糖、大枣和枸杞，还有一些作料和锅碗瓢盆，让我有时间就煮点汤补补。宾馆里有厨房，像一个临时的家。我每天都会煮点粥或者银耳汤，一口口喂给他喝，结婚那么久，我第一次这样服侍他，端茶送水，擦洗身体，抱着他坐起来，每个动作我都小心翼翼，每次他翻身或者大小便，我都会盯着那个心电图看，那些浮动的数字也在牵动着我忐忑不安的心脏。每天打饭来，为了让他有些胃口，我总会陪着他一起吃。从前，偶尔到医院一趟，觉得医院里病菌横生，各种气息杂糅，一分钟也不愿多待，更不用说喝水吃饭了。而现在，我居然能忍受着隔壁病患在大小便，而自己正好端着饭碗。我和爱人开玩笑说，这CCU病房真是有魔力，把我修炼得洁癖都没有了。

　　输液的时候，我就握着他的手仔细端详，结婚那天，就是这双手把我从四楼抱到一楼，那么有力而强壮，如今却虚弱地垂搭在病床边上。今后，他再也不能像从前一般将我抱起了。过去的二十年，我总爱使唤他拿东拿西，家里的大事小情都依靠着他，而余生我得成为他的依靠了，忽然觉得自己像极了我所喜爱的那株百合，具有雌雄同体的特质，是的，以后，我必须承接命运赐予的那份担当。

六

　　医生告知，爱人需要两次手术。第一次将发病的左边血管先打通，需要两个支架，一个药物球囊。第二次再做右边的血管，安放一个支架。第一次手术定在 4 月 30 号，那天，所有亲近的朋友都来了，部队的领导也来了。浩浩荡荡的十三个人的家属团陪护着他，在推入手术室的那一瞬间，我和他对视而笑，谁也不知那种笑容背后的艰涩和酸楚、不安和担忧。再一次签名，同意手术，风险告知，我的手是颤抖的，却也是坚定的。手术是心内科杨主任亲自指挥做的，造影出来时，我们得以进去了解情况，杨主任不紧不慢的语速和胸有成竹的气度，让我感受到了稳妥和希望。看着手术台上的爱人，我们彼此点头，这无声的互动，是我平生最坚定的交流。

　　手术室外，我手捧《药师琉璃光如来本愿功德经》低声念诵，只有这样，才可以依托着信仰，排除那些虚妄的杂念，才能静心祝祷。一个半小时的手术，恍若半生那么漫长，一切顺利，在爱人推出手术室的那一瞬间，这么多天来悬在心中的石头总算落地了。依然是分秒都得小心，他接下来的康复直接关系着第二次手术。每天我和他小妹轮流看护，洗脸洗脚，擦背，揉腿，按摩穴位。让他舒服一点，病情就会减轻一些。每次医生来打针时，我看着他乌青的手背总会心疼。那些皮肉被戳了无数次的针眼。抽血，打针，肌体随时都在承受着疼痛的折磨。他的折磨也是我的煎熬。病情好转的患者就可以从重症监护室转走，马上又有新的病人入住，大多是上了年纪的病患，也有极个别是年轻人。病患像流水般出入，我多么期待着离开这间病房的日子马上到来啊。CCU病房里，家属们都惺惺相惜，一个眼神大概就能懂得彼此心意。在这个病房中，谁都不轻松，谁都提心吊胆。大家在外等候时，总会互相诉说各自家人的情况，我也不例外，祥林嫂一样地和问及的人说发病情况，现在进展如何，然后彼此宽慰一番。聊天也是一种释放，我们都需要给予对方温暖和力量。这时，我才知道，爱人的情况也不是最糟糕的。斜对着的那床年过六旬的阿姨，血管病变得很严重，已无法手术，只能保守治疗，未来的可能便是随时都有生命危险。隔壁三十多岁的男子，心肌梗死三分之一，很危重，已经在监护室待了半月了，一直插着促使心脏跳动的泵。他年轻的妻子比我要勇敢得多，每天笑嘻嘻地来，笑嘻嘻地走，这样的态度是我所欣赏的，乐观会传染，心情好就使得病情好了一大半。还有旁边的一个七十多岁的老奶奶，冠心病多年，医生也不建议手术，她的儿媳和我诉苦，说自己男人去年病逝，婆婆归他们家照管，婆婆病了，其他兄妹凑了一千多块钱给她，也不来照看，她说每天护理费都要八十元，婆婆住了十天了，她自己还负债累累，再下去就无法承担这些药费。既然不能手术，她想赶快带婆婆出院了。她每天皱着眉头，算着费用，唉声叹气。刚刚搬进爱人旁边的是一名重症患者，来医院时已经昏迷跌倒，他眼角有一块瘀青的包。听说是福建人，来昆明打工才三个月便病发。因情况严重，已通知家属，随后的几天，家属都来了，轮流照顾，他的妻子来到病床前看到他插满管子的身体，竟不管不顾地痛哭起来……每个病人身后，都有着一个家庭，牵动着诸多亲人的心，有着不为人知的苦衷和焦虑。只是有些人倾诉，有些人隐忍而已。俗语说，一人病全家病，真是不无道理。

我算着日子过，第二次手术是在爱人住进 CCU 病房的第十三天，这次手术比起第一次要简单得多，半小时便顺利结束了。爱人在 CCU 病房待了两个小时，心电图，血压，血检，一切都稳定。医生便让我们转到了普通病房。这意味着爱人脱离了危险。接下来，依然要观察和输液，普通病房安静了许多，至少看不到那些危重病人，听不到机器的声响，这让我觉得如跋涉千里，终于到了安全地带。每天的陪护与照顾依然如初，而我能从爱人的身上看到他的点滴变化：嘴唇开始红润，脸色有了光泽，手术第二天，他开始下床慢慢地踱步，从病房走到护士站，这短短的二十多步，是他这十多天来的第一次行走。我搀扶着他的手，缓慢地行走。走过 CCU 病房时，我们也会在门口看看那些熟知的老病友。手术第四天，他恢复得不错，想下楼走走。在 43 医院待了那么久，他第一次看清楚这个医院是什么样的。走过那些苍翠的树木，娇艳的花朵，清澈的水池，看着头顶的蓝天流云，爱人站在院中，说了一句：这个医院真美。他是个不爱观察生活的人，理科的思维里从来没有感性的认知。我们到过任何的景点，他也不会激动赞叹，而现在他居然对一所医院说真美。我知道，这是大难之后的精神重生。我笑着回：是呢，真美！

七

CCU 病房再次传来噩耗，那个曾住在爱人隔壁的福建男人最终没有挺过这关，撒手人寰。他媳妇悲戚的哭声穿透了这栋楼的走廊，他们的孩子才八岁。这是我们入住心内科以来，第三个没有被挽救回来的生命。我透过窗户，看到院子里来来往往的人，看到那耀眼的阳光铺满大地，看到远处层层叠叠的高楼，看到川流不息的车河，看到夏日里肥硕的绿叶红花，这个貌似祥和安宁的世界，有条不紊地在它的仪轨下运行，谁会在意那些潜藏于人世的哀伤和别离？谁又在历经不为人知的撕裂和疼痛？这无常的人世，众生皆在承受。

出院的日子终于到了，小赵医生最后一次来查房，她笑着和爱人说，这段时间你媳妇都哭了好几场了，回家要好好调养。爱人笑着点头，而我又忍不住泪涌眼眶。在心内科的每一天都是一种煎熬，也是一种修炼，这段时光仿若上帝之手，让我们重塑了一个全新的自我。日子总要继续，这句话听起来很沉重，如今在我看来，却如此云淡风轻，亲爱的，此后的岁月，我们都要活出自己想要的样子来。

见字如面

　　楼上的抽屉很多时候像一个个静默的墓地，没有特殊的事情，是不会去触及的，我很少翻箱倒柜，于是，岁月的尘埃就把它们覆盖了，遗世一般，没有丝毫存在感。因填报个人信息，得找一些久远的证书，于是开启了那些尘封多年的抽柜。抽屉才打开，陈旧的气息已弥漫鼻翼，旧时光扑面而来。这时候，我会瞬时静下来，指尖翻开的已不是书籍和纸页，而是一幕幕久远如前世的记忆。

　　一沓被青色手绢包裹的东西吸引了我的注意力，这样的包裹是我没有见过的，四四方方，折叠用心，四角汇拢处打了一个小小的结。青色的布面绣着一朵兰花，经年代久远的浸润，兰花已开始泛黄。好奇心促使我解开了那个结，里面原来是保存完好的几封信，没有信封，纸张脆弱得如蝉翼般仿佛一揉就碎。我小心地展开，四个水墨已涣散的字迹跃然眼前：见字如面！犹如电击，这样的书写起头，让我想到了民国那个年代，鲁迅写给许广平的书信里，也有这样的几个字。这是父亲和母亲的书信，上个世纪 60 年代时，父亲远在越南参加抗美援越战争时写的。这么说来，这一行行的字便是在某个阵地上完成的，也许远处的硝烟还未散尽，也许父亲刚刚从死神的手中挣脱出来，也许写信的手还负着伤。在那茫茫森林里，除了战争还有危机四伏的野兽和毒蛇虫蚁，能找到纸笔报个平安可想而知有多难。信里没有任何的甜言蜜语，平实从容，简要说了所在地方的情况，也说了自己一切安好，只是交代母亲保重身体，勿念之类。纸页中透着一个老兵的克制与冷静。而母亲的回信要比父亲的冗长，说家里的情况，工作的事情，生活的点滴，包括邻居之间的琐事，喋喋不休，似乎想把自己生活的每一天、每个细节都原封不动地再现出来，让父亲知晓。末了，竟接连用了两个"珍重"还有"念你"，我知道这"珍重"的分量，"念你"的苦涩。母亲期盼的是父亲能安然回来，可心里懂得，战争就意味着牺牲，母亲写这两个"珍重"时，心情该是怎样地复杂，写"念你"时，也许泪水早已夺眶而出，我体味着字里行间的倾诉，在看似平静的言语中暗藏着几多不安和无奈，也有翻江倒海的思念和疼惜。我不知道这些信是如何穿越漫长的五十多年保存至今的，历经无数次的搬家，历经"文革"的浩劫，历经父亲的伤痛和病危，历经了生活中诸多不为人知的磨难，这几封单薄的纸页是如何承载了世事更迭，穿过生活的艰苦与流离，如今安然静默地置于这个小小的抽屉里，等待我来翻读。那一刻，纸重情深，我的眼睛湿了起来。

手捧着父母年轻时的书信，感觉像捧着一件珍贵的传家宝，这已不是简单的几页纸了，这是一份沉淀了半个多世纪的感情，就浓缩在这一个个遥远的字里。这块青色的手帕应该是母亲的，这朵兰花与母亲的名字暗自相通，春兰，春天的兰花。这个小包袱也是母亲亲手包裹上的，那个小小的结封存了她和父亲曾经炽热的惦念，岁月把这样的惦念铸成了不离不弃的相守。如今，年近八旬的他们，已把对方视为生命的一部分，到哪里都相伴同行，谁出行几天便念叨不停。父亲是一个热爱生活的人，他常常会做一些貌似傻气而暖心的举动。母亲做饭时用的一只铁桶，就被父亲用绿漆在桶体写上了这样几个小字：春风得意，兰花盛开。起头两字藏着母亲的芳名。有一天，母亲提着桶去接水，被我看到，不禁哑然失笑，父亲的童心和爱就镶嵌在这小小的水桶里，都植入每天的柴米油盐间。母亲时常对父亲各种指责，指责父亲越老越倔强，不按时吃药，不懂得爱惜自己，经常到吃饭时间便四处找他，累了还帮别人做这做那。这些指责，在我看来也是满溢着心疼与无奈。关心则乱，年轻如此，老了更甚。

　　每一封信的开头都是这样的四个字：见字如面。思念是如此含蓄和珍贵，字体便是一个人的形态，你可以从他的笔迹中察觉到他的心境与状况，心绪便在这一笔一画中静静流淌。见字如面，信纸上留有他的温度和气息，犹如骨血，迎面而来的是一幕幕相依相伴的过往，美好而恬静。书信，在通信飞速发展的今天，已像美玉一样，被时光沉淀为一件奢侈品了，没有人会闲然地摊开纸张，找出笔，将自己的万千思念付诸笔端；没有人会带着虔诚的心情折叠好信，跑到邮局投递。那时的车马真的很慢，爱一个人真的需要一生。所以，那个年代的爱情是带着仪式感、宗教感的，纯净，圣洁，坚贞。那时的万水千山没有把人与人隔远了，反而拉近了，所有的牵念都可以在等待中化为一句：见字如面。鸿雁传书，执手相看泪眼，十里长亭相送，这些具象的美好已经彻底地从我们日益快速的生活当中消亡了。

　　我也历经过书信往来的年月，90 年代初，那时远赴昆明求学，每每想家，只有书信，那时打电话太奢侈，不敢多打，一分一秒都是钱，书信是最为廉价的交流方式。找个安静的夜晚，在灯下描述心思，把所有的悲欢纳入一个个字里，感觉那信纸都是带着温度的，懂得在自己手上静美地舒展，服帖地等待一字一句的沙沙落入，心思寄笔，一笔一画皆露出自己的表情来。写好后，把年月落上，有时精细到分秒，只是想让对方知道，此刻的自己在干吗。此刻，月已升起，或残或圆；此刻，夕阳坠山，归鸟入林；此刻，思念如潮，滚滚而来；此刻，都成为永恒。

我和爱人也是通过书信连接起了一生的缘分。那时他在武汉读大学，我在昆明读中专，那时的我们已不写"见字如面"了，而彼此都知，接到信仿佛看到了人，这样神奇的通联便是书信的魅力所在。其实，所写的无非生活的日常，大多属于"废话"，而这些看似"废话"的语言却能让人揣摩半天，反复阅读。每个星期一封信成为我们对于彼此的期盼，我也是在那个时候，迷上了书写，写一天的见闻，写课堂上的老师、闹矛盾的同学，也八卦地写同学之间的私密恋情。我知道，寄到千里之外的武汉，他接到的不仅仅是几页纸，而是我在昆明的一段段时光。

信写好了，折叠成想要的模样，千纸鹤，一朵花，飞翔的翅膀……带着梦幻的美好。投递时，感觉轻快而愉悦，似乎自己的心绪已长了一双翅膀，飞到它想抵达的地方。我和爱人就是在这样的书信往来中，两颗心慢慢靠拢的。时隔二十多年，我们彼此的书信依然保存完好，安放在阁楼上，那个木制的柜子里。我想，等有一天老去的时候，我们会在躺椅上翻开来，一遍遍读着曾历经的那些韶华，那些贵若珍宝的情感，那些逝去却清晰如昨的过往，彼此一笑，相拥而坐。

生命便是在这样的等待与期盼中，从丰硕走向零落，一转身已半生。有时，当我们停下来，驻足回头时，才发现，流逝在手里的那些光阴都带着不为人知的光芒；才发现，我们历经的过往都是此生最美的遇见。

小恙小记

年纪见长，失眠有时就找上门了，常客一样，登堂入室，不问归期。越是困倦越睡不着的滋味是痛苦的。就像那个去井里掏月亮的猴子，满心都期待着圆满，打捞上的却是无奈和失意，当然也不乏焦躁。人体对于睡眠的渴盼是如此之大，生命中三分之一的时光竟然都是在睡眠中度过的，不得不说，睡眠是多么重要的补给，它是体能恢复的营养剂，像吃东西一样，有续命之效。

为了让自己找回睡眠，我开始了各种救赎。泡脚，按摩穴位，吃药，收效甚微，依然夜半对月空叹，几天时间，竟浑身无力，面色死灰。病急乱投医，只要有谁说哪个药好，我就尝试，结果，睡眠没治好，胃不舒服了。平生第一次尝到了胃疼的滋味，我自认为自己的肠胃好，酸甜苦辣有时候会塞一肚子，且吃辣是我的最爱，每顿饭也无辣不欢。肆意造作之下，胃承受不了，加上乱吃药的缘故，开始造反了。隐隐地疼，像有一块嶙峋之石坠在腹腔，坐卧不安。我是一个大大咧咧的人，对于身体的任何小恙都不会在意，熬是我对待病痛的一贯做派。而这次的失眠和胃疼像雪上加霜般折磨得我有气无力，夜半时分，我被一次次的疼痛唤醒，起身喝了一口热水，觉得一阵眩晕。根据多年来对于自身体质的了解，我开始恐慌起来，对这次的病痛太轻敌，得上医院了，不能再忍了。第二天一早，我潦草洗漱，看到镜子里的自己，眼皮浮肿，目光暗沉，皮肤寡黄，像一个瘾君子。才几天，觉得自己的身体像历经了一场大浩劫般，脆弱而破败。从家到医院的路，短短几百米，我却走得异常疲累。自己曾在这条路上行走跑跳，灵活而快捷，体内像装了一个小马达。而此刻，马达断电失效，我就像一个老妪，每一次挪步都会感觉力不从心。看着路边的行人，和往常一样地穿梭来往，摆摊小贩、守门大爷、清洁工……在各自的岗位按部就班，一切如常。不禁感叹，从前被我认为是平庸和无趣的"如常"，原来竟这样珍贵美好，人其实最怕无常。

苏医生是朋友，听完我的表述，没有开一通所谓的检查，轻描淡写地说，我给你针灸一下吧，顺便做一下按摩。"不打针吗？""不用打，你这是小毛病，理疗一下就好，过两天就又生龙活虎了。"自己绷得紧紧的神经，被她这句话一安抚，马上像得到春雨滋润的泥土，松软下来。她是一个水一样的女子，说话永远是春风般浸润得让人舒服，微笑让她脸上的线条有种温暖的走向。这样的医生，对于病人而言，立马就会产生依托和信任，何况还是我的朋友。她施针的样子，在我眼里，如同观音手持净水宝瓶，准备施洒甘露，美得不可方物。我一直信实中医，小时一旦生病，母亲就带我去良坤老中医那里看病，良坤医生是这个小县城最出名的中医，他慈眉善目，一脸悠然，看病时，不紧不慢，轻言细语。号脉时，他指尖的温度会传递到你的脉息里，让人安适。很多时候都不用打针，吃点单方就痊愈，他那小小的屋子弥散着中药的气息，这些从山野里采摘来的草药，天然地让人松弛，让我想到了清风、溪流、苔藓和那些摇曳的野花。中药被安置在木制的柜格中，各有所属。他从不称药，随手抓上一把，继而有序地放置在每个药包里，"估摸"是他的抓药习惯，他和草药，包括病人之间似乎已达成彼此的信任。他的手就是一把天然的秤，不容置疑。我看着良坤医生打开抽屉，抓药，分药，包药。这一系列的动作悠闲而自在，像穿梭在百草园中。我相信，这些百草熬出的水，定会如清流般洗刷掉我身体里的病垢。

中医是神奇的，尤其是穴位疗法，那一根根纤细的银针扎入时，并没有多少痛感，捻转中是酥麻和酸胀。艾条点燃在插入穴位的银针上焚烧，身体在艾草的熏熨下，暖意横生。我似乎感受到了这一丝一缕的艾香正透过那细细的针尖，游走在我的经络间，清除那些孽障。这样的治疗竟然带着一点点舒适感，不可思议。

来理疗室的都是一些上了年纪的老者。他们拖着衰败的躯体，将自己交给医生，也交给仪器。我隔壁的一个老妇人腿部有问题，行走困难，她的大腿、膝盖和小腿被扎满了针，像一片被风吹光树叶的丛林。刚来时，她是被儿子背着来的，现在可以慢慢蹒步了。针灸在她体内起到了春风化雨的作用。问及腿伤，她说是自己年轻时走了太多的山路所致，那时常常背着重物翻山越岭，霜雪天，膝盖也露着，穷苦且不注意保养，年轻时的大意和苦难，到老年时就成为袭击健康的龙卷风。"都是老疾了，能医到这种地步已经不错了。"她的语气里尽是欣慰和感恩。我想到了母亲的风湿，也是她的老疾。年轻时下乡到山区，恰逢雨天，她就睡在潮湿的土地上，垫着一层薄薄的油纸。就在这样的环境下，她度过了艰苦的大半年。没想到，这半年导致了母亲一生的伤痛，湿气侵体，营养也没有跟上，那时有壮硕的体魄作为抵挡，而现在，潜伏的疾病破城而入，在日益衰老的躯体里肆意横行。母亲经常觉得浑身酸痛，尤其是下雨天，更是如同小虫在身体里啃噬骨头般难受。"病痛开始来讨债了，都是年轻时欠下的。"母亲对自己的疼痛这样地轻语，无奈的语调里竟是顺应和承接。只有借助按摩、针灸、膏药来祛除，而收效甚微，那些湿气已如种子一般扎入了她的体内，生根发芽，开枝散叶，蔓延开来，盘根错节中形成了一堵牢不可破的网。老疾已占山为王，很难撼动到它的根基。当人们一旦说到老疾，都摇头叹息，甘愿降服。

我的胃部在苏医生的推拿下，从僵硬变为柔软，疼痛也有所缓解，随着扎入的银针而逐渐消散。苏医生说，我的经络不通，则气血不畅，气血不畅就阴阳失调，就瘀堵，随之便会疼痛。所以中医常说的一通百病消，就是这样的原理。针灸便是通经脉，调气血，让阴阳归于平衡，继而，脏腑趋于调和，达到祛病之效。别小看这升腾袅袅烟气的艾绒，它的热力和药力可以通过银针传导到经络，起到温通气血、扶正祛邪的疗效。我闭目，想象着那些缓缓进入体内的艾灸，此时正为匡扶正义而与邪气进行殊死搏斗。我的体内现在就在进行着一场战役。而援兵不断，我相信，淫邪之气终会被赶出不属于它们的疆域。

得感谢我们的老祖先传下的针灸疗法，以最低廉而安全的方法让人体得以痊愈。针灸这个词从发音上就如同"拯救"，它真的是对于人类的一种拯救。从古至今，在这片土地上，有多少人，靠着这一根根银针，得以逃脱病痛对于肉体的折磨。而如今，中医针灸已走向全世界，造福不同肤色的人群。曾在一则资料里看到针灸的由来，感觉是冥冥之中，自然赐予人类的灵感。远古时期，人们还在洞穴里过着茹毛饮血的原始生活时，看到雷电劈开山石，认为这些被天雷劈过的石头一定有通灵之效，于是捡拾起楔状石块来敲击身体疼痛的部位，起到缓解之效，这就是针刺的萌芽。《山海经》里有云："高氏之山，有石如玉，可以为箴。"我们可以想象，那时的先人就懂得用针灸来治病强身，在《黄帝内经》中，称那些懂得针灸之术的医生为"上工"。这是一个天赋异禀的行业，能通天地鬼神，知人体魂魄，可视无形，听无声。人们为这些不用药就可治病救人的医生赋予了神一般的光芒，认为他们和"巫"一样，有神力的赐予，是通达天地的人。其实最早的医者和巫者本是一体的。我看着眼前的小小银针，它刺破和抵达的已不仅仅是我们的皮肉肌体，而是这个世界万物暗藏的阴阳和运转。

当疼痛唤醒了我的肉体意识时，我想到去医治，同样地，当思想唤起我的精神意识时，我想到了写作，写作也是一种"拯救"，不书写，觉得生命就会瘀堵，郁结难舒。不知道从何时起，只有提起笔来，才可以让自己筋脉畅通，笔仿若银针，落到纸张的同时，便让我有种一吐为快的酣畅。而一个好的写作者，也是一个上工，笔落惊四座，一支笔便可以解郁，解人心之郁、社会之郁、天地之郁。人情练达皆文章，万物皆备于我，"上工"们的文字带着巫术，像一束光，照进千万人的心里，指引着普罗大众和社会寻得康健。鲁迅先生当年弃医从文是有原因的，针砭时弊比医治肉体更迫切而重要。

几次针灸后，我的肌体得以恢复，阳光又开始在体内普照开来，和煦如春。当我再次坐到书桌前，看到熟悉的笔墨时，竟无法草率地提起，也不敢轻易地落下。